ハリアーを駆る女

天空の女王蜂《ホーネット》Ⅱ

夏見正隆
Natsumi Masataka

文

目次

1. 銚子沖空中戦（承前） 9
2. 六本木市街戦 59
3. 異変の始まり 115
4. 浦賀水道攻防戦 161
5. 戦艦〈大和〉襲撃 215
6. 黒い球体 269
7. 〈レヴァイアサン〉が来る 337
8. 選ばれた美月《みづき》 393
9. 三宅島沖海戦 441
10. 五月《さつき》脱走 459
11. 東日本軍崩壊 521

■登場人物

【西日本帝国】

愛月《まなづき》有理《あり》砂《さ》（27）　帝国海軍中尉。空母〈赤城〉所属・F／A18Jホーネットのパイロット。

望月《もちづき》ひとみ（25）　帝国空軍救難航空隊・UH53J大型ヘリコプターの機長。

森高《もりたか》美月《みづき》（23）　帝国海軍少尉。戦艦〈大和《やまと》〉・着弾観測機シーハリアーFRSのパイロット。

葉狩真一（29）　分子生物学者。十年に一人の俊才。

勝又桂一（27）　帝国陸軍大尉。レンジャー。テロ組織〈アフリカ農耕協力隊〉を組織する。

高橋二等陸士（19）　農家出身の真面目な若者。〈アフリカ農耕協力隊〉に参加する。

五条真由香（21）　六本木〈クシャトリア〉に君臨する高級女子大生。

峰《みね》剛《ごう》之介《のすけ》（48）　帝国・陸海空三軍の統合幕僚議長。海軍中将。

木谷《きたに》信一郎《しんいちろう》（47）　帝国の内閣総理大臣。苦学生だった。

迎《むかえ》理一郎（28）　木谷の第一秘書官。

迎秀太郎（22）　海軍准尉。森高美月の後部席に搭乗する着弾観測員。理一郎の弟。

波頭《はとう》少佐（34）　国家安全保障局の軍事アナリスト。

羽生恵（30代半ば）　国防総省勤務の情報士官。もと峰の愛人。空軍中佐。

葉月佳枝《はづきよしえ》（25）　帝国空軍中尉。E3A早期空中警戒管制機の電子戦オペレーター。

原田次郎（36）　帝国空軍大尉。F15Jイーグルの編隊長。民間航空へ移籍を希望している。

矢永瀬《やながせ》慎二《しんじ》（31）　帝国海軍中佐。イージス巡洋艦〈新緑〉艦長。東大卒。

小月《おづき》恵美（24）　帝国海軍少尉。イージス巡洋艦〈新緑〉の迎撃管制オペレーター。

森一義（45）　帝国海軍大佐。戦艦〈大和〉艦長。

川村万梨子（29）　帝国海軍大尉。戦艦〈大和〉主任迎撃管制士官。

美城千秋《みしろちあき》（29）　西日本帝国航空003便チーフパーサー。


【東日本共和国】

山多田大三《やまただだいぞう》（？）　東日本平等党委員長。独裁者。

加藤田要《かとうだかなめ》（42）　平等党第一書記。大三の片腕。

陸軍大臣（？）　軍刀を振り回す危険な男。

水無月是清《みなづきこれきよ》（26）　大三に反旗を翻した水無月現一郎の息子。陸軍大尉。母はロシア人。

水無月西夜《さや》（17）　是清の妹。海軍研修生。巡洋艦〈明るい農村〉ただ一人の生存者。

川西正俊《かわにしまさとし》（22）　軍令部の作戦将校。是清の後輩。不自由な生活を嫌がっている。

立花五月（21）　議事堂警護隊女性将校。マインドコントロールを受けていない。

前巻までのあらすじ

「太平洋一年戦争」のミッドウェー海戦で、大勝利をおさめた日本は、連合国側と対等な講和を結んだ。戦後の大不況で東北地方を中心にソ連の支援を受けた革命勢力は、東京の東半分と茨城県、埼玉県から北に東日本共和国を建国し、西日本帝国と対峙した。

久しぶりの休暇を楽しんでいた西日本帝国海軍中尉・愛月有理砂(27)は非常呼集で、F18ホーネットを駆って、出撃した。

「きゃあっ、何よこれ!?」

行方不明になったVIPヘリを捜索して父島近海へ出動した西日本帝国空軍の救難ヘリ機長望月ひとみ(25)は、日の沈みかけた海面を無灯火で漂流する東日本共和国の巡洋艦を発見、調査のために着艦した。しかし巡洋艦に乗組員の姿はなく、真《ま》っ暗《くら》闇《やみ》の艦内でひとみたちを襲って来たのはトドのように巨大な赤黒いナメクジ芋虫の群れだった。ピルピルと鳴く化け物に追い回され、ひとりひとり食われていくヘリの乗員たち——この海域で何が起きているんだ?

「星間文明の黒い球体が父島海域に落下? それは危険なものなのですか?」

　六本木国防総省から緊急指令を受けて、父島海域へ急行する森艦長の戦艦〈大和〉。「東日本共和国が〈ネオ・ソビエト〉の支援を受け、静止軌道外を通りかかった星間文明の恒星間飛翔体《ひしょうたい》を核攻撃し、捕獲しようとしたのです」国家安全保障局の波頭少佐は分析する。しかし太平洋に落下したのは星間飛翔体の本体ではなく、飛翔体が曳航《えいこう》していた『何か非常に危険なもの』を厳重に密封した巨大な黒い球体だったのだ。だが星間文明のオーバーテクノロジーを手に入れたと信じる独裁者・山多田大三は、西日本への侵攻準備を命じるのだった。「世界を解放する戦いが始まる！　手始めは西日本だ！」

　東西日本は、激突するのだろうか？　そして、望月ひとみの運命は？

1. 銚子沖空中戦（承前）

＊突如、銚子《ちょうし》沖の民間航空路に割りこみ後部銃座の機関砲を向けて旅客機を人質に捕った東日本のバジャー編隊は、本州南岸を西へと向かう。対艦ミサイルをつるしたバジャーの目ざすものは何なのか？
　そして大混乱の銚子沖上空へ、今また東日本海軍のＶＴＯＬ戦闘機が一機、秘密任務を帯びて飛び立とうとしていた。

銚子沖洋上
東日本共和国イカ釣り漁船
十一月二十八日　十九時四十二分

どっどっどっどっどっ
くたびれたディーゼルエンジンが、夜の黒潮海流に逆らって船の位置を保つため、腐りかけた木製甲板の下で息をついている。

ざばざばっ、ざばっ
３００トンに満たない古いイカ釣り漁船のへさきが、波をかぶって上下に揺れた。イカ釣りの操業中に見せるため漁業用ランプをあかあかと灯《とも》した情報収集船の船体中央のくぼみには、ダークブルーに塗られた長さ15メートルのＶＴＯＬ戦闘機が姿を現わしていた。

「ようし発進する！　コンプレッサーで空気を送れ！　他の船員どもは下がれっ」

飛行服にヘルメットをかぶった男が、操縦席におさまって上から命令した。

たんたん、たたんたんたんたたんたん！

プシュー－ッ！

くたびれた2サイクルコンプレッサーが、圧縮空気をやっとのことでYak38フォージャーのツマンスキーR27Vジェットエンジンに送りこみ始める。

ヒンヒンヒンヒンヒンヒンヒン

タービンが回り始めた。

コクピットの男は、燃料レバーを入れてコンバッション・チャンバー（燃焼室）内でイグニッションを作動させた。

ドンッ！

赤いバックファイアを吹き出し、メインエンジンが点火。一般国民の漁船員が驚いてひっくり返った。漁船員たちは全員、ジェット機などというものを間近で見るのは初めてであった。

キイイイイン！

男は垂直離陸に備え、機体背面のエア・インテークを開く。

ズゴォォォ！

猛烈な勢いで吸いこまれる空気。

ジェネレーターが回り、電子装備に電力が供給され始める。男は姿勢指示ジャイロを引っ張って自立させる。西側のハリアーなら当たり前の、自分の位置を精密に積算する慣性航法装置などこの機体には付いていない。

「そんなものいらないさ。道案内はいくらでもいるんだ」

男は一人つぶやくと、手袋をはめて酸素マスクをつけながら頭上の夜空を見やった。

（いるぞいるぞ）

頭上はるか、航空路上の待機ポイントで旋回し続けている旅客機が二機。緑と赤の標識灯が冬の夜空にはっきりと見える。山多田大三《やまただだいぞう》先生じきじきの秘密作戦がうまく発動していれば、今ごろ味方のバジャー編隊が西日本の民間旅客機を人質に捕っているはずだ。

（バジャーの作戦は、うまく行ったに違いない。だからあの旅客機は、まだこんなところで足どめを食っているんだ）

今度は自分の出番である。

男は車輪を固定している留め具を『外せ』と手で命ずると、離陸の手順に移った。

障害物のなくなった漁船の甲板のへこみの中で、Ｙａｋ38の胴体下部の推力方向可変ノズルが真下を向いた。

キイイイイン！

エンジンの回転が上がり、7トンの推力が全開され、熱風が爆風のように甲板をさらった。

ズゴォーッ！

うわーっ、と悲鳴を上げて逃げ散る船員たち。網が吹っ飛び、樽《たる》がひっくり返り、二、三人は吹き飛ばされて海へ転げおちた。

ドドドドドドッ
ゆっくりと浮揚するフォージャー。短い主翼の下には、アトール熱線追尾ミサイルが片翼に一発ずつと、23ミリ機関砲のパックが一対装備されていた。

ドゴォォォッ
プラットフォームに使った漁船を後足で蹴散《けち》らすようにして、フォージャーは斜めに加速していった。

「かじだ、かじだっ」

一般国民の漁船員たちが、熱風で火のついた油の樽を消火しようと、わめきながら駆けずり回った。


キイイイイン！

フォージャーは、なお重量の半分は垂直噴射にまかせたままで、60ノットほどの低速で海面上をらせん状に上昇していった。小型のセスナでも、空に浮けないくらいの低速である。

（燃料計は――よし、減り方に注意しなくては）

男は、垂直上昇による莫大《ばくだい》な燃料消費を気にしながら、上空の旅客機の巡航高度へとフォージャーを上昇させた。

（ほとんどヘリコプターだな、この昇り方は……）

絶対に、旅客機の巡航高度に達するまでは80ノットを超えてはならないと厳命されている。それがフォージャーを使用するこの作戦のミソであった。

男は、赤い夜間照明の計器盤と、頭上に見えている旅客機群を交互に見ながらフォージャーを操縦した。旧ソ連製のこのＶＴＯＬ戦闘機は、西側のハリアーに比べて航続能力も兵装搭載能力も劣っていて（旧ソ連のスパイが、ハリアーの資料を盗み出すのに失敗したからだと言われている。その証拠に、フォージャーは珍しく西側のライバル機に似ていない）、米軍やＮＡＴＯのパイロットからは『役立たず』だの『怖くない』だの『亡命してきても要らない』だのけちょんけちょんに言われてきた。しかし、ＶＴＯＬ戦闘機はＶＴＯＬ戦闘機である。速度は直進でマッハ０・８出るし、熱線追尾ミサイルも発射できる。格闘戦になれば旋回半径はどの通常戦闘機よりも小さいだろう。なめてもらっては困る。

（そうだ。これからこの機の真価を見せてやる！）

男は酸素マスクの中で、舌なめずりをした。

大島上空　高度二万八千フィート

いきなり進路に割りこんだ二機のバジャーに機関砲を向けられ、人質に捕られた西日本帝国航空ＭＤ11旅客機のコクピット。

「機長、バジャーは西へ転針します」

副操縦士が前を見ながら言った。

「むう。こんなにくっついて飛ばれたんじゃ、危なっかしくて仕方がないな」

機長は、こちらに後部銃座の三連装23ミリ機関砲を向けている銀色の爆撃機の尻尾《しっぽ》を睨《にら》みながら、自動操縦の機首方位目盛りを右へ回した。

三発のＰＷ４０００ターボファンエンジンを垂直尾翼と両翼下に装備したＭＤ11は、鳥ガラのようにやせっぽちの旧式ジェット爆撃機について旋回する。最新鋭のＭＤ11がバジャーの速度に合わせて飛んでやるのは、実は大変なのである。

「燃料はどのくらいだ？」

「経済推力を保って、あと一時間五十三分です」

「むう——客室に説明して、緊急着水に備えさせよう。どこへ連れていかれるのかわからんがまともな飛行場へ降ろさせてもらえる望みはなさそうだ」

副操縦士は「はい」とうなずくと、前部ギャレーに詰めているチーフパーサーをインターフォンで呼びだした。二人のパイロットも、キャビンクルーたちも、サンフランシスコからの十時間あまりのフライトの後で、すでにくたくただった。

「まったく、飛行機ごとハイジャックされるとはな」

「機長、キャビンクルーが乗客にライフベストの使い方を説明します」

機長は「よし」とうなずいたが、すぐに、

「おい、腹は減らないか？」

「は？　腹ですか？」

副操縦士はけげんな顔をした。

機長は諭すように、

「いいか。この機は、これからどうなるかわからん。二時間後に燃料が切れて着水することになれば、乗客を誘導してスライドラフト（救命筏《いかだ》）に乗せて、それから何時間も漂流することになるかも知れん。腹が減っていて、乗客の安全が守れると思うか？」

「なるほど。すぐに何か持ってきてもらいましょう」

副操縦士はまたインターフォンを取ると、前部ギャレーを呼びだした。

「機長、ファーストクラスのディナーに出したステーキが、残っているそうです。二人前、大盛りライス付きで持ってきてくれるよう頼みました」

「よし」

ゴォォォォ――

ＭＤ11を二機で取り囲むようにして、銀色のバジャーは本州の南海上を西へ向かい始めた。

もしＭＤ11の燃料が尽きるまでこの進路で飛べば、九州を少し通り越して、東シナ海へ出るところまで行く計算になる。

ドゴオオオ

その編隊を５マイル後方から追いながら、Ｆ15Ｊを駆る原田《はらだ》大尉は怒りに震えていた。

「この野郎この野郎、よくも俺《おれ》の就職先を！」

西日本帝国航空は、空軍で先行き出世の見通しがなくなった原田が、第二の人生として再就職しようと思っていた民間エアラインであった。空軍で世話になった先輩が、あの航空会社で７４７―４００に乗っている。原田にその気があるのなら、人事課を紹介してやろうと言ってくれている。しかし、

（自分の会社の旅客機を守り切れなかった空軍パイロットを、採用してくれるだろうか？）

そう思うと、いてもたってもいられない。しかし、

「この体勢では、手が出せん！　くそっ」

ヘッドアップ・ディスプレーの中に浮かぶ二機のバジャーはMD11にひっつきすぎていて、F15JのM61・20ミリバルカン砲を発射しようものなら、どんなにうまく狙《ねら》っても風で流れた二、三発が旅客機に命中してしまう。与圧された旅客機のキャビンは、バルカン砲どころかピストルで窓に穴を開けただけでも風船のように裂けてしまうのだ。熱線追尾ミサイルのAIM9Lサイドワインダーでも同じこと。バジャーにロックオンして発射しても、MD11の大口径ターボファンエンジンのほうが熱量が大きいため、旅客機に吸い寄せられて命中してしまう。

（くそっ、駄目だ！　自分の会社の旅客機に間違えてバルカン砲を撃ったパイロットなんて、絶対に採用してもらえないぞ！）

原田はバジャーに合わせて遅く飛びながら、酸素マスクの中で歯がみして悔しがった。

『原田大尉、そろそろ燃料がビンゴです』

左上方につき従うウイングマンの鈴木少尉が短く告げた。

原田にもそれはわかっていた。

（一度もアフターバーナーを使わなかったとはいえ、もう横田に戻るか給油機と会合しないと空中に浮いていられなくなる——）

原田は悔しそうにバジャーとＭＤ11を見た。

『デルタ１、こちらフランケット・トス。給油機へ誘導する。ライトターン、機首方位０９０へ。バジャーの随行はデルタ３と４が代わります』

ううっ、と原田はうなった。

「デルタ１、了解」


ドゴォッ！

二機のＦ15Ｊは、切れ味のいいバンク90度の垂直旋回で、急速にその場を離れていった。

六本木国防総省　総合指令室

「バジャーが西へ向かった？」

峰剛之介《みねごうのすけ》は、総司令官席から身を乗り出した。

「どういうことだ？」

　幾列もの戦術管制卓が並ぶ広大なフロアを見下ろす司令官席から、峰は薄暗い空間を通して前面の巨大な戦術状況表示スクリーンを見やる。バジャー編隊を表わす赤い三角形、その未来位置を予測する速度ベクトル線が、ゆっくりと曲がって左の方を向いていく。やつらは南へは向かわず、西へ旋回しているのだ。

「追跡オペレーター、やつらは父島へ南下するのではないのか？」

『峰統幕議長、バジャーの針路は２７０。大島上空で右旋回、まっすぐに西へ向かいます』

　空軍追跡担当オペレーターの、マイクを通した声がスピーカーに流れる。

『報告のあった西日本航空機の残燃料はあと一時間五十三分。仮に本州の南岸沿いをこのまま進めば、鹿児島《かごしま》を通り越して東シナ海へ到達します』

　ううむ、峰は総司令官席でうなった。

「やつらの狙いはなんなのだ？　父島海域を制圧して、黒い球体を確保するのではなかったのか？」

「まさかこのあと北に転じて、横須賀《よこすか》の連合艦隊基地を襲うつもりでは？」

　隣の陸軍参謀総長席で、吉沢《よしざわ》少将が言う。

「あのバジャーが翼下につるしている大型対艦ミサイルは、艦船攻撃用だ。父島へ向かおうとする我が海軍の艦艇を浦賀水道で叩《たた》いて沈めれば、東京湾を封鎖することにもなる。一石二鳥の作戦だぞ峰さん」

まさか、と峰はつぶやいた。

「やつら——東日本のやつら、本当に奇襲攻撃で全面戦争に突入するつもりなのか？」

六本木　外苑東通り

「どう考えたって東日本に勝ち目はないのです」

国防総省を出て、外苑《がいえん》東通りを霞《かすみ》が関《せき》の外務省へと急ぐ首相専用黒塗りリムジンの後席で、迎《むかえ》秘書官が興奮して言った。

「装備や戦力、経済力、総合的に見て東日本共和国はわが西日本帝国に勝てません」

「それはまともに戦った場合の話だろ？」

木谷《きたに》は運転手の後ろのシートで、考えこみながら言った。

「戦争には本来、ルールなんてないんだ」

「そのとおりだ迎秘書官」

前の助手席から、陸軍国家安全保障局の波頭《はとう》少佐が振り向いて言った。

「特に独裁者の率いる国との戦争では、『なんでもあり』だと思っていたほうがいい」

「な、なんでもありって――」

「なんでもありだ。細菌、毒ガス、卑劣な作戦、場合によっては核」

「核？」

迎は、後席でびくっと身を震わせた。

「おどかさないでください、波頭少佐」

「いいや。あり得る」

木谷が腕組みをしながらうなずく。

「東日本の山多田大三のバックについているのはネオ・ソビエト――もう一度〈赤い帝国〉をこの地上に打ち立てて世界を支配しようと狙う旧ソ連の残党だ。新潟に核くらい持ちこんでいると見たほうがいい」

「ええ。ただ――」

波頭はうなずきながら、

「向こうが核を使用するとしたら、ぎりぎり土壇場になってでしょう。東日本は、わが西日本帝国の工場地帯や、農作物などの食糧が欲しい。まずは無傷で占領することを狙うでしょう。そのうえ、東日本平等党を率いる山多田大三とネオ・ソビエトの一派は、実はあまり仲がよくない」

「山多田とネオ・ソビエトは、仲が悪いのですか?」

迎が聞くと波頭はうなずいて、

「今はたまたま目的が一致しているから同居しているに過ぎないのだ。ネオ・ソビエトの首領も山多田も、世界でいちばん偉いのは自分だと思っているし、いずれ世界はすべて自分が支配するつもりでいる。ネオ・ソビエトと山多田のあいだには、ネオ・ソビエトが宇宙兵器と先端技術を供与してやる代わりに山多田はネオ・ソビエトの手足となって働き、いずれ世界を征服したあかつきには、山多田はアジアとオーストラリアをもらうという密約があるらしいが」

「ネオ・ソビエトの先端技術がなければ、星間文明の黒い球体を手に入れても、そのオーバーテクノロジーを解明できないわけですね」

「そうだ。国民の反乱が怖くて、一般国民には割り算も教えていないような国だからな。ところが山多田は、星間文明のオーバーテクノロジーを手に入れて世界を征服したら、ネオ・ソビエトも皆殺しにするつもりだ。そんな仲だから、ネオ・ソビエトの一派は絶対に山多田に核を渡さない」


黒塗りのリムジンは、陸軍保安局のジープが先導し、運転手も総理府の職員からピストルを携帯した特殊部隊の将校に替わっていた。デフコンIIの準臨戦態勢に入ったためだ。

　しゅるるるる
　滑るようにリムジンは外苑東通りを東京タワー方向へ走る。が、軍はデフコンⅡだといっても一般の民間人には何の制限もかけられていないし、政府が情報を統制してしまっているので東日本共和国とのあいだに再び緊張が高まりつつあることなど西東京の一般市民は知りもしなかった。

（あいかわらず六本木は――）

　木谷は、リムジンの後部座席で腕組みをしながら、窓外のきらびやかな街の景色を見た。

　おりしも、土曜の夜が始まろうとしている。

　木谷は、華やかな六本木の景色が嫌いだった。でもなんとなく、今でもここを通ると、外を見ずにはいられなかった。ここには学生時代の頃《ころ》の木谷には与えられなかった、若さと華やかな楽しさがあった。

（早稲田の学費を払ったら、俺には合コンに出る金もなかった。穿いていくズボンすらなかった。たった一本のベルボトムジーンズだけが、冬も夏も俺の一張羅だった……）

　木谷は、くやしかったけれど、楽しそうに歩道を歩くボディコンの女の子たちを目にすると東日本との緊張のことも一瞬忘れて、それを目で追わずにはいられなかった。

東日本共和国　暫定首都新潟
統合軍令部作戦室

ひゅううう

電力不足でまるで山奥のように暗い新潟の町に、日本海からの雪混じりの木枯らしが、電気の通じていない電信柱を凍らせるような強さで吹きつけている。

ひゅううう

新潟の日本海に面した一帯は、軍需工場と軍の飛行場や港などの要塞《ようさい》施設があり、一般国民はもちろん立ち入り禁止である。この一帯にだけは、乏しい電力が供給されていた。

ざわざわざわ

体育館のような高い天井から水銀照明があたりを照らす東日本共和国・統合軍令部

作戦室。今ここは異様な活気でざわついていた。

「ネオ・ソビエト偵察衛星からの赤外線写真が届きましたっ」

「よしっ、さっそく最高作戦会議室の山多田先生にお届けしろ！」

「はっ！」

まるで景気の悪い歳末の株式市場みたいに、若い作戦将校や情報将校が怒鳴り合いながら駆けずり回っている。

「違う違う！　全情報イカ釣り漁船は、陸岸に近づいて傍受態勢強化だっ。もうイカは釣らなくていいっ」

どやどやと怒号が飛びかう中を、衛星写真の紙袋を脇《わき》に抱えた川西《かわにし》作戦少尉は、だだっ広い統合作戦室の正面の一段高くなった演壇へ向かう。さっきそこで「世界解放の戦いが始まる」と大演説をぶった山多田大三は、腹心の加藤田《かとうだ》要《かなめ》官房第一書記、陸軍、海軍、空軍の各大臣、それにこの統合軍令部の先任作戦参謀をはじめとする高級将校などを引き連れて、演壇の奥の最高作戦会議室へこもっていた。

「失礼します！　偵察衛星からの写真をお持ちいたしました！」

川西少尉は敬礼した。

最高作戦会議室の分厚いドアの脇には、ミニスカートに黒いブーツ姿の議事堂警護隊女性将校が二人、自動小銃を持って警備にあたっている。軍令部作戦室の中ですら、大三は身辺警護を怠らないのだ。

女性警護官がインターフォンのボタンを押すと、中から加藤田第一書記らしいかん高い声が「誰《だれ》だ！」と答えた。

「か、川西作戦少尉であります！」

川西は、警護官のミニの太腿《ふともも》に視線が張り付きそうになるのを必死でこらえながら、背筋をぴんと伸ばしてインターフォンに答えた。川西正俊《まさとし》少尉は二十二歳。平等党役員の家に生まれて今年新潟大学を卒業し、陸軍の士官になった。しかし国民のほぼ全員が官舎に住んで門限と外泊禁止、朝の掃除をやらされている東日本共和国では、川西のような若者は欲求不満を溜《た》めこむばかりであった。仕事の帰りに女の子とデートするなんて不可能だった。盛り場もないし外食する店もないし、国民は全員が決められた時刻に職場や官舎の食堂のテーブルについて、起立して全員で〈山多田先生をたたえる歌〉を歌い、一斉に「いただきます」で食事をしなければならなかった。

〈隣の西日本帝国では、俺と同じ年の若者が、好きな時に好きな物を食べて、仕事が終わった後は誰とどこに遊びにいってもよくて、地区の役員に届けなくても外泊していいという暮らしを楽しんでいると聞いたが……本当なのだろうか――？〉

だが東日本共和国で、「今の生活は不自由で嫌だ」と口にでもしようものなら、上官や憲兵や仲間の中にひそんでいる秘密工作員がたちまち聞きつけ、「おまえはこの東日本共和国が正しくないとでもいうのかっ？　それは『山多田先生は正しくない』と言うに等しい行為だぞ」と詰問され、下手をすると銃殺されてしまう。この統合軍令部作戦室に若い将校が多いのも、ベテランになった作戦将校たちが、つい「こんな作戦は無理」とか「我が軍の戦力は劣っている」とか本当のことを口走るたびに銃殺されてしまうので、生き残る者が少ないためである。いつの間にかこの作戦室では、補充された新人ばかりが大多数を占めるようになってしまっていた。川西はここへ配属されて日が浅く、つい不注意にポロッと本当のことを言ってしまって銃殺されはしないかと、毎日びくびくしているのだった。

「よし入れ！」

インターフォンが答えた。

女性警護官の一人が無言で重たいドアを開けた。

「し、失礼いたします！」

最高作戦会議室の内部は、体育館のようにだだっ広い軍令部作戦室とは対照的に、穴蔵のように天井が低くて赤い赤外線ランプのような照明で照らされ、まるで潜水艦の発令所のようだった。川西は、この部屋だけが軍令部の中で唯一、特別耐久核シェルターになっていることを知らなかった。

「川西作戦少尉であります。ネオ・ソビエト偵察衛星がとらえた、敵国本州南岸の赤外線写真をお持ちしました」

するど、円形のテーブルの奥に座ったスダレ頭のダルマのような黒ぶち眼鏡のおっさんが、「敵空母の所在はわかるか？　説明しろ」とだみ声で命じた。

山多田大三からじきじきに命じられた川西少尉はますます緊張した。

「はっ、ただいま分析台にかけて説明いたします」

川西は、円形テーブルの中央へ画像を映し出すプロジェクターに写真の一枚をかけて、投影スイッチを入れた。

伊豆沖上空　高度二万八千フィート

ゴォォォォ――

ＭＤ11旅客機を後ろに従え、夜の洋上を飛ぶバジャー編隊の隊長機コクピット。

「隊長、本国新潟から、まだ〈目標〉の位置を言ってきません」

通信士がヘッドフォンを押さえながら、左側操縦席の少佐に言った。

「ただ『引き続き西へ向かえ』、それだけです」

薄暗くてせまい旧式爆撃機の操縦室は、気をつけて身体を動かさないと、どこかのスイッチやレバーに肘《ひじ》や足があたってしまう。機長席の少佐は頭だけで振り向いて、あわてるな、と言った。

「あわてるな。今きっと衛星からの情報で、敵空母の位置を割り出しているのだ」

少佐は窓の外を見やって、さっきとは違う二機のＦ15Ｊが後方に追随しているのを確認した。

「俺たちが旅客機を人質に捕っている以上、やつらは手出しができないぞ。敵空母も俺たちを迎撃できない。完璧《かんぺき》な作戦だ」

だが少佐は、ＭＤ11の燃料には限りがあって、攻撃が済んだ後まで人質に捕っておくことはできないだろうということには触れなかった。

「しょ、少佐、少し替わっていただけませんか」

右席で操縦桿《そうじゅうかん》を握る若い副操縦士が言った。このバジャーの自動操縦装置は先月から故障していて、二人のパイロットのどちらかが常に操縦桿を握っていなくてはならなかった。でも、２８０００フィートの高空は空気が薄くて、水平直線飛行を人間の手で維持するのは容易なことではなかった。おまけにバジャーの暖房はぜんぜん効かなくて、手がかじかむのだった。

「馬鹿者っ、弱音を吐くのは国を愛する心が足りないせいだ！」

少佐は自動操縦装置の代わりなんかやりたくないので、副操縦士を怒鳴りつけた。

「よし、みんなで山多田先生の歌を歌って、元気を出そう！」

若い乗員たちが「げぇっ」と嫌がっているのを無視して、少佐は大声で音頭を取り始めた。

「〈山多田先生なぜえらい〉一番、はじめっ。さん、はい」

しーん
「こらどうしたっ！　お前たちは不適国民かっ！　戻ったら銃殺だぞ、元気に歌え」

「はっ」

「は」

「そのかわり歌い終わったら、みんなに機内食を支給するぞ。がんばって歌え！　さん、はい」

バジャーの暗い機内に、やる気のない歌声が響き始めた。

〜くーにをつくった山多田せんせい、かみさまよりも、えらいんだ――

東日本共和国　暫定首都新潟
統合軍令部作戦室

川西少尉は、円形テーブルの中央へ画像を映し出すプロジェクターに写真の一枚をかけて、西日本海軍の航空母艦の所在について説明を始めた。

　カチリ
　パッ
「ご説明いたします。西日本の空母〈赤城〉は、半日前までは伊勢湾沖を航行中であったことが確認されておりますが、現在、伊勢湾から渥美《あつみ》半島沖にかけてはこのように厚い雲が覆っており、衛星からその正確な所在をつかむことは不可能であります」

　むう、ううむとうなり声が最高会議室に満ちた。

「だいたいの位置は、わかるのか？」

　加藤田第一書記が聞いた。

「はっ、この厚い温暖前線の、雲の下のどこかに隠れているものと思われます」

　加藤田は軍令部の先任作戦参謀を呼んだ。

「先任参謀」

「は」

　軍令部の現場責任者である先任作戦参謀の大佐が立ち上がる。このはげ頭の大佐は大三の腹心の一人で、最初から黒い球体の捕獲計画にかかわっていた人間だ。

　加藤田は先任参謀に聞いた。

「バジャーに積ませている対艦ミサイルの性能はどれくらいだ？　この前線の雲の下のどこかに隠れている空母を見つけだして、撃破できるのか？」

　すると先任参謀は、汗をふきながら、

「恐れながら申しあげます。十年前、我が国にちょうど八発だけ試験輸入されていた〈スクラッバー〉は、旧ソ連の初期型空中発射対艦ミサイルでありまして――」

　ようするに、今バジャーが翼下につるしているのは、昔のソ連海軍が試作品として作ってみて、あまり役に立たなかったので東日本に売りつけた代物なのだった。

「――射程は40キロメートル、目標目がけて発射してやると慣性誘導で飛行して行き、自分のレーダーで目標をとらえると、あらためて針路を修正して敵艦に突っこみます。重量２３００キログラムのうち４００キログラムが弾頭と、非常に強力でありまして――」

　都合の悪いことを聞かれた営業マンみたいに、先任参謀は〈スクラッバー〉ミサイルの良いところだけをずらずら並べて、ぜんぜん答にならないようなことをしゃべり続けた。

「――目標付近では海面すれすれを亜音速で飛行いたします。艦船から見て、まっすぐに向かってくるミサイルを見つけるのは至難の業でありまして、フォークランド紛争で〈エグゾセ〉ミサイルが英艦〈シェフィールド〉を撃沈しましたように……」

「ええい、答になってないっ！」

加藤田要は一喝した。

「幅の広い前線の雲の下のどこかにいる空母を、自分で発見して撃破することができるのかと聞いているのだ！」

「はは、それは……」

先任参謀は、また汗をふいた。

「敵艦の位置が、あらかじめある程度正確にわかっていなくては、発射しても無駄になるかもしれません」

川西少尉は、そのやりとりを聞きながら、このおっさんたちは西日本の空母を狙っているのか、と驚いた。

（さっきの演説では、すべてを超越した〈力〉がわれわれに味方する、とか言ってたけど……実際は敵の空母の位置すら我々はつかめない。いったい、本当に西日本に攻めこんで大丈夫なのかなあ——）

加藤田要が、「最初からそう言え馬鹿者」と先任参謀を怒鳴りつけた。

「こうなれば山多田先生、やはり空母は父島海域に待ちぶせさせた潜水艦に魚雷で攻撃させ、バジャーには〈大和《やまと》〉を襲わせましょう」

海軍大臣が提案した。

海軍大臣は、先ほどの中央委員会特別会議が終わった後で、初めて宇宙からたたき落とした黒い球体のことや、西日本帝国へ先制攻撃をかけるための卑劣な作戦などについて聞かされたのだった。すでに、海軍の最高責任者である自分の知らないところで、数隻の艦艇に命令が出され、海軍の虎《とら》の子であるVTOL戦闘機フォージャーまで知らないうちにイカ釣り漁船に載せられて銚子沖へ出動させられていた。大三とその腹心の連中が、軍の指揮系統を無視して勝手に命じていたのである。

(こうなれば、なるべく緒戦において西日本の主力をたたき、こちらが優位にあるうちになんとか講和へ持ちこむしか、わが東日本の生き残る道はない――)

海軍大臣は、東日本の軍部では最も国際常識を持った人物だったので、こんな戦争が無茶以外の何ものでもないことをよく知っていた。西日本帝国には、勝てっこない。星間文明の黒い球体を手に入れたところで、本当にオーバーテクノロジーが手に入るのか、それが戦争をする上で役に立つ代物なのか、まだぜんぜんわからないではないか。

「父島海域を制圧し、星間文明の黒い球体を確実に我が物とするには、『目の上のたんこぶ』がいくつかあります。一つは西日本帝国海軍の五隻の空母、二つ目は優勢な航空兵力、三つ目が戦艦〈大和〉です」

そうだ、この三つには、我々は逆立ちしても勝てない、と海軍大臣は思いながら続けた。

「しかし幸いなことに、西日本帝国は国際貢献のＰＫＦだとかぬかして、ひそかにその帝国版図を広げんと、アジアやアフリカに三隻の空母を派遣しております。さらに〈加賀〉は佐世保でドック入りしており現在戦力として稼働できる空母はわずかに〈赤城〉一艦のみ。わが海軍の攻撃型潜水艦が総出でかかれば、父島へ到達する前に沈めてしまえるでしょう」

それを聞きながら、川西少尉は、あれ？　と思った。

（海軍大臣は、父島海域で待ちぶせするため緊急出動した我が海軍のフォクストロット級攻撃型潜水艦二隻が、仙台から出港直後に行方不明になったことを知らないのかな——？）

そればかりか、その付近の海域で、貨物船とトロール漁船も謎《なぞ》の転覆をしているのだ。

（——それについては、水無月《みなづき》大尉がわざわざ中央委員会大議事堂まで緊急報告に行ったはずだが……？）

そう言えば、と川西少尉は首をかしげた。

（報告に行ったはずの水無月先輩は、どうして帰ってこないんだ……？）

川西は、水無月是清《これきよ》が、反逆者水無月現一郎の息子として逮捕され、身柄を拘束されていることを知らなかった。緊急報告などする前に捕まってしまったのだ。だから『潜水艦二隻行方不明』のこの情報は宙に浮いたまま、このあとしばらく放っておかれることになってしまったのだった。

円形テーブルでは、海軍大臣が山多田大三はじめその腹心の部下たちに説明していた。

「――また航空兵力に対しても、まもなく我が海軍機が敵の早期空中警戒管制機E3Aに対し攻撃を加えます。AWACSを落としてしまえば、敵の空中指揮能力はがた落ちです。すると残る障害は、〈大和〉のみであります」

「海軍大臣」

加藤田要が聞く。

「バジャーは二機落とされ、現在二機だけになってしまった。この二機が持っている四発の対艦ミサイルだけで、〈大和〉は沈むのか?」

「加藤田第一書記、大和は沈める必要はありません。46センチ主砲を使えなくしてやればよいのです。四発のミサイルに、〈大和〉の三つの主砲塔と、艦橋を狙わせましょう。主砲が使えなければ、〈大和〉はただのでかい船です。そうなればもはや、陸軍戦車隊の利根川渡河作戦を海上から砲撃で阻止される恐れもなくなります」

加藤田要はうむ、とうなずいて、今度は先任参謀に、

「先任参謀。バジャーが人質に捕っている西日本の旅客機は、あとどれくらい飛んでいられるのだ？」

「は。敵側の通信を傍受したところ」

先任参謀は腕時計を見て言った。

「あと一時間五十分少々。九州の向こう側までは飛べます」

加藤田は川西少尉に聞いた。

「川西少尉。〈大和〉の位置は？」

「はい。長崎沖にも雲があるのですが、前線のように厚くはないので〈大和〉のような巨大な軍艦の出す赤外線なら探知することが可能です。こちらの写真によりますと――」

川西は、分析台の上で写真を拡大し、長崎島原半島沖を南下中の戦艦〈大和〉の現在位置を特定して見せた。

加藤田要は、その説明にうむとうなずくと、

「山多田先生、総合的に判断して、バジャーはこのまま西へ進み、〈大和〉を撃滅するのが得策と考えられます」

円形テーブルの奥の席でふんぞり返って部下のやりとりを聞いていた山多田大三は、一言、「そうしろ」と答えた。

伊豆沖上空　二万八千フィート

「隊長、攻撃目標の指示が来ました！」

通信士が叫んだ。

「見せてみろ」

少佐は電文を受け取ると、操縦席で月明かりにかざして眺めた。

ううむ、少佐はうなった。

「――〈大和〉か！　我々は、島原沖の戦艦〈大和〉を撃滅するのか！」

少佐の顔がみるみる興奮して赤くなったが、その他の若い乗員たちは、みんなそれを聞いて蒼《あお》くなった。生きて帰れる可能性が、また減ったからである。

「おいみんな喜べ！　我々は東日本共和国空軍兵士として、栄誉ある任務を与えられた！」

しーん
若い乗員たちの間に、沈黙が広がる。

確かに、民間旅客機を人質にでも捕らなければ、旧式のバジャーが戦艦〈大和〉の半径40キロ以内に近づくのは、不可能であった。しかし後ろに従えている人質のＭＤ

11は、あと一時間四十分しか燃料がもたない。攻撃が済んだ後までは、二機のバジャーに命の保証がないばかりか、たとえ万一降伏しても、許してもらえず撃墜される可能性が高かった。

「よおし、みんなに機内食を配れ！」

少佐はひとり上機嫌で命じた。

「は、はい。では、全員に機内食を配ります」

通信士が席を立って、自分の席の下から段ボールをひっぱり出すと、ふたを開けて中身を手渡しで配り始めた。

ゴォォォォ――

バジャーに後部銃座の23ミリ機関砲を向けられたまま、行き先も告げられず西へ飛び続けているMD11旅客機の機内では、乗客にライフベストが配られ、緊急着水後の脱出の手順が説明されていた。

『飛行機は着水しても、二十分間は浮いていられます。皆様どうか落ち着いて、救命ラフトに乗り移ってください。救命胴衣は機内ではふくらませず……』

機内アナウンスが行われる中、客室最前部のギャレーではコクピットにいる二名の操縦士に出す食事が用意されていた。

女性のチーフパーサーが、インターフォンでコクピットを呼んだ。

「キャプテン、チーフの美城《みしろ》ですが――ステーキディナー用意できました。オードブルのキャビアも残っていますけど、キャビア丼《どん》になさいますか？　はい、では大盛りで、お醤油《しょうゆ》とレモンかけて」

銚子沖上空　三万一千フィート

キイイイイン
青いＹａｋ38が、依然として垂直噴射に重量の半分以上をまかせたまま、ゆっくりした速度で高度を上げていく。

イカ釣り漁船から発進したこのフォージャーＶＴＯＬ戦闘機は、ヘリコプターなみのホヴァリング能力を生かして銚子沖の民間航空路にゆっくりと近づくのが任務だった。

「いるぞ、いるぞ」

操縦席の男はほくそえんだ。

「バジャーが成田へ向かう民間機を足止めしてくれたおかげで、こちらは予定通り待機旋回中の旅客機にひっつけるというものだ――」

男は斜め上方を見上げた。銚子沖が戦闘空域に指定されたため、危険が去るまで一時沖合いで待機を命じられた到着機が何機も、航空路上の〈アリエス〉待機ポイントで楕円《だえん》状のホールディング・パターンを描いて旋回中だった。

「よし、あれにしよう」

男は、高度３１０００フィートを赤と緑の航行灯を点《つ》けてゆったりと旋回中のエアバスＡ３４０に目をつけ、斜め後ろ下方からフォージャーを接近させていった。

キイイイン

しかし、

「くそ、速いなあいつ」

グォオオオ——

フォージャーはエアバスに追いつけなかった。

大型旅客機の下面にとりつくまで、速度は今以上に上げられない。つい50マイル先の銚子岬の上空では西日本帝国空軍のＥ３Ａセントリー早期空中警戒管制機が旋回している。Ｅ３Ａのパルスドップラーレーダーは、空中を80ノット以上で移動する物はなんでも探知してしまう。タイミングが大事だった。

男は待機ポイントの上空で速度ゼロでホヴァリングすると、Ａ３４０が楕円パターンを一周して戻ってくるのを待った。

キイイン――

「くそ、ふらつくな。早く来い」

フォージャーの能力では、この高度で主翼の揚力なしで空中停止するのは至難の業だった。その上、垂直噴射に頼って空に浮くのは、ものすごく燃料を食った。下手をすると、〈任務〉を遂行する前に燃料切れになってしまう。秘密任務を命じられてそれに失敗したら、本国へ帰っても銃殺か、よくて網走《あばしり》の収容所で終身刑である。

「要領が大事だぞ。次でうまくやらなくては――それにぐずぐずしていると、待機が解かれて旅客機が成田へ向かい出してしまう」

やがて後方の暗闇《くらやみ》から、航行灯を点けた四発の大型ジェット旅客機がおおいかぶさるように飛んできた。全日本アジア航空のＡ３４０だ。

ゴオオオオ！

「よしっ！」

男は左手でフォージャーのスロットルを全開にし、同時に推力方向可変ノズルをフルに後ろへ向けた。

ぐいん
加速がかかり、フォージャーの青い機体は一瞬沈みこんでから、速度を上げて前進に転じた。

グォオオオ！

「よし、うまくつかまえたぞ！」

すべての標識灯を消したＹａｋ38は、長大な主翼を持つ優美なＡ３４０の腹の下に、コバンザメのように張り付いて飛び始めた。エアバスの腹との間隔はわずか３メートルで、男は旅客機の胴体下面の赤い衝突防止ライトがまぶしくて、あわててヘルメットのサンバイザーを降ろさなくてはならなかった。

おりしもバジャーが西へ去って待機が解かれたのか、Ａ３４０は待機旋回をそれ以上続けずに、銚子の岬の方向へまっすぐに飛び始めた。

「いいぞいいぞ！　すべて計画通りに運んでいる。さすがは山多田先生のお立てになった作戦だ！」

ゴォォォォ――

銚子の岬の上空では、Ｅ３Ａセントリー AＷＡＣＳが３万フィートの高度を保って旋回し、半径２００マイル以内のすべての飛行物体に目を光らせていた。

「バジャー二機はこのまま西へ向かうもよう。まもなくこちらのレーダー覆域を出ます」

要撃管制席で戦術状況表示ディスプレーを見ていた葉月佳枝《はづきよしえ》中尉は、とにかく諸悪の根源のバジャー二機が自分のレーダーから出ていってくれたので、その後の旅客機の運命が心配ではあるものの、正直ほっと一息ついていた。

　六本木の国防総省へ報告を入れると、佳枝はメタルフレームのメガネを置いて、さっき助手の少尉が入れてくれたマグカップのコーヒーを飲んだ。クリームと砂糖入りのコーヒーは冷めていた。

「大変でしたね中尉」

　隣の席で、佳枝を手伝ってデータの解析をする少尉が声をかけた。

「東日本軍機に警告をしたのは、生まれて初めてだったわ。声、うわずってなかったかしら」

「大丈夫ですよ」

　少尉は笑った。

「それにもう、レーダーの上に東日本機はいません。高空も低空もふくめて、民間機しか映っていませんから、やつらも一休みですよ」

「そうだといいけど――」

　佳枝も少尉も、戦争の可能性については考えたくなかった。今回のスクランブルも、東日本共和国空軍の一部の過激分子が、勝手にテロ行為に走ったものだと思いたかった。また、それがいちばん現実的な考え方でもあった。

まともに考えて、東日本が西日本にかなうわけがないのである。ひとつの例がこのE3AセントリーAWACSだ。背中に直径9メートルのロートドームを背負ったボーイング707改造の早期空中警戒管制機は、優秀なパルスドップラーレーダーと敵味方識別コンピュータシステムによって最大直径750キロの円形の空域を超低空から高空までカバーして監視することができ、同時に600の目標をとらえてそのうちの200を詳しく識別し、追跡することができる。

〈湾岸戦争じゃ、E3Aに誘導されたおかげで、多国籍軍の戦闘機は管制官に空港へ誘導される旅客機みたいに簡単に敵機の後ろに食いついて、四十二対ゼロの撃墜スコアを上げたんだもの——しかも夜戦だったのに同士討ちはゼロ……やっぱりすごいわ、このAWACSは〉

佳枝はE3Aの能力にあらためて感心して、自分の目の前の大直径レーダースコープ——戦術状況表示ディスプレー——を見やった。銚子の岬上空を旋回するこの機のレーダーには無数のレーダー・ターゲットが映っていたが、E3Aのコンピュータはそれらすべてが無害な民間旅客機のエコーであることを表示していた。

だが佳枝は、津田塾の英文科を出た文系の女の子で、レーダーの仕組みは操作マニュアルで学んだだけだったから、E3Aのパルスドップラーレーダーにも重大な〈盲点〉が存在することに気づいていなかった。このパルスドップラーレーダーは、ルックダウン（下方監視）能力を備えていて自分より下の高度で海面を背にしている目標でも探知が可能だが、原則としてその目標が80ノット以上の速度で移動していないと、海面から突き出た岩や漁船だと判断して、レーダースコープに表示しないのであった。

「あら——？」

成田へ向かって降下していく全日本アジア航空のエアバスの影から、別の小さなレーダー・ターゲットが分離してこちらへ向かってきた時、佳枝は何かの間違いだろうと思った。

「——えっ？」

ビーッ！

要撃管制席にたちまち敵味方識別システムの警報が鳴り響いた。

佳枝はあわてて眼鏡をかけ直したが、遅かった。

「どこにいたのよ、こいつ！」

Ｙａｋ38フォージャー一機、１・５Ｇ４５０ノット、後方３マイル接近中。

戦術状況表示ディスプレーに、たちまち赤色の警告表示が出た。

ビーッ、ビーッ！

ガチャッ

佳枝はあわてて操縦席へのインターフォンを取った。

「後方より敵機！　後方より敵機！　機長、逃げてくださいっ！」

六本木国防総省　総合指令室

「銚子上空のE3Aより緊急救難信号です！」

オペレーターの叫び声に、峰は思わず立ち上がった。

「AWACSが――！　襲われているだとっ？」

「馬鹿な」

隣で吉沢少将もうなった。

「どこから来たのだ、その敵機は！」

「E3Aは回避に入ります！」

「護衛のF15はどうしたっ！」

「洋上に出て順番に空中給油を受けている最中です！　隙《すき》を突かれました！」

銚子上空　三万フィート

ズゴォオオオッ

Ｙａｋ38は全速力を出して、ボーイング７０７改造の空中管制機に肉迫していった。

ピー

操縦席に座る男のヘルメットに、ＡＡ―２アトール熱線追尾ミサイルの赤外線シーカーが立てるトーンが鳴り響いた。

「よし！」

細長く小さなフォージャーよりも圧倒的に翼幅が広い四発ジェット機が、彼の目の前のヘッドアップディスプレーにはみ出さんばかりに大きくなる。

だが次の瞬間、

ドドドッ

Ｅ３Ａは主翼の上のスポイラー十枚を一斉に立てて、揚力を消滅させるとともに機首を思いっきり下げた。

ズォオオオオ！

フォージャーのヘッドアップディスプレーから、大型四発機のシルエットがふっと沈んで消えた。

「な、なにっ」

「うおおおおっ」

Ｅ３Ａのコクピットでは、機長の伝田中佐がスピードブレーキを一杯に引き、四基のエンジンのスラストレバーをアイドルにして両手で操縦桿を思いっきり押しつけていた。ものすごいマイナスＧで体が浮き上がる。

「レーダードームがもげますっ！」

楠《くすのき》大尉が副操縦席で叫ぶ。

「死ぬよりは増しだろうっ！」

伝田は叫びながら、操縦桿を押し続ける。

「きゃあああああっ！」

葉月佳枝は管制席から浮き上がって天井にぶつかった。ベルトを締めていなかったのだ。

ごつん！

「痛い！」

計算用紙やチャートや筆記具やコーヒーのマグカップや、機内の固定されていない物が残らず宙に舞い上がった。

「葉月中尉っ！」

「助けてぇっ」

ミシミシミシッ
Ｅ３Ａの天井が台風で吹っ飛ぶ寸前の木造家屋の屋根みたいにきしみ始めた。

ミシミシッ
「中尉、こっちへ！」

ほとんど無重力急降下を続けるＥ３Ａの機内で、少尉は佳枝の腰のベルトをつかまえると、床に引き戻してなんとか座席に固定する。

「ベルトを締めて！　天井がロートドームごと吹っ飛んだら、機外に吸い出されます！」

ゴォオオオッ
フォージャーはＥ３Ａを追尾して降下に移った。四発の巨大な機体だ。見逃しようがない。

「待て待てっ」

　男は舌なめずりしてE3Aを追う。だがE3AもYak38も最高速度はそう変わりなくて、アフターバーナーを持たないフォージャーは、一度離されると後方へ再び食いつくのに思ったより時間を要した。

「くそっ」

　男は燃料計を見た。E3Aを撃墜して、利根川国境を越えて福島県の基地まで逃げ延びるには、あと二分以内にけりをつけなくてはならなかった。

（それに早くしないと、護衛のイーグルが来る！）

　ここまで、このフォージャーは非常な幸運に恵まれていた。第一に、母艦から発進したら三十分しか作戦行動ができないと言われるほど燃料を食うのに、ちょうど成田行きのエアバスの腹の下にひっついたとたんに旅客機が成田へと向かい始め、余計な燃料を消費しないでE3Aに近づくことができたこと。第二にE3Aではベテランの管制指揮官の中佐が食あたりで倒れていて新米の葉月佳枝が要撃管制席に着いており、しかもバジャーが居なくなってほっとした瞬間でまさか民間機の腹の下に隠れたVTOL戦闘機が近寄って来るなんて想像もしていなかったこと。そして、本来E3Aを囲むように飛んでいるはずの六機のF15Jが、ちょうど給油のために銚子の岬を外れて洋上に出ていたこと。西日本空軍では、人が住んでいる市街地の上ではなるべく空中給油をやらないように規定されているのである。
しかし、幸運はそう長くは続かない。
ピー
急降下するE3Aを上方から追いながら、フォージャーの男はAA—2の発射ボタンを押した。確実に当てるには少し遠かったが、相手の排熱量が大きいから大丈夫と判断した。
カチ
「ん？」
カチ
カチ
「しまった、出ないぞ」
作戦決行の今夜までイカ釣り漁船の甲板に何日間も置いておいたので、塩水をかぶった熱線追尾ミサイルは発射しなかった。
「あわてるな、強制発射モードだ！」
男は自分に言い聞かせ、スロットルレバーから手を離して兵装コントロールパネルで両翼の二発のミサイルを〈強制発射モード〉に切り替えた。こうすると爆発ボルトでミサイルは強制的に出ていくが、そのかわり左右のパイロンで同時に爆発ボルトが作動してしまうため、二発いっぺんに発射してしまうことになる。

「よし、よく狙うんだ！」

男は降下するＥ３Ａの尾部にもう一度狙いをつけた。

しかし、

「わっ、何だ？」

バリバリッ！

何か平たい物体が、大型四発機の背中からもげて、フリスビーのように回転しながらこっちへ飛んできた。

びゅんっ！

「わわっ！」

あわてて操縦桿を倒し、身をかわすフォージャー。

「背中のレーダーがもげたっ！」

楠が叫んだ。

だが伝田は、

「スピードブレーキたためっ！　フラップ出せっ！」

大声で命じながら、Ｅ３Ａを右急旋回に入れた。

ずざざざっ
「うおおおっ」

伝田は45度バンクで右へ急旋回するＥ３Ａの機首を、思いっきり引き上げる。

風切り音を立てて減速しながら、７０７改造の大型ＡＷＡＣＳ機は銚子の市街地をかすめて旋回する。降下し切って高度は１０００フィートもない。今度は猛烈なプラスＧがかかり、乗員は座席に押しつけられてぺしゃんこになりかける。

「きゃあああっ」

「中尉っ、大丈夫ですかっ！」

「胸がつぶれるっ」

ギイイイイン！


ズゴォオオオッ！

それを追う青いシシャモのようなＹａｋ38フォージャー。

「今度こそっ」

カチ
バシユウッ！

「行けぇっ！」

派手なショックをともなって、両翼の下から二本の熱線追尾ミサイルが射出された。

ずしんずしんと発射の反動を食らって、フォージャーの細長い機体はピッチングし、操縦桿をしっかりささえないと下の銚子の醬油工場の煙突にぶつかりそうだった。

「フレアを撒《ま》けっ！」

伝田が大声で命じた。

「だめです機長！　さっきGかけたので故障しました、フレア出ません！」

「なにっ？」

熱線追尾ミサイルのシーカーをごまかすための囮《おとり》の熱源体が、放出できないのだ。

「わあっ、機長、前！　前！」

「おうっ」

E3Aは銚子名物の林立する醬油工場の煙突の一本をすれすれでかすめた。

ブワッ！

熱線追尾ミサイル二本が追っていく。

シュパーッ

命中まで一秒たらず！

しかしその時、Ｅ３Ａがすれすれでかすめた煙突の下では、醤油工場が数十基の蒸気釜《がま》で大量の大豆を蒸している真っ最中であった。そして大豆を蒸している釜のほうが、Ｅ３Ａのプラット・アンド・ホイットニーＪＴ３Ｄターボファンエンジン四基よりも、熱量が大きかった。

ヒュンッ

ヒュンッ

二本のミサイルはたちまち頭を下げて進路を変え、工場の外壁をたやすく突き破って二台の大釜に命中した。

大爆発。

ドッカーン！

アトール空対空ミサイル二発を食らった銚子名物の醤油工場は、たちまち発酵中の数百キロリットルの醤油に引火、夜空に真っ赤な火柱を吹き上げて大爆発を引き起こした。

ドドドーン——！

2. 六本木市街戦

＊

銚子《ちょうし》沖で東日本との空中戦がついに火蓋《ひぶた》を切ったこのときでも、帝都西東京の六本木ではいつもと変わらない土曜の夜が始まろうとしていた。

外苑《がいえん》東通りを木谷《きたに》首相が外務省へと急ぐ。そして同じこのとき、募金屋の追手を逃れて超高級クラブへ逃げこんだ葉狩真一に、新たな災難が襲いかかろうとしていた。

六本木　外苑東通り

「ひどい渋滞だな。どうしたのだ」

　木谷首相を乗せた黒塗りのリムジンは、陸軍のジープに先導させて六本木の国防総省から霞《かすみ》が関《せき》の外務省へ向かう途中、外苑東通りで渋滞につかまってしまった。

「一刻も早く外交交渉に入らねばならないのに――」

　木谷はいらだった。このリムジンの中からでも、電話である程度の指示は出せるが、東日本との直接交渉を行うには外務省本省ビルで優秀なスタッフの援助を受ける必要がある。木谷は西日本の官僚の優秀さをよく知っていて、彼らの得意な分野では自分はしゃしゃり出ずに任せるところを任せていたから、政府内の官僚たちにも人気があった。

「ちょっと見に行かせましょう」

　リムジンの助手席に座る波頭《はとう》少佐がトランシーバーを取り出して、先導するジープの護衛兵士を呼んだ。

「先導車護衛兵、車の列の前方へ行き、渋滞の様子を偵察せよ」

『了解しました』

機銃を搭載したジープの後席から野戦軍装の陸軍兵士が飛び降りて、自動小銃を持ったまま渋滞の列の前へと走った。

パパパッ
パーッ

100メートル向こうに渋滞の元凶が居座っていた。

「何だ？」

ピカピカに磨かれた、山になど一度も行ったことのないような背の高いオフロード4WDが真ん中の車線で斜めになって、右にウインカーを出している。

流れを止めているのはあの車か、と護衛兵士は前方へ急いだ。

外苑東通りは片側三車線もあるのだが、土曜の夜は壮絶な縦列駐車で歩道側の車線とその次の車線は駐車場と化していた。通行できるのは上下とも真ん中の車線一本だけで、いまそれも右折しようとしているオフロード4WDによって流れを止められていた。

「何だあの車、道の真ん中で右折しようとしているぞ」

それともUターンするつもりなのかも知れないが、いずれにせよ交差点でもないところで、勝手に流れをせき止められては困る。木谷首相は一刻を争う重要な交渉のため、外務省へ行かなくてはならないのだ。

「とにかくなんとかしなくては」

　護衛係の高橋二等陸士は、野戦ヘルメットにＭ64自動小銃の戦闘装備で、その車に近寄って行った。


「違法駐車がひどいではないか。警察は何をしているのだ？」

　前に進まないリムジンの後部座席では、木谷が怒っていた。

「俺《おれ》が二年前に、駐車違反の反則金を百倍に値上げしたのに、こたえてないのかこいつらは」

　木谷は、六本木の路上に平気で縦列駐車しているベンツやポルシェやＢＭＷやその他の高級外車やレジャービークルの群れを見渡して、信じられない顔をした。

「俺は、五年前に自動車税を十倍に値上げして、個人で車を持つことを大幅に制限した。もともと西日本のような公共交通機関の発達した便利な狭い国で、自家用車など無駄な贅沢《ぜいたく》品以外の何物でもない。もちろん、金を払って贅沢をするのは自由だから、月にマンション一軒分の家賃に相当するような自動車税を払うのなら、自家用車は所持できる。しかし路上駐車や渋滞は公衆の迷惑だから、俺は二年前に駐車違反の反則金を百倍に値上げし、同時に首都高速を公共交通機関のバスと救急車などの緊急車両以外乗り入れ禁止とした。これによって都内からは渋滞も路上駐車もなくなって、俺は自動車産業界から殺し屋を派遣されて二度も殺されかけたけれど、命がけの政策決定をしたおかげで西日本の原油消費量は大幅に減り、空気はきれいになって鳥が鳴くようになったのだ」

「確かにそのとおりです、総理」

助手席で波頭少佐がうなずいた。

「総理の政策決定で自動車メーカーが三つもつぶれ、十万人が失業しましたが、もともと石油を際限なく飲みこむ不必要な移動機械を大量に生産し続けることで成り立っている経済など、この地球上でいつまでも許されていいはずがないのです。あれは立派な決断でした。しかし」

「しかし、何だね？」

「しかし総理、ここ六本木は、違うのです」

「違う？」


「もしもし！」

野戦ヘルメットをかぶった高橋二等陸士は、ピカピカのオフロード４ＷＤに近づくと、高い運転席に声をかけた。

「もしもし！　この車のおかげで渋滞しております。至急移動されますよう！」

若い高橋二等陸士は、陸軍の教育で言われた通りにていねいに、運転席の市民――真っ黒に日焼けして、口髭《くちひげ》をはやした三十歳くらいのかっこいい男だった――に呼びかけた。

「もしもし！」

しかし、運転席の三十くらいの日焼けした口髭のかっこいい男は、真面目《まじめ》に呼びかける高橋二等陸士などそこにいないかのように、完全に無視した。


「よろしいですか総理。つい半年前に、西麻布警察署長が大英断をくだし、土曜の夜の六本木の路上縦列駐車一掃作戦をおこないました。六本木交差点から半径５００メートル以内のすべての路上駐車の車に――いいですか、すべての車にです。たとえそれがポルシェだろうが、窓にフィルムを貼《は》った黒塗りＳクラスベンツ自動車電話ＴＶ付きであろうがかまわず、駐車違反の黄色い輪っかをくっつけたのです。黄色い輪っかは全部で一万個必要だったそうです。御存じの通り駐車違反の反則金は一回につき百万円、しかもそれは一時間以内の場合で、以後一時間ごとに百万円ずつ加算されて最高二十四時間で二千四百万円取られてしまいます。駐車違反は下手をすると住んでいる家を売り払わなければならないくらいの、ものすごい罰金なのです。

さて、署の警官を総員投入して、それだけの車に黄色い輪っかをつけまくってそれで、翌朝どうなったと思われます、総理?」

「罰金払いに来たんじゃないのか?」

波頭は、前の助手席で、いいえ、と言うように首を振った。

「いいですか総理、まず午前六時、西麻布警察署にダンプとタンクローリーが続けざまに五台突っこんで、警察署は炎上し、署員の半数が火傷《やけど》などのけがを負いました。おまけに署のコンピュータが焼けてしまい、前夜の駐車違反の記録は消失しました」

「そ、それはひどいな」

「そして」

「そして?」

まだあるのか? と木谷は波頭の顔を見た。しかしそんな大事件が、首相である自分の耳に入って来なかったとは。どうなっているんだ?

「総理、その朝午前九時になると同時に警視庁内で『緊急人事異動』が発令されました。当の勇気ある西麻布警察署長と腹心の幹部署員たちは、島根県と鳥取県と奄《あま》美《み》大《おお》島《しま》の過疎村の駐在を命じられてこの西東京から放逐されました」

「なっ、何ということだ!」

「総理、総理は若い学生時代に、この六本木で遊んだことがありますか?」

「この六本木で？　ふん、足を踏み入れたくてもどの店でも門前払いさ。貧乏学生に縁のある場所じゃない」

「それでは六本木がどんなところなのか、おわかりでないのも無理はない」

木谷に軍事情報をはじめ、政策に役立つ情報を入手／分析してブリーフィングするのが役目の波頭少佐は、助手席から振り向いて、

「よろしいですか総理、この六本木で改正道路交通法を恐れもせずに高級外車を縦列で停《と》め、そこらの店で遊びまくっている連中は、みな政財界の大物実力者たちの子供・孫・甥《おい》っ子・姪《めい》っ子その他の係累の若いドラ息子に馬鹿《ばか》娘です。それに加えてその筋のおっかない連中が、無数にかっ歩しています。やつらの報復が警察署の焼き打ちに署長の放逐くらいですんだのは、軽いほうだと思います。この周辺の駐車違反をすべて取り締まろうと思ったら、完全武装の陸軍一個師団を戒厳令を公布した上で集中投入しなければ、不可能です」

「ううむ」

木谷は、自分は世間知らずなのだろうか、と思った。しかし、そんな不正を横行させておくわけにいかない。

「波頭少佐、しかし君は、そんな重要な事件を、どうして俺に報告しなかったのだ？　新聞やＴＶなどのマスコミからはもみ消されていたにしろ、君は事件の存在を知って

いたのだろう」

「総理、あなたのためを思い、お知らせしませんでした」

「何だと？」

「総理――」

「ちょっと待て、どの情報が必要でどれが必要でないかは、首相である俺が判断することだ。それは越権行為だぞ」

「総理、首になるのを覚悟で申しますが」

「何だ？」

「あなたには、敵が多すぎます」

「それは承知の上だ」

「聞いてください総理」

波頭は乗りだすように言った。

「いいですか総理。あなたは、誰《だれ》もが待っていた実行不可能とも思える画期的な政策を文字どおり命がけでばしばし断行し、おかげで圧倒的な国民の支持と、諸外国からの絶賛とも言える評価を得て首相の地位におられますが、あなたには派閥もない。労働団体や宗教団体のような支持母体も、何もない。政治家としては極めてもろい存在なのです。はっきり言って私には、あなたが五年間も総理の地位にいられるのが不思議でなりません。地球と人類のためならば、たとえ失業者が十万人出ようと自動車メーカーをつぶしてしまうあなたは、ある意味では理想の政治家で、それゆえ圧倒的な国民の支持があるのかも知れないが、ひとつ間違えば、あなたはファシストです」

「うるせえな」

オフロード4WDの運転席のかっこいい男は、路上に立って自分を見上げている野戦服姿の高橋二等陸士の再三の呼びかけで、やっと口をきいた。しかし「うるせえなこの野郎」と言ったきり、また高橋を無視してポロシャツの胸から煙草《たばこ》を出して火をつけた。

高橋は気色ばんで呼びかけた。

「もしもし！　あなたのおかげで渋滞しています。ここで右折せずに、まっすぐ行ってください」

「うるせえな！　俺はあそこに停めるんだよ！　見りゃわかんだろうがだせえなお前」

「なっ、なんだと」

男は日焼けした腕を伸ばして、道路の反対側を指さした。そこは大きなクラブがいくつも入ったビルで、そしてビルの前にはすでに縦列駐車の車がすき間なくびっしり停まっていた。

「あ、あそこに停めるって、じゃ、あそこの縦列駐車が一台空くまで、ここでウインカー出して待ってるつもりなのか?」

高橋二等陸士は、あきれた。

この一台のために、十数分も車がまったく動かないわけがやっとわかった。

「こっ、こんなところで、あそこの縦列駐車が一台空くのを、ずっと待つつもりなのか?」

「あたりまえだろうが! そうしなきゃ場所とられちまうだろうが。頭悪いのかお前」

高橋は、島根県の農家出身の真面目な若者で、上昇志向も強かったから『自分は未熟だ』といつも考えて自らを鍛えて来たのだが、どうしてもこのとき、自分のほうが『頭が悪い』とは思えなかった。

「でっ、でも、ほら見ろ、後ろが全部渋滞してるじゃないか!」

「だったらこっち側の縦列駐車をなんとかしろよ。知らねえよそんなの」

「なっ、何を言うんだ!」

高橋は、怒った。西東京に出てきて間もない高橋には、この広い世の中にはこのオフロード4WDの男のように自分の都合で他人がいくら迷惑してもまったく意に介さない人間が存在するのだという事実が、容認できなかった。

「はっ、早く車をどけるんだ。総理の車が外務省へ急いでいるんだ！」

「そんなのそっちの都合だろう！」

男は、あろうことか逆に高橋を怒鳴りつけた。

「人の都合を押しつけるなよ、常識がねえな！　だいたいださい陸軍の兵隊のくせに、ださい格好で六本木歩くんじゃねえよ！」

う、うぐっ
高橋は、M64自動小銃を胸に抱えたまま、言葉を詰まらせてのけぞった。

(だ、ださい兵隊だと——！)

「ファシストだと？」

木谷は、波頭少佐をにらみつけた。

「どういう意味だ！」

「木谷総理、あなたは圧倒的な民衆の支持を背景に、思い切った政策を一人でどんどん断行されます。しかし議会で利害の食い違う議員が反対した時には、『この法案に賛成したらお前は支持母体に顔向けできんのだろうが、この法案に反対して地球と人類に顔向けができるのか！　自分さえよければいいのか愚か者！』とか本会議場でその議員を指さして糾弾し、それをTVに中継させてメンツをぼろぼろにしてつぶしてしまうではないですか。あなたの進める政策は確かにどこから見ても地球環境のためになるものばっかりで、最近ではあなたに反対すると、まるで地球の未来を考えないわがままな不心得者みたいになってしまう。しかしこの状況は、大変に危険です」

「かまわん。俺は、やる気もないのに『慎重に検討します』とか言って国民と人類を裏切り続け、次の選挙に当選することしか考えていない政治家など、全員並べて銃殺してしまえばいいと思っている！」

「ほら、そこがファシストだと言うのです」

「なに」

「あなたは、やることは間違っていないとは思いますが、やり方については第一次大戦直後に旧ドイツに現われたヒトラーに紙一重です」

「波頭！」

「よろしいですか総理！　われわれ日本人という民族は、もともと欧米型民主主義の公平な政治や、地球の将来を考えて贅沢を我慢して暮らすことや、そういう立派なことは何一つできない、ただの東アジアの火山島の原住民なのですよ！　たまたまちょっと混血の具合が良くて、頭が良くなっただけです。知能は発達したが、道徳観念や先のことを考える力なんぞは、大分県の離れ小島に棲《す》んでいるイモを塩水で洗って食べるサルと、何も変わらないのです！　そのイモを塩水で洗って食べるサルがサル同士でよろしくやっているところに、あなたのような立派な〈人間〉が一人だけまぎれこんだら、どうなりますか？」

「俺は立派な人間なんかじゃないさ」

「立派ですよ。十分立派すぎるのです。おかげであなたの命を狙《ねら》っている政財界の敵は、二年前の約三倍にも増えてしまっている。多くなりすぎてしまって私のアイパッドのメモリが一杯になってしまいました。いいですか？　私がもし総理に六本木の警察署焼き打ち事件を報告したら、あなたはきっと、署にタンクローリーを突っこませたヤクザをつきとめて刑務所へぶちこみ、署長を左遷させた政財界の大物たちを残らずあばきだしてしょっぴいたでしょう？」

「当たり前だ」

「そんなことをしたら、あなたの命を狙う人間の数は、一気に一万人を超えてしまいます。そのような状況では、いくらわが陸軍特殊部隊の精鋭が総理の身辺を警護しても、守り切れなくなってしまいます。どうかわれわれの仕事を増やさないでいただきたい」

　波頭は、首相を相手に少しも遠慮しないで、そう言い切った。確かに表立った動きはないが、水面下で準備されている〈木谷首相暗殺計画〉というものは波頭の把握しているだけでも優に百を超えていた。

「いまあなたが倒れたら、この西日本帝国はどうなるのです？　自重してください！」

「ぬう――」

その時、

ピピピピ

波頭のトランシーバーが鳴った。

「波頭だ」

『高橋二等陸士です。渋滞の原因になっている車を発見しました。運転者に右折しないよう説諭しましたが、言うことを聞きません』

木谷に向かって思い切った意見をして、気が立っていた波頭少佐は、トランシーバーに向かって怒鳴った。

「国家の非常時である！　渋滞の原因は実力で排除せよ。兵器使用自由！」

『はっ、実力で排除します。兵器使用自由』

首相のリムジンの護衛をつとめていた高橋二等陸士は、まだ十九歳だった。島根県の農家の三男として生まれた高橋は、高校を出るとすぐに陸軍に入隊した。彼のように三男ともなると相続できる田畑がないので、家業にはつかず外へ働きに行くことになるのだが、地元には産業なんてろくになく、あっても地主が経営する同族会社だから、安く使われて出世の道もなく終わるのが目に見えていた。成績が良かったから大学へ進むこともできたのだが、高橋の家には彼を国立大学のある町まで出してやる経済力がなかった。

そんな高橋にとって、帝国陸軍へ入隊することは唯一のまともな就職であり、出世の道でもあった。高橋二等陸士の夢は、普通科の歩兵として働きながら勉強して防衛大学へ入り、士官になることだった。そのために一生懸命つとめたので、高橋の優秀さに目をつけた島根の基地の指揮官が、彼を六本木国防総省の警備大隊へと推薦してくれた。その指揮官も百姓の出で、隊内で勉強して防大に入った苦労人だったから、高橋を応援してやろうと野戦演習のない国防総省警備大隊へ転勤させてやったのだ。普通科部隊では昼間の演習で兵士はみなくたくたになるが、総省警備隊なら野戦演習がないばかりか、交代時間には控え室で参考書が読めるのだ。だが希望に燃えて西東京へ出て来た高橋は、息ぬきをしようと休みの日に出かけた六本木で、遊び人の女の子たちに「やだ、ださい兵隊」とばかにされてしまったのだった。確かに陸軍はスマートな海軍や空軍に比べるとぜんぜん人気がなくて、女の子たちにも「ださい」とばかにされていた。

ガチャリ
高橋は、Ｍ64自動小銃の安全装置を外した。
「この野郎、よくも俺に向かって、『ださい兵隊』と言ったな！」
高橋にとって、『ださい兵隊』という言葉は、怒りで理性を失わせる禁句であった。
「だからどうなんだよ、ださいものはださいんだ！　このださい兵隊！　ださいださいださい——わっ、何をする！」
口髭をはやした、日に焼けたかっこいいオフロード４ＷＤの男は、高橋二等陸士が自動小銃の銃口をこちらへ向けたので、びっくりしてのけぞった。
「お前は渋滞の原因だから、実力で排除する！」
「なっ、なに——うわあっ」
ダダダダダダダダッ
「う、うぎゃああーっ！」
ダダダダダダッ
がちゃがちゃがちゃ
ぱりんぱりんぱりん
ダダダダダッ
逆上した高橋二等陸士の放つ銃弾で、ピカピカのオフロード４ＷＤはがくんがくんと揺れながらたちまち蜂《はち》の巣《す》になった。

「どうだ、どうだっ！」

ダダダダダッ
高橋は、M64発射の小気味よい反動でハイになり、日頃《ひごろ》のうっぷんがすべて解放されて、切れてしまった。

「うおおおおっ」

真面目な若者が爆発した時ほど、収拾がつかないことはなかった。

ダダダダダダッ
ドッカーン！

オレンジ色の炎を噴きあげて、爆発炎上する４ＷＤ。

「六本木なんか、燃えてしまえ！」

高橋は、よく訓練された素早い動作でガチャガチャッと弾倉をチェンジすると、今度は３６０度あたりかまわず、縦列駐車の車や店のウインドー目がけて自動小銃を撃ちまくり始めた。

ダダダダダダダッ

六本木　鳥居坂下
クラブ〈クシャトリア〉

「た、助けてくれぇ〜っ」

真一は黒いコートのまま、手足をしばられて冷たい床にじかに転がされていた。口にさるぐつわをされているので、真一の悲鳴はう〜っう〜っといううめき声にしか聞こえなかった。

「助けてくれ、コ、コンクリート詰めは、やめてくれぇ！」

路上強盗集団・通称〈募金屋〉の追撃から逃れたのもつかの間。逃走の途中、外苑東通りで六本木に棲息《せいそく》するその筋の人の窓にフィルムを貼《は》った黒塗りSクラスベンツ自動車電話TV付きにうっかりクラクションを三回も鳴らしてしまった葉狩真一は、クラブ〈クシャトリア〉のメインVIPルームの鏡張りの壁の裏にある秘密の部屋でコンクリート詰めにされかかっていた。

「ぼ、僕を東京湾に沈めないでくれぇ！」

ハーバード大学出身、国立海軍研究所に研究室を一つ与えられて国防機密にかかわる研究をしていた真一は、今朝早くに静止軌道宇宙空間から太平洋上に落下した謎《なぞ》の黒い球体の分析を手伝うため、国防総省へ出頭する途中であった。
しかし――
（僕はもう絶対に、可愛い女子大生が襲われているところを通りかかっても、助けてやらないぞ！）
ゴロンゴロン
ゴロンゴロンゴロン
転がされた真一の頭のすぐ上で、小型のコンクリートミキサーが回転し、セメントの粉一袋とバケツ十杯の水をほどよくかき混ぜていた。
（自由が丘で募金屋に襲われていたあの可愛い女子大生を助けなければ、こんな災難には遭わなかったのに！　畜生、あの子はどこへ逃げたんだ？）
ずんずん
ずんずんずん
冷たいコンクリートの床に押しつけられた真一の片方のほっぺたに、ダンスフロアのビートが伝わってくる。
ずんずん、ずん
（畜生、まさかクラブのＶＩＰルームの鏡張りの壁がマジックミラーになっていて、裏側にこんな秘密の部屋が造られているなんて！）

　ゴロンゴロンゴロン
　頭の上でコンクリートミキサーが回り続けている。

　がちゃ
　秘密の部屋の奥のドアが開いて、黒服に蝶《ちょう》ネクタイをしたかっこいい従業員が現われた。

「お客様、コンクリートの練り具合はいかがでございましょう」

　黒服は、チョコレート色に不自然に日焼けした顔にさわやかな白い歯を見せ、コンクリートミキサーの脇《わき》の豪華なソファでレミーマルタンをなめている二人のヒグマのような屈強の男に愛想笑いをした。そして、

「どれどれ、もういいかな？」

　黒服はミキサーにかがむと、まるで料亭のお座敷ですき焼きを客に用意してあげる仲居さんみたいに長い箸《はし》で中身をかき混ぜて、

「うん、そろそろよろしいようですね」

　黒服は、髪を短く刈り込んだ二人の大男にていねいにお辞儀しながら、

「お客様、ドラム缶でございますが、スペシャル、ベリースペシャル、エクストラ・ラージとございますがいかがいたしましょう」

レミーをなめながら煙草をふかしていた片方の小指のない男が、スペシャルでたくさんだ、とうざったそうに命じた。

ううううっと真一はうなった。

「ひどいじゃないかっ！　クラブのＶＩＰルームの裏側が、人間をコンクリート詰めにする作業場になっているだなんて、あんまりじゃないかっ！」

うーっ、うーっとわめく真一を見下ろして、黒服は、

「お客様、少しうるさいようですが、サービスに二、三発蹴《け》りを入れておきましょうか」

六本木の超高級クラブ〈クシャトリア〉のメインＶＩＰルームは、鏡張りの裏側がこの街に棲息するその筋の人たちのための共同のコンクリート詰め作業室となっていた。店の常連であるその筋の人たちは、ここで被害者をコンクリート詰めにしながら、ソファに座ってボトルキープのレミーやドン・ペリのシャンパンをなめて、マジックミラーごしにお立ち台でおどるボディコンの女の子たちを眺めて楽しむことができた。セメントや、被害者を詰め込むドラム缶などはすべて店が有料で用意してくれるので手間いらず、完成したドラム缶も店におしぼりを納入する業者のトラックで誰にも見られずに運び出され、夜明け前の晴海埠頭《はるみふとう》から東京港の海中に投棄されるのだった。この秘密の部屋の使用料は、ＶＩＰルームのボトルキープと並んで、クラブ

〈クシャトリア〉の大きな収入の一つとなっていた。

「もうええ、ほっとけ。どうせもうすぐ死ぬんや」

手首に金のブレスレットをした男が、煙草を振りながら言った。

「は。それでは」

ドラム缶をご用意いたします、と黒服はていねいにお辞儀をして下がった。

(冗談じゃない！　コンクリート詰めだなんて冗談じゃない！)

たかがクラクションを三回鳴らしただけで、どうして僕がこんな目に遭わなけりゃならないんだ！　真一はじたばた暴れたが、身動きはとれなかった。時刻はもう夜八時を回っていた。

国防総省へ、出頭しなくてはならないのに！

六本木　外苑東通り

「何だあの銃声は？」

木谷はリムジンの後席から前方を見た。

ダダダダダダッ――

「護衛兵が〈渋滞の原因〉を実力で排除しているのでしょう――しかしそれにしては

ずいぶん撃ちまくっているな」

　ピピピピ！

「波頭だ」

『波頭少佐、こちら先導車運転士です。渋滞の原因を排除に向かった高橋一等陸士が、切れてしまったようです』

「何？」

『六本木なんか燃えてしまえ！　と叫びながら、あたりかまわず撃ちまくっています。危なくてそばによれません』

「何だと？」

　ドッカーン！

『わっ、大変です、また車が爆発しました！　このままだと縦列駐車の車が次々に誘爆して、六本木は火の海になります』

「何？」

　ドッカーン！

　また前方で車が爆発した。

『少佐、このままでは六本木は焼け野原になってしまいます！』

　それもいいかもしれんな、と木谷がつぶやいた。

「は。何かおっしゃいましたか総理？」

「いや、なんでもない。その高橋二等陸士の携行している弾丸はどれくらいあるのだ？」

「それほど多くありません。手りゅう弾も持ってはいないはずです。弾切れになったところを取り押さえさせましょう」

波頭は国防総省で待機している警備大隊に応援出動を命じるため、リムジンのダッシュボードに備えてある軍用無線のマイクを取った。

「波頭少佐」

木谷が呼び止めた。

「は？」

「真面目な陸軍の兵士が切れてしまうのは、余程のことがあるのだ。どうか取り押さえても、穏便に済ませてやってくれないか」

「兵器の使用を許可したのは私です。責任は私にあります」

波頭はマイクで国防総省を呼びだそうとしたが、その時、
ぐぉおおお
ぐぉおおおお
渋滞にはまりこんだ首相リムジンの横を、反対車線を無視して帝国陸軍の暗緑色の

大型輸送トラックが二台、轟音《ごうおん》を上げて追い越していった。

「何だ、陸軍のトラックじゃないか？」

「変ですね、まだ応援を要請していないのに――」

波頭少佐は、猛烈な勢いで爆発現場の方向へ走って行く二台の大型トラックを見て、

「――幌《ほろ》を降ろした兵員輸送トラック……しかしなんだあの二台は？　所属部隊マークを消しているし、ナンバーもマスキングしているぞ」

変だ。

波頭は眉《まゆ》をひそめた。

デフコンⅡで軍は待機態勢だが、一般市民を動揺させないよう、市街地への治安出動はまだ命じられていない。

波頭は無線のマイクに、

「国防総省警備大隊、波頭少佐だ。六本木外苑東通りに、治安部隊を出動させたか？」

ザー
わずかの間を置いて、国防総省の当直警備将校が答えてきた。

『波頭少佐、警備大隊は待機中です。そのような命令は受けていません』

「何だと」

「波頭、総理の俺の知らないところで、誰かが陸軍に市街地への出動を命じたのか？」

「そんなはずはありません」

波頭少佐は答える。

「総理、ご存じの通り、『東日本と戦争になりそうだ』という噂《うわさ》が出ただけで株価は乱高下し円は急落します。経済に与えるインパクトが強すぎるので、一般市民に今回のデフコンⅡはまだ秘密です。噂が広がらないように国防総省の職員には外部への個人連絡を禁止、休暇で基地を離れている士官や隊員にはわざと帰隊命令を出していません。まして市街地への出動など」

「しかし、あのように軍用トラックがものものしく走っては、市民に何か始まるのかと不安を与えるぞ」

「すぐに所属を調べさせましょう」

波頭はもう一度マイクを取った。

ダダダダッ
ダッ
ついに弾が切れた。

「はあはあ、はあ」

高橋二等陸士は、弾倉の空になったM64自動小銃を両腕に抱えながら、血走った目で六本木の街並みを睨《にら》み回した。

「はあ、はあ」

店のウインドーは残らず砕け散り、四台のベンツと一台のポルシェが蜂の巣になり炎上していた。

じいいん
小銃発射の耳鳴りがまだ高橋の耳に残っていた。

「ざまあみろ、はあはあ」

道路の真ん中で一人、あたりを睨み回している野戦服姿の高橋を、路上や歩道に伏せたたくさんのボディコンの女の子やスーツ姿の男女がおびえた目で見上げていた。しかし、弾丸の切れた高橋はもはや絶体絶命だった。

ぐぉおおお
ぐぉおお
ほこりを蹴立てて二台の軍用トラックが、路上で仁王立ちになっている高橋へとまっすぐに迫って来た。

ぐぉおおおお

「はあ、はあ、俺をつかまえに来たのか！」

ははあはあ息を切らしながら、そうは行かないぞと高橋はつぶやき、腰のベルトから銃剣を抜いてＭ64の銃口の先端に装着した。

ジャキン
「つ、つかまってたまるか。俺はこんなところでおしまいになるために、わざわざ島根から出て来たんじゃないんだ！　陸軍に入ったのも出世と国を守るためで、六本木で『ださい兵隊』とばかにされるためじゃないんだ！」

高橋は銃剣一本で立ち向かうかのように、迫ってくる大型トラックに向かって一歩も引かずに身構えた。

「くるなら来い！」


「おかしいな」

波頭はつぶやいた。

「総理、西東京にいる陸軍のどの部隊も、治安出動などの指令は受け取っていません。市街地へ出動している陸軍のトラックは、一台もないことになっています」

「そんなばかな」

木谷は前方を指さした。

「現にあそこに二台、走って行ったぞ」

「総理、これはひょっとしたら――いや、そんなことが……」

「どうしたのだ波頭？」

　波頭少佐は不確実な噂などは相手にしない事実主義者だったが、この時だけはあの、噂を思い出さずにはいられなかった。

「総理――」

　波頭はちょっとためらってから、

「総理、実は陸軍の内部に、こんな噂があるのです。西日本帝国の将来を憂える青年将校たちの中に急進的グループが存在して、土曜の夜になると野戦服の階級章を外して覆面をかぶり、六本木の街へ出撃していると……」

「六本木の街へ出撃して、何をしているのだ？」

「よくわかりません。噂ですから。クラブなどの風俗営業からは、被害届も出ていません。もっとも被害届を出すとまた襲われると思って、黙っているのかも知れない。クラブの経営者などは、かなり恐れているようです。土曜の夜に六本木で行方不明になる女の子が最近増えており、捜索願いを受けた警察が行っても、彼らは首を振ってただこう答えるのだそうです」

「何と答えるのだ？」

「ただ一言、『協力隊狩りが来た』と――」

きききききき

トラックが急停止した。

カラカラカラカラ

回り続けるディーゼルエンジンはそのままに、所属部隊マークと公用車ナンバーをなぜかマスキングして消した暗緑色の軍用トラックから、体格のよい野戦服の男が一人、飛び降りた。

(なんだ？)

銃剣を持った高橋二等陸士は身構えた。トラックの運転台から飛び降りた、フットボール選手のような体格の男は帝国陸軍士官の野戦用装備を身につけていたが、なぜか頭から覆面をかぶっていて、まるでこれからナイトブリッジのハロッズデパートを襲撃に行くアイルランド解放同盟のテロ兵士みたいだった。

「誰だお前は？」

高橋は銃剣を向けた。

すると覆面の青年将校は、周囲の惨状を見回して、敵意のない声で、

「これは、君がやったのか――？」

「そうだ！」

　文句があるか、と高橋はにらみつけた。

　だが覆面の青年将校は腕組みをして、感心したように破壊しつくされた店のウインドーや炎上する車を見回して、

「なかなかやるじゃないか」

「え？」

　何だと？　高橋は警戒したが、青年将校はいきり立つ高橋を手で制して、

「待て。われわれは、君の敵ではない。同志だ」

「何だって？」

「一緒に来たまえ――ええと」

　覆面の将校は高橋の胸のネームを読んで、

「高橋二等陸士。君はただいまから、われわれの仲間だ」

六本木　鳥居坂下
クラブ〈クシャトリア〉

「たっ、助けてくれぇっ！」

　秘密作業室の床に、金ぴかの〈クシャトリア〉特製スペシャルコンクリート詰め用ドラム缶が立てて置かれ、今ぐるぐるにしばられた真一が、その中へ逆さまに入れられようとしていた。

「やめてくれぇっ！」

　しかし、ヒグマのような屈強の男は、じたばたする真一の両の足首をまるでニワトリを一羽つぶす時みたいにいっしょくたに片手でつかみ、「じたばたするんじゃねえ」と低いおっかない声で言った。

「たっ、助けて。死ぬのは嫌だ！　せっかく苦労して京大とハーバードを出たのに！」

　ずんずん
　ずん、ずずんずん
　真一の耳に、マジックミラーの向こうからダンスフロアのビートが聞こえてくる。

鏡一枚向こうでは、可愛い女子大生やプー太郎やＯＬが男たちにもてながら楽しく遊んでいるというのに、自分だけがどうしてＶＩＰルームの裏でドラム缶に頭から逆さまに突っこまれ、コンクリート詰めにされなければならないのだ！

「ここで僕が死んだら、西日本帝国はどうなるんだ！　宇宙から落下した黒い球体の分析は、誰がやるんだ？」

「うるさい黙れ」

そばで軍手をはめて、コンクリートを流しこむ準備を手伝っている従業員の黒服が、

「六本木で生きる資格のないださいかっこわるい男のくせに、この〈クシャトリア〉に入ろうとしやがって！　お前なんかこうなるのが当然だ！」

黒服は、さっきの〈クシャトリア〉入り口での怒り（天空の女王蜂　Ｆ18発艦せよ参照）を思い出したのか、真一の身体が逆さまに突っこまれたドラム缶を、足でガン！　と蹴った。

「いいかださいの。この六本木では、可愛い女の子と、俺のように背が高くてスマートで日にやけていて歯が白くて明るくてかっこいい男しか、存在しちゃいけないんだよ！」

黒服は、真一の入ったドラム缶に、コンクリートを流しこむ特大圧力ホースを入

れ、ポンプのスイッチを握ると、二人の屈強の男に「始めてよろしいですか?」と聞いた。

六本木　路上

ごぉおおお

高橋が、幌をかけた兵員輸送トラックの荷台に乗りこむまで三十秒とかからず、二台の暗緑色の軍用トラックはただちに外苑東通りを発進した。

ごぉおおお

「あ、あなたたちは、何者です?」

高橋は、トラックの荷台に整然と乗車している覆面に野戦服の男たちを見回した。

「陸軍のトラックと野戦服だけど、部隊マークは消しているし、名札も――」

高橋はハッと気づいた。覆面をした男たちは全員、胸と肩から名札と階級章を外していた。

「高橋二等陸士」

さっきの青年将校が言った。

「われわれは、〈アフリカ農耕協力隊〉だ」

「〈アフリカ農耕協力隊〉？」

「そうだ」

　覆面の青年将校はうなずいた。

「〈アフリカ農耕協力隊〉とは、何をするのです」

「いいか高橋二等陸士」

　青年将校は、信念に満ちた口調で、こう言った。

「今この地球上の貧しい国、特にアフリカの諸国では、貧困と作物の不足で毎日何万人もの人たちが死んでいる。それは君も、知っているだろう」

「はい」

　高橋は、うなずいた。

　青年将校は、

「アフリカの人々は、乾き切った畑を耕そうとしても、空腹で力も入らない。そうして体力のない小さな子供たちからばたばた死んでいくんだ。だがこの西日本帝国では、食糧は有り余っており、若者たちは体力も栄養も有り余っているくせにそれを世界のために役立てようとなど考えもせず、苗場《なえば》プリンスのツインに泊まってスキーをしたり、六本木のクラブのお立ち台に上ったりして遊びまくっている。こんなことをしていては、わが西日本帝国は地球の人類に対して、申しわけがないと思わないか？」

「はい。そのとおりだと思います」

高橋は、強くうなずいた。

この人が誰なのかはわからない。でも高橋には、この青年将校が、テロリストのような格好をしているけれども地球の将来を真剣に心配している真面目な青年なのだということが、よくわかった。

「私は、島根県の農家の出身です。私も西日本の栄養の有り余ったすることのない暇な若者は全員、アフリカへ行って畑を耕すべきだと思います」

「よし！」

青年将校は手袋を取ると、高橋に握手を求めてきた。

「われわれの意見は一致した。俺はレンジャーの勝又《かつまた》大尉。しかし今は、〈アフリカ農耕協力隊〉隊員ナンバー1番だ。君を歓迎するぞ」

「はい！」

高橋と青年将校・勝又大尉は力強く握手をした。

「よし高橋二等陸士、名札と階級章を外したまえ。君は今から、栄誉ある〈アフリカ農耕協力隊〉隊員ナンバー18番だ。われわれはこれから、六本木一の超高級クラブを襲撃し、栄養の有り余った遊民どもを狩り集めてアフリカへ売り飛ばす！」

六本木　鳥居坂下
クラブ〈クシャトリア〉

「うわあっ、やめろっ、やめてくれえっ！」
「観念しろださいの」
カチリ
しかし黒服がコンクリートを流しこむ圧力ポンプのスイッチを入れたのと、マジックミラーの向こう側で悲鳴がわき起こったのはほぼ同時だった。
わあああ
きゃあああ
「何だ？」
軍手をはめて特大圧力ホースを両手に抱え、真一が逆さまに突っこまれた金ぴかのドラム缶にコンクリートを注入し始めた黒服は、
「――どうしたんだ？」
ふいに起こったダンスフロアの混乱に顔を上げた。

マジックミラーの向こうでは、あわててお立ち台を飛び降りたボディコンたちが足をくじいて痛いのもかまわずに、いっせいに裏口のほうへ逃げだそうとしている。

きょ、協力隊狩りだーっ！

誰かの叫び声で、黒服の日焼けしたかっこいい顔がぴくっと蒼《あお》ざめた。

「な——何だって！」

「突入用意！」

二台の兵員輸送トラックは鳥居坂下の〈クシャトリア〉前に停止し、幌をかけた荷台からただちに〈アフリカ農耕協力隊〉の隊員十八名が覆面に自動小銃を持って飛び降りた。もちろん十八人目のメンバーは高橋二等陸士である。高橋は新しい覆面と、予備の弾薬をもらって張りきっていた。

「A班は入り口から突入、B班は裏口を制圧せよ。行けっ！」

「了解！」

「了解！」

九人ずつ二班にわかれた隊員を大声で指揮するのは、〈アフリカ農耕協力隊〉隊員ナンバー1番、リーダーの勝又大尉である。

「西日本帝国の物質文明の贅肉を、アフリカの大地の肥やしとするのだ。突撃！」

どどっ
どどどどっ！

勝又を先頭に九名の協力隊員は〈クシャトリア〉の正面入り口ドアに突進する。

〈今夜はいよいよ、〈六本木文化〉の総本山ともいえる超高級クラブをやるのだ。遊民どもめ、容赦しないぞ！〉

勝又はM64自動小銃を構えて突撃した。

西日本帝国陸軍のレンジャー、勝又桂一大尉が〈アフリカ農耕協力隊〉を結成し、土曜の夜ごとに六本木の街へ出撃して高級女子大生やプー太郎の遊び人たちを縛り上げてトラックに載せ、銚子の漁港からチャーターしたマグロ漁船の船倉に押しこんでアフリカへ売り飛ばすようになったのは、ちょうど一年前の冬、陸軍のレンジャー雪中訓練がきっかけであった。

勝又大尉は防衛大学で三年に上がる時のコース選択で、迷わず陸軍を希望した国防青年であった。当時、陸軍は格好悪くて女の子にもてないからと空軍や海軍を希望する同期生たちを、勝又は軟弱者めと軽蔑《けいべつ》していた。彼は西日本帝国を愛しており、〈東〉の独裁者の侵略からこの帝国を守るには充実した陸上戦力こそもっとも有効な抑止力だと信じていた。西日本帝国と東日本共和国とは陸続きの国境線で仕切られているだけで、東日本の戦車隊はいつどこで国境を突破して攻めこんでくるかわからなかったのだ。

帝国陸軍の士官や兵士たちにとって、もっとも辛く厳しいのは上信越地方の山岳国境を守る任務だった。冬の雪のシーズンになると、勝又たちレンジャー隊員は、必ず一週間の厳しい雪中突破訓練をしなければならなかった。去年の冬の雪は厳しく、それでも勝又大尉は『この国境線は俺たちが守るんだ』とレンジャーの小隊を率いて国境近い苗場山の深い雪の中を行軍し、仮想敵との戦闘訓練をおこなったり、野営の訓練をしたりしながら30キロの山岳行程を踏破したのだった。

一週間の雪中突破で凍傷にかかり、歩けなくなる者まで出た勝又の小隊は、最終日の夕方、撤収のためのトラックが待っている苗場スキー場へたどり着いた。その時の出来事を、勝又は一生忘れないだろう。

「大尉どの、自分はもう歩けません。置いていってください」

「馬鹿者。一週間いっしょに戦った部下を置いてゆけるか。もうすぐ苗場のゲレンデだぞ」

頑張れ、と勝又大尉は凍傷にかかった隊員に肩を貸し、雪を蹴散らしながら針葉樹の森の斜面を下って行ったのだった。

パアッ
急に目の前が開け、一週間の雪中行軍でボロボロになったレンジャー隊員たちはよろけながら明るい苗場スキー場のナイターゲレンデに出たのだった。

「頑張れ、ふもとのホテルの横で、撤収トラックが待ってるぞ。食い物もあるぞ」

　レンジャー部隊の訓練では、実戦を想定して食糧はわずかしか携行して行かないのが普通であった。携帯食糧を食べてしまったあとは、ヘビをつかまえたり、木の皮をかじったりして飢えをしのぎながら進撃するのだ。そのため勝又たちは腹ぺこで、整地されたゲレンデに出てもまともに歩くことができなかった。ボロボロで、よろよろであった。でも隊員たちは、厳しい訓練をやりとげた充実感で満足だった。少なくとも、その声を聞くまでは。

「やだ何あれ、だっさーい！」

　へろへろになりながらゲレンデの斜面を歩いて下っていた勝又が顔を上げると、オレンジ色のナイター照明を浴びて中級コースの中ほどに立ったピンクとミントグリーンのスキーウエアの可愛い女子大生が二人、ストックでこちらを指しながら笑っていた。

「陸軍の兵隊よ。だっさーい」

「やだあ、きたなーい」

　ロングヘアをヘアバンドでとめて、サングラスをした二人の女子大生は、汚いものを目にした時のウエッという顔をして、さっさと滑って行ってしまった。

国を守る理想に燃えた青年を、のちに狂った道に駆り立てるのに十分な、それは残酷な嘲笑《ちょうしょう》であった。

――『陸軍の兵隊よ。だっさーい』

苗場プリンスの横に集合し、トラックに乗って演習地から撤収する時、彼は夜空にそびえる苗場プリンスホテルと、その明るい窓の中のレストランで彼といちゃつきながら食事している楽しそうな女子大生たちを見上げながら、もそもそと砂をかむような陸軍Cレーションをかじっていた。

――『陸軍の兵隊よ。だっさーい』
『やだあ、きたなーい』

(俺たちは帝国防衛のために、雪まみれになって苦しい訓練をしているというのに、あいつらは、あいつらは、このあと風呂《ふろ》に入って、クラブに行って、それから、それから――)

勝又は、そびえ立つガラスの塔のような、一階のコンビニでコンドームまで売っている苗場プリンスを見上げながら、数千人の可愛い女子大生やＯＬたちがユーミンのサウンドに乗って今夜あの窓のひとつひとつで可愛いあえぎ声を漏らすのかと思うといてもたってもいられない気持ちになってきた。

――『やだ何あれ、だっさーい！』

勝又大尉は、自分だってちょっとは楽しむ権利があるはずだと思い、東京へ帰ると仲間を誘って六本木のクラブへ出かけた。しかしそこで、『服装がファッショナブルでないから』と黒服に入り口で追い返されてしまったのだった。ジーンズに革靴なんか履いていったから無理もないのだが、六本木の常識など知らない勝又は、それで完全に切れてしまったのだ。

勝又は若手の陸軍士官たちにひそかに呼びかけた。帝国を滅ぼす遊民どもに天誅《てんちゅう》を下そう！

同調者はすぐに集まった。似たような不満を持った青年士官がたくさんいたのである。こうして〈アフリカ農耕協力隊〉は結成され、土曜の夜ごとに出撃をくり返すようになったのだ。

うおおおお！

勝又を先頭に協力隊が殺到していくと、〈クシャトリア〉入り口の金色ドアの前で見張りをしていた黒服の一人が、

「わあっ、来るな！　あっち行け」

黒服は、従業員のくせにヤクザと有名人と可愛い高級女子大生にしかぺこぺこせず、一般の客には馬鹿にしたような態度をとるクセがしみついていた。だから突然自動小銃を手にした協力隊が襲ってきても、「助けて下さい」と命ごいすることができず、興奮した勝又をさらに怒らせてしまった。

「あっち行けこら、しっしっ」

「この野郎！」

協力隊のM64自動小銃が容赦なく火を吹いた。

ダダダダダッ
「う、うわぁっ」

「何が『ファッショナブル』だっ！」

ダダダダダダダッ
「うぎゃあああああ！」

うぎゃあああ――

断末魔の悲鳴がコンクリートの壁をも透過してフロアに届くと、〈クシャトリア〉の店内は逃げようと裏口へ殺到するボディコン娘やかっこいい若い男たちでパニックに陥った。

「なっ、何が起きたんだっ？」

金ぴかのドラム缶に逆さまに突っこまれていた葉狩真一は、マジックミラーの向こうのフロアで何が起きているのかわからず、足をばたばたさせた。真一をコンクリート詰めにしようとした二人の屈強のヒグマのような男も、コンクリート詰めを手伝っていた黒服も、いつの間にかこの秘密の部屋から逃げ出していなくなった。

「たっ、助けてくれ！」

どくんどくん

がぼがぼっ

「コ、コンクリートのポンプを、誰か止めてくれぇっ！」

すでに真一の髪の毛は、灰白色のコンクリートの液面につかって、まるでヘアスタジオで頭を洗う前にトリートメント液をたっぷりつけてもらっている時のようになっていた。

協力隊A班はエントランスを突破して、小銃を乱射しながら従業員や客を中央のダンスフロアへ追い立てていった。入り口のキャッシャーの下に隠れて、協力隊が通りすぎたあとに逃げようとしていた黒服の一人も、容赦なく見つけられて隊員の一人にひったてられた。

協力隊のトラックが店の前に停まった時にいち早く見張りの黒服から通報を受け、店の裏口へと殺到していたボディコンの高級女子大生（西日本帝国では五年前に木谷首相が『遊んでいる若者は働け』という発言とともに全国の私立大学助成金を全廃してしまったため、全国の私立大学は一部の名門校を残してほとんどつぶれ、国公立大学の競争率は跳ね上がり、一部残った名門私立大学の授業料も三倍から最大八十倍（医学部）まで跳ね上がり、よほど勉強をしたい者か、よほどの金持ちの子弟でなければ大学というものには行けなくなってしまった。都内の名門私立女子大に娘を入れられるのは、西日本経済界を牛耳る財閥か、大物政治家の家系だけだと言っても過言ではなかった――天空の女王蜂　F18発艦せよ参照）やプー太郎や、ぜんぜん授業になんか出ていない私立大医学部の留年五回目の遊び人学生や何をして稼いでいるのかよくわからないいわゆる業界の三十過ぎの日焼けして髭をはやしたかっこいい男やその筋の屈強のこわい男たちなどは、裏口の制圧に回った協力隊B班の隊員に小銃を突きつけられて店内に押し戻された。ヒグマのような屈強の二人の男が、協力隊員になぐりかかってそこを突破しようとしたが、しょせんその筋の人でも陸軍の戦闘のプロにはかなうはずもなく、たちまちM64自動小銃の銃口のえじきになってしまった。

ダダダダダッ

「ぐ、ぐげぉおっ」

「ひでぶーっ」

うおおおお！

〈クシャトリア〉店内中央のミラーボールがきらめくダンスフロアに客や従業員たちを追いこみながら突入した〈アフリカ農耕協力隊〉は、豪華きわまる大理石とイタリア製インテリアの店内に、ところかまわずM64自動小銃をぶっぱなした。

「何がＶＩＰルームだぁっ！」

ダダダダダダッ

ダダッ

ダダダダダッ

がちゃんがちゃんがちゃん

ぱりんぱりんぱりんぱりん

がたがたっ

がたっ
一斉射撃でガラス張りのＶＩＰルームはこなごなに砕け、天井のシャンデリアは落下し、壁に掛けてあったかっこいい現代美術のリトグラフや、白黒の古いアメリカ映画（字幕なし）を流していたビデオモニターが外れておっこちた。
ガチャーン
ぱきん
どかんっ
きゃあああ！
わきおこる悲鳴。
ほこりがおさまってフロアが静まった時、数十人の女子大生とプー太郎と遊び人の男とかっこいい黒服の従業員は、一人残らず床に伏せて耳をふさいでいた。
だんっ
リーダーの勝又大尉は、野戦ブーツの足を一歩踏み鳴らすと、フロアの中に大声で宣言した。
「われわれは、〈アフリカ農耕協力隊〉だ！　ただいまより、アフリカの大地で飢えた人々のために畑を耕す、元気な青年ボランティアを募集する。この中でアフリカの砂漠に身を投じ、恵まれない人々のために働こうという若者はいないかっ？」

しーん
恐怖のあまり、フロアの数十人は静まり返っていた。

「どうした。遠慮はいらないぞ」

覆面の勝又は、蛍光色のボディコンにピンヒールで床に寝そべっている女子大生の髪の毛をつかんで、引きずり上げた。

「きゃあ」

「おまえのような資本主義の贅肉の脂身が、アフリカの大地の肥やしになろうというのだ。素晴らしいじゃないか」

小銃をあたりかまわずぶっぱなした興奮で、覆面の下の勝又の両目はギラギラと光っていた。

「い、いやんあたし、遠慮しとくわ、畑仕事なんか、できないし」

「大丈夫だ。エチオピアで一か月も豆畑を耕せば、おまえも見違えるほどたくましくなる、このボディコンの中身を体型矯正下着でしぼりあげなくとも見事なプロポーションと立派な〈働くお百姓の手〉が手に入る」

「い、いやあっ、あたしパス、パス！」

「何がパスだっ」

勝又は人をばかにするなっと怒鳴って、女子大生の頭を床に押しつけた。

ごりっ

しかし〈クシャトリア〉の客の女子大生やプー太郎たちに『恵まれない人たちのために働く青年ボランティアになれ』というのは、まるでパリのフォーブル・サントノーレ通りの入り口近くにあるマキシム・ド・パリの本店で『納豆定食をくれ』と注文するようなものだった。

どうせ全員しばってアフリカへ売り飛ばすつもりだったが、勝又大尉は入り口で自分を追い返した六本木の文化に復讐《ふくしゅう》する気持ちで、青い蛍光ボディコンのとなりにいた金ラメのボディコンを着たロングヘアの美しい女子大生の髪の毛をつかんで立たせようとした。

だが

「さわるんじゃないわよ、ださいわねっ！」

金ラメの女子大生は、あろうことか勝又の野戦用射撃手袋の右手を、パシッと払いのけたのだ。

「ださい陸軍の兵隊のくせに、あたしにさわるんじゃないわよっ！」

それは、葉狩真一を追って来た十数名の〈募金屋〉を、腰に手をあてて口から発する言葉の攻撃だけでパニックに陥らせ、〈クシャトリア〉の正面入り口から追い返した、あの真由香という女子大生であった（天空の女王蜂　F18発艦せよ参照）。

真由香はすっくと立ち上がった。９センチのピンヒールで〈クシャトリア〉の大理石のダンスフロアを踏みしめ、背筋を伸ばし、腰に両手を当てて協力隊の先頭に立つ覆面の勝又大尉をにらみつけた。その姿はあたかも、人間に襲われて今にも焼きはらわれようとするアフリカのサバンナをたった一頭で守ろうとする、草原の王者・雌のライオンのようであった。

（うっ）

勝又大尉は、自分に立ち向かってくる金ラメの女子大生に不思議な迫力を感じた。彼が〈アフリカ農耕協力隊〉を結成して六本木のクラブを襲い始めてから、この〈クシャトリア〉よりも格が下の店ではこのように自分に牙《きば》をむいてくるボディコンなど皆無であった。

（――面白い、さすがは〈六本木文化〉の総本山だ。楽しませてくれるぜ）

きりっ
金ラメの女子大生は、まるでこの世に自分よりも強いものなど存在しないかのように、銃を構える〈アフリカ農耕協力隊〉に威嚇の目を向けた。

彼女――五条真由香にとって、二十一年の人生とはすなわち勝利の連続であった。西日本帝国にいくつもの大企業を所有する財閥の傍系の親戚《しんせき》のひとつの家に生まれ、代官山の上にある五百坪の屋敷から広尾の聖香愛隣女学館幼稚園へ運転手付きリムジンで通うようになった四歳の頃から、真由香は『他人に負けた』と感じたことが一度もなかった。美しい真由香にとって自分に接触する他人とはすなわち自分に奉仕する者であった。特に自分のまわりにいる男は、全員が自分を賛美し、自分に奉仕するものだと信じていた。実際、若い男も中年も、真由香に接すると次の瞬間には全員競って一生懸命真由香にサービスしようとした。たまに真由香に向かって身のほど知らずにも説教をしたり、諭そうとするようなわかったようなことを言う男がいたら、そんな時にはちょっと軽蔑したような目つきをしてやればよかった。そうすれば男どもは、たちまち言をひるがえして尻尾《しっぽ》を振ってついて来た。そんな生活を十年以上毎日続けていれば、真由香が自分のことを『あたしは世界でいちばん値打ちのある女の子なのだ』と固く信じたのも自然なことであった。

真由香は、アフリカのサバンナにもまさる厳しい〈おきて〉が支配するこの六本木で、頂点に近い地位を占める女子大生だった。

「いいかげんにおしっ！　ださい兵隊のくせに！」

真由香は軽蔑のまなざしを向けて、ライオンのように吠《ほ》えた。

「おまえ」

真由香は勝又大尉の胸を指さして、

「あたしにさわろうとしたわね？　その汚い手で。何をしたかわかってるの」

真由香は自分の金ラメの胸に手を当てて、

「あたしはね、可愛いのよ。偉いのよ。おまえのような、身分の低いださい男がさわっていい女じゃないのよ！」

真由香はぐいっとあごをそらし、きれいにトリートメントしたさらさらのロングヘアをひるがえして、斜め横目で最大の軽蔑のまなざしを勝又大尉に注ぎこんだ。

「アフリカのボランティア？　そんなのおまえたちが行けばいいじゃないの。アフリカ救いたければ六本木なんて不似合いなところをうろうろしてないでさっさと自分たちでアフリカ行けばいいじゃないの。どうせアフリカ救うなんて口実で、ださいからクラブの入り口で黒服に入場拒否されて、腹いせにこんなことやってるんでしょっ！」

真由香の一歩も引かない大声に、取り囲んだ十八名の協力隊員たちは思わず半歩あとじさりしかけた。

（うぐっ）

勝又は覆面の下で唇をかんだ。真由香の言うことが、そのとおりだったからである。

だが真由香も、手ごたえのなさに戸惑っていた。普通これだけ自分が軽蔑の目を向ければ、どんな男でもひるむはずだった。自分の値打ちに自信を持っていない二十代の若い男などは、ひるんだ上に激しく落ちこむはずであった。しかし目の前に立つこの青年将校には、効きめがないのだ。

（おかしいわ。こんなやつ、初めてだわ）

野戦服姿のアメフト選手のような勝又と、金ラメの美しい猫科の猛獣のような真由香は、ダンスフロアの真ん中で立ったままにらみ合った。

（くそっ、返す言葉がないぞ。どうしよう）

（あたしのこれだけの攻撃に耐えるなんて――この男は……）


その頃、葉狩真一はＶＩＰルームのマジックミラーの裏側の秘密の部屋で、ドラム缶の底に溜《たま》ってきた液状コンクリートに眉毛《まゆげ》まで浸かって、窒息まであと数分の運命であった。

「わっぷ、わっぷ、誰かっ！　助けてくれ、コンクリートのポンプを止めてくれえっ！」


葉狩真一は、助かるのだろうか？　そして〈アフリカ農耕協力隊〉は五条真由香をアフリカへ売り飛ばすのだろうか？　そして果たして、父島海域に落下した黒い球体と、その中に封じこめられていた巨大な何物かの正体は、真一の頭脳なしで解明できるのだろうか？

3. 異変の始まり

＊木谷《きたに》首相が六本木で足止めを食っている間に、西日本はＡＷＡＣＳを失ってしまった。空中監視態勢の隙《すき》をついて、東日本は空軍力を投入し大攻勢に出ようとしていた。しかし、その東日本の沿岸に、ついに巨大な何物かが姿を現わそうとしていた。

六本木国防総省　総合指令室

「峰《みね》議長、Ｅ３Ａは利根《とね》川の河原に不時着しました。現在救難ヘリが急行中」

「機体は無事か？」

「乗員と機内の電子装備は助かったそうですが――」

　総合指令室の空軍女性オペレーターは、インカムをつけたショートカットの頭を振った。

「胴体上面のロートドームが吹っ飛び――戦闘機並みの高Ｇ機動で逃げたんだそうです――河原に胴体着陸する時にエンジンが四つとも石を吸いこんで駄目になったそうです。回収しても修理に半年はかかります」

　予備のＥ３Ａセントリ－ＡＷＡＣＳは、横田の基地でエンジンをオーバーホール中で、あと六時間は離陸できなかった。

「くそっ」

　峰は舌打ちした。

「峰さん、これで銚子《ちょうし》沖には空中監視の穴ができてしまった」

　隣で吉沢《よしざわ》少将が言った。

「うむ。いま超低空で敵攻撃機が来たら、銚子沖を通過されてしまうな」

「峰さん、わしなら間髪をいれずに、ありったけの攻撃機を出して浦賀水道の閉塞《へいそく》を狙《ねら》うぞ」

「私もそれを考えていた」

峰は顔を上げた。

「海軍艦隊担当オペレーター」

「はい」

「第一護衛艦隊は横須賀《よこすか》を出港したか」

「はい議長。イージス巡洋艦〈新緑〉を旗艦とする第一対潜護衛艦隊八隻は、ただいま横須賀を出港、浦賀水道を太平洋へ向け通過中です」

まずい。最悪のタイミングだ。

「峰さん、いま浦賀水道で艦隊を攻撃され沈められたら、東京湾は閉塞されてしまうぞ」

「うむ、ただちにF15の空中哨戒《しょうかい》を増やそう」

峰は空軍要撃担当オペレーターに命じて、横田基地のF15J戦闘機をありったけ応援に上げるよう指示した。

「ところで、〈東〉との外交交渉は、どうなっているのだ。向こうは本当に、開戦するつもりなのか？」

東日本共和国　福島県
第一平等航空隊基地

阿武隈《あぶくま》川のほとり、太平洋側の阿武隈山地と日本海側の越後山地にはさまれた通称中通《なか》りという南北に長い盆地の中に、東日本共和国が西日本帝国を〈解放〉する日にそなえて配備している最前線の空軍基地がある。

ヒュイイイイイ

「コンプレッサー動力車、全機まわせっ！　エンジン始動だ」

ヒュイイイイイイイイ！

今その第一平等航空隊基地の２０００メートル滑走路に面した出撃エプロンで、東日本共和国がなけなしの貯蔵米を代金がわりにして中国からゆずってもらった十機の最新鋭Ｆ７戦闘機（旧ソ連ミグ21戦闘機の中国国内生産タイプ・一応最新鋭）が、圧縮空気コンプレッサーのエアチャージ音を響かせて緊急発進態勢に入っていた。

「司令、大変です！」

管制塔を兼ねている司令部ビルからエプロンに出て、この出撃の陣頭指揮をとっていた司令官の大佐のところへ、整備主任が蒼《あお》い顔で飛んできた。

「どうしたのだっ」

「大変です、エアコンプレッサー動力車の半数が、内部の部品を何者かに売り飛ばされていて使い物になりません」

「馬鹿者《ばか》っ！」

司令はどなりつけた。

「機械部品の横流しをやっていたのは貴様だろう！　人のせいにしようとしたな。見ろ貴様のおかげで半数の機がエンジンスタートをし遅れているぞ！　この大事な世界解放の戦いの時に足を引っ張るとは不適国民である。こいつを銃殺せよ」

「ひ、ひぇええ、お許しを——ぎゃああっ」

ダダダダダダッ
「うぎゃああっ」

ヒユイイイイン
ヒユイイイイン
「急げ！」

「出撃だ、急げっ！」

作戦概要を五分間で説明されたＦ７戦闘機のパイロット十名が、飛行服姿で列線の機体へと駆け出していく。

だだだだだっ
「中尉どのっ、ご武運をお祈りします！」

一号機のコクピットに乗りこむ編隊長の中尉に酸素マスクを手渡しながら、機付き整備員が言った。

「西日本に勝てば、われわれはトウモロコシの粉をふかしたやつでなくて、ちゃんとした白いごはんが食べられるのですね」

「任せろ」

編隊長の中尉はヘルメットをかぶる前の頭に『世界は平等・人類みな兄弟』とくろぐろ墨書した木綿のはちまきをきりりと締めた。

「俺《おれ》たちが西日本帝国の贅沢《ぜいたく》主義者どもを蹴《け》散《ち》らして、世界を平等にしてやるぞ。そうすればまぐろの刺身で白い飯が食べられるんだ！」

「頑張ってください！」

整備員がコクピットを離れ、鋭い三角形の主翼の下につるされた中国製〈海衛兵一号《ごう》〉対艦ミサイルのレーダー弾頭シーカーヘッドから赤い安全ピンを引き抜いた。今回のミッションは浦賀水道から太平洋へ出ようとしている西日本帝国海軍の艦隊を襲い、これを対艦ミサイルによって残らず水路の中に沈めてしまうことだった。

「ミサイル最終確認よし」

「一号機、発進準備よし」

対艦ミサイル〈海衛兵一號〉は、予算の関係で中国から十発しか輸入できず、出撃する各機が左翼の下に下げている一発ずつがすべてだった。だが今回の作戦がうまくいけば、西日本の帝都西東京の生命線である浦賀水道を沈没船によって閉塞し、帝国の首を絞めることができるのだ。

「ゆくぞっ」

重要な任務に、編隊長の中尉は張り切った。

しかし、

「ええとエンジンをスタートしたら──」

コクピットの中で中尉の手が止まった。

F７戦闘機のエンジンをスタートしたあと、電気系統をＯＮにして電子航法システムを自立させる手順が、ちょっと出て来なくて中尉は戸惑った。

「──ええと、メイン・ジェネレーターをＡＣバスにつなぐんだ。そうだ、そうだった」

カチ
中尉は、最後に訓練飛行をしたのが先月の終わりであったことを思い出して、舌打ちした。

（くそっ、燃料の不足で、満足に訓練飛行もできないなんて！）

ピイイイイ
ジャイロが自立して、レーダー火器管制《FCS》システムが目覚め、中尉の目の前のヘッドアップディスプレーに機の姿勢と飛行データを表示するゲージと図形が映し出された。

「おうそうだ、今日は対艦攻撃だ。アンチョコを出しておかなくては」

機のシステムがすべて温まるまでの三十秒を利用して、中尉は飛行服の足のポケットから、〈海衛兵一號〉対艦ミサイルの照準／発射手順をびっしり書きこんだアンチョコを出して、左ひざのニーボード（パイロットがひざで書き物をするための板）にしっかりとはさんだ。

「訓練用模擬弾もなくて、地上での講義も先週やっと受けたばかりだが――このミサイルを、なんとかして敵巡洋艦に命中させなくては！」

ぶっつけ本番なのである。

外貨のない東日本共和国では中国やロシアから原油を売ってもらっていたが、高級品のジェット燃料は欠乏しており、いざという時のために備蓄しなければならないから日常の飛行訓練は極めて制限されていた。その上、〈海衛兵一號〉を運用するためのマニュアルの翻訳がなかなか上がってこなくて、先週やっとパイロットたちに地上講義が一時間行われただけだった。

キイイイイン――

やがて出撃準備の整った十機のＦ７戦闘機は、中尉の編隊長機を先頭に、細長いライトグレーの機体を滑走路へ向けて地上走行に入った。

キイイイイン

（敵艦のレーダー覆域の外側から海面上２００フィートの超低空へ降りて、そのまま数十キロの距離を海面をはうように肉薄するのか――むずかしいミッションだ……）

中尉は、昨年このＦ７戦闘機を受領してから、自分がまだたったの二十数時間しか飛行訓練をしていないことを思い出した。その前に乗っていたミグ21では数百時間の経験があったが、ミグ21ＭＦ型は要撃戦闘オンリーの機体で、対艦ミサイルを抱えての超低空侵攻ミッションはできなかった。だから中尉には超低空海面飛行の経験がほとんどなかった。もちろん彼が率いている中隊の若いパイロットたちは中尉よりももっと経験が浅かった。しかもまともに実力で選抜されたパイロットだけならまだよいのだが、パイロットはみな東日本平等党の幹部の息子たちで、戦闘機パイロットは女の子にもてるからとF7やミグ21に乗る腕などないのに親父のコネで配属されてきたやつが少なくなく、中尉のように下級の平等党役員の家の生まれで実力だけでここまで来たものは数人しかいなかった。

（グチを言っても仕方がない。この戦力でやるしかないんだ！）

中尉は離陸前チェックリストを済ませ、F7の機体を滑走路の中心線と平行にラインナップさせながら、編隊の部下たちに無線で呼びかけた。

「俺たちは最重要な任務をさずかった。手柄を立てるチャンスだぞ。みんな俺について来い」

『了解』

『了解』

「ゆくぞ！」

不安を振り払って、中尉はF7戦闘機のスロットルをフルパワーに進めた。

ドドドドドドッ！

東日本共和国　暫定首都新潟
統合軍令部作戦室

「第一平等航空隊のＦ７戦闘機十機、出撃いたしました！」

おお、おおと大作戦室はざわめいた。

「ついにあの虎《とら》の子部隊が出撃したか」

「頼むぞ」

「わが空軍の最新鋭部隊だ。きっと浦賀水道の敵艦隊を全艦撃沈するだろう！」

若い作戦将校たちは、紙粘土製の日本列島立体大地図に中国製戦闘機の編隊を表わすコマが置かれると、口々に歓声をあげた。

その大作戦室の奥、核シェルターを兼ねた最高作戦会議室の内部。

「山多田《やまただ》先生、Ｆ７攻撃部隊、出撃です！」

「ＡＷＡＣＳが失われた今、西日本側の防空監視態勢は、超低空侵攻に対処できません」

「おめでとうございます山多田先生」

「海軍機によるＡＷＡＣＳ撃墜といい、作戦はすべて順調です」

　くちぐちに汗をかきながら正面奥特別席の大三《だいぞう》におべっかを言う閣僚たちを、官房第一書記の加藤田《かとうだ》要《かなめ》は一喝した。

「油断をするな！　この程度はまだ勝利ではない。わが正義の平等軍にとって、このくらいは当たり前だ。それよりただちに陸軍主力部隊の利根川渡河作戦を急いで準備せよ！　一刻も早い西日本の〈解放〉こそが、山多田先生のご意志である！」

　うむ、と奥の席にふんぞり返ったダルマのようなおっさんが憮然《ぶぜん》としたおももちでうなずいた。

「陸軍大臣、陸軍の主力を各駐屯地から利根川へ南下させせよ」

　山多田大三のだみ声を受けて、

「ははっ」

　陸軍大臣が最敬礼しながら、

「機械化平等第一、第二、第三師団はただちに常磐《じょうばん》国道にて利根川北岸を目指します！」

　大三は、うむとうなずいて今度は先任作戦参謀に、

「先任参謀、父島海域の黒い球体は、回収できたか」

「は、はは！」

がたがたっと立ち上がった先任参謀は、大汗をかきながら、

「は、山多田先生、か、回収任務の巡洋艦は、順調に作業中とのことであります！」

大三はよしとうなずいた。

陸軍大臣からはただちに全師団に出撃が命ぜられ、最高作戦会議室は新たな作戦段階の検討に入って騒がしくなった。

「戦車部隊は何時間で利根川まで行けるのだ？」

「水戸師団が一番早い。が、西日本との軍事協定で最新鋭戦車T80を装備していない。主力はやはり、次に早い仙台の第一師団だろう」

「何時間で展開できる？」

「太平洋沿いの平等常磐国道を走れば、六時間だ。〈大和《やまと》〉さえ沈めば、夜明け前に利根川を越えて千葉県北部を制圧できるぞ」

「それはすごい、千葉県北部を占領すれば米やピーナッツが手に入るぞ」

作戦の話に熱中する閣僚たちの輪から立ち上がって、

「あー、ちょっとトイレに」

先任作戦参謀は汗を拭《ふ》きながら、蒼い顔で最高作戦会議室の出口を守る女性警護官に分厚いドアを開けてもらい、大作戦室のほうへ出て行った。

「どうしたんだあいつ」

「大作戦で緊張したのだろう」

　先任参謀は、最高作戦会議室の入り口に立つ女性警護官から見えないところへ来ると、急にだだっと駆け出し、海軍通信オペレーターの座る席へばたばたとやって来た。

「おっ、おい！」

「は？」

　時代おくれのでかいヘッドフォンを頭につけて、出動中の艦船と交信していた通信士官は、振り向いてびっくりした。汗をかいた先任参謀がものすごい形相でつっかかって来たからだ。

「せ、先任参謀」

「おいっ、父島の巡洋艦との連絡は、回復したかっ！」

　先任参謀は、まるで総会屋に背任横領事件が発覚して明日の朝に株主総会を迎える大企業の総務部長みたいに恐怖の大冷や汗をかきながら肩でぜぇぜぇ息をして、

「黒い球体の回収に向かった巡洋艦は、何か返事をして来たのかっ？」

　通信士官は、頭を振った。

「いいえ先任参謀、巡洋艦〈明るい農村〉は、依然としてこちらの呼びかけに応答せ

ず、音信不通の状態です」

「貴様っ」

先任参謀は若い通信士官のえりくびをひっつかんで、

「この野郎、人ごとみたいにしれっと言うなしれっと！　黒い球体が無事わが東日本のものにならなければ、貴様も俺と一緒に銃殺だぞっ！　わかってるんだろうな？」

「は、はい、わかっております」

「命がけで通信を回復せよ！　山多田先生にばれる前にやるのだ！」

太平洋　父島の北二百キロ
東日本海軍タンゴ級攻撃型潜水艦

クォオオオ――

「艦長」

狭苦しいタンゴ級攻撃型潜水艦〈燃える団結〉の発令所は、冷房がきかなくて機械の発する熱でとても暑かった。通常動力で航行するこのタイプの潜水艦は旧ソ連海軍からのお下がりで内部はとても狭く、乗組員が寝る折りたたみ式ベッドも全乗員数の三分の一の数しかなくて、潜水艦が航海に出ている数週間から数か月の間、乗組員に休日やプライバシーなどというものは存在しなかった。

　上半身はだかに帽子をかぶった艦長の少佐のところに、機関部員が急いでやってきた。

「艦長！　スクリューのシャフトの振動が、いよいよひどくなりました。このままだと騒音が大きいばかりか、推進器が故障してしまいます」

「うむ――」

　艦長は考えこんで、横に立つ黒い制服の政治将校をちらりと見た。

「修理のため機関を止めて、三時間ほどこの海域にとどまりたいが――」

「駄目だ艦長」

　この暑いのに黒い詰め襟の制服の上着を脱ごうともしない細身の政治将校は、艦長よりもはるかに若いくせに偉そうに、

「本艦は父島海域へ全速急行し、軌道上から落下した黒い球体回収の巡洋艦に近づく邪魔な敵艦船を排除するのだ。その任務に遅れることは許されない」

「しかしこの状態では、西日本の水上艦艇や対潜哨戒機に、たやすく探知されてしまいます」

「西日本の水上艦艇や哨戒機になど探知されず、速度も落とさず、任務をまっとうせ

よ」

「そんなことは、無理です」

「艦長」

平等党本部から来た若い政治将校（党高級幹部の息子で、この狭い艦内で個室まで持っている）は抑揚のない声で言った。

「艦長、世界でいちばん偉いのは誰《だれ》だ？」

「う、く、せ、世界でいちばん偉いのは、山多田大三先生です」

「では世界でいちばん正しいのは誰だ？」

「世界でいちばん正しいのも、山多田大三先生です」

「では世界でいちばん偉くて世界でいちばん正しい山多田先生が、父島海域へ全速急行せよとお命じになったのに、従わないつもりか？」

ガチャリ
艦長の指揮下に入らない平等党憲兵が二人、潜望鏡を背にした艦長の横で、自動小銃の安全装置を外した。平等党憲兵は重要な任務につく艦艇には必ず乗りこんで、政治将校が平等党の方針に従わない不適国民と断定した乗組員をただちに銃殺する任務を負っている。

「く――」

艦長は唇をかんだ。また顔の汗が増えた。

「わかりました。このまま父島へ向かいます」

しかし、タンゴ級潜水艦〈燃える団結〉は、ずっと前から西日本海軍のＰ３Ｃ対潜哨戒機に探知され、ずっと追尾を受けていたのである。

同上空　西日本海軍Ｐ３Ｃ哨戒機

タンゴ級〈燃える団結〉が、１００メートルの深度を最大巡航速度で走っている海面の上。高度１０００フィート（約３００メートル）をはうように飛ぶ対潜哨戒機Ｐ３Ｃが一機いた。

ゴォオオオオ
「すっかり暗くなった。戦術航空士、例のタンゴはまだ南下しているのか？」

操縦桿《そうじゅうかん》を握る機長が聞いた。

『はい機長』

左側操縦席の機長のヘッドセットに、後部キャビンで戦術状況表示ディスプレーに向かう戦術航空士がインターフォンで答えてきた。

『〈標的1〉は、依然として22ノットで南下中。スクリューシャフトの振動ノイズがいよいよ激しいです。こりゃあ長くありませんね』

オレンジ色の飛行服を着た二人のパイロットは、夜空を飛ぶ操縦席で顔を見合わせる。

「やつら、何のために南へ行くんだ？」

副操縦士は頭を振った。

「わかりません機長。六本木の国防総省からは、父島方面へ向かおうとする東日本艦船はすべてマークせよと命令してきましたが――」

そこへ、接近する他のP3Cから通信が入ってきた。

『スーパーダックからスーパードルフィン。聞こえるか』

「こちらスーパードルフィン」

機長が応答した。

「どうした？　おまえさんがた今夜は非番だろう」

『緊急出動だ。いまそちらの20マイル北から近づいている』

「緊急出動？」

『スーパードルフィン、そちらの燃料は？』

「まだ六時間飛べる」

『よし』

下総《しもうさ》基地の同僚の機長は言った。

『六本木からの新しい指令を伝える。スーパードルフィンは、父島海域へ向かえ。タンゴ級の監視はわれわれが引き継ぐ』

え？　機長はまた副操縦士と顔を見合わせる。

「父島へ？　父島で何をするんだ」

『空軍のＶＩＰを乗せたヘリが、父島海域で行方不明になった。捜索に出た空軍の救難ヘリも連絡を絶った。二機のヘリコプターは両方とも、父島近海を航行中の東日本巡洋艦に着艦したらしい』

「東日本の巡洋艦に？」

機長は眉《まゆ》をひそめた。

「なんでまた、そんなところに」

『詳しいことは、よくわからん。その巡洋艦も東日本側との連絡を絶ち、呼びかけに一切応答せず漂流中だということだ。おまえさんの機がいちばん近い、すぐに行って様子を見てくれ。――ハープーンは持ってるか？』

「二本ある」

『気をつけてな。燃料が切れたら硫黄島の空軍基地へ降りろ。以上だ』

P3Cは新しい指令にしたがって、大きくバンクを取り南へ転進した。

東日本共和国　蔵王上空

ミル24大型攻撃ヘリコプターが一機、よく晴れた月夜を日本海側から太平洋側へと蔵王山系を飛び越えて行く。

パリパリパリパリ

ミル24は東日本共和国陸軍の平等党警護隊に所属する機体で、もっぱら暫定首都新潟の守りについている。ミル24なんて高価な攻撃ヘリコプターは、暫定首都新潟の平等党警護隊くらいにしか配備されていない。新潟で山多田大三の直轄部隊として、言ってしまえば大三本人の身柄を最後まで守るのが役目の平等党警護隊は、東日本の中でも最高の装備を持ったエリート部隊である（なぜ東日本では新潟を〈暫定〉首都と呼ぶのかは後述）。

パリパリパリ

昆虫の複眼のようなタンデム式コクピットのキャノピーを月明かりに光らせ、ミル24はたちまち蔵王を越え、太平洋岸に出て行く。

「おい、いったい俺をどこへ連れて行くんだ？」

後部兵員輸送キャビンに手錠をかけられて座らされている水無月是清《みなづきこれきよ》は、ＡＫ47突撃銃を持った見張りの警護隊兵士に聞いた。

「――――」

警護隊兵士は答えない。

（しょうがないな）

是清は座席にくくりつけられて身動きがきかないまま、首を伸ばして小さな窓の外を見ようとした。

（何も見えんが――ずいぶん高い高度を飛んでいるぞ）

新潟の人民国家大議事堂で、是清の父・水無月現一郎が国賊の汚名を着せられ銃殺されてしまってから、一時間とたっていなかった。

――『水無月農林大臣っ、貴様は、世界でいちばん偉くて世界でいちばん正しい山多田先生が、わが東日本国民は給料なしの食糧の支給なしでも今よりよりいっそう働くべきだとおっしゃっているのに、間違いだと言うのかっ？』

『い、いや――』

（親父は、はめられたんだ……）

是清は、クッと唇をかみしめた。でも是清には悲しんでいる暇もなかった。

――『その者を銃殺せよ』
『う、うわっ』
ダダダダダダダダッ！
『うぎゃあーっ！』

（父が国賊となれば、息子の俺、妹の西夜《さや》、それに母上も、一族郎党皆殺しとされるはずだ。なんとかしなくては――）

しかし、どうすればよいのかわからない。是清には、自分がこれからどこへ連れて行かれるのかさえ、見当もつかなかった。

キイイイイン――

ヘリコプターが、降下を始めた。

（どこへ降りるんだ――？）

すぐに議事堂内で銃殺にならなかったとは、どういうことなのだ？　是清は父が銃殺された同じ時に、議事堂中央会議室の外の控えの間で、山多田大三に太平洋沿岸に起きている異変について状況説明をするために待機していたのだ。

（この一時間ばかり、いろんなことが起きて気が変になりそうだ――くそっ）

是清は、さきほどの中央会議室控えの間で、突然その身を拘束された時のことを思い出していた。


「なっ、何をするんだ！」

グイッ
いきなり銃剣を突きつけられた是清は、アタッシェケースから顔を上げて怒鳴った。是清は山多田大三に緊急報告をする書類の内容を、ソファに座って復習していたところだった。

「君たちはいったい何の――うっ」

女性警護官が二人、大議事堂の中でのみ着用する金の装飾の上着にプリーツのミニスカートというコスチュームでＡＫ47突撃銃を構え、是清の前に仁王立ちしている。ＡＫ47には銃剣がつけられていて、その尖端《せんたん》が是清の金色の前髪をかすかにかすってスッと下りてくる。刃の先が目の前に突きつけられる。

（うっ――）

是清はロシア人の母から受け継いだブルーの両眼を上げて、自分の顔のわずか10センチ先に銃剣の刃を突きつけている女の警護官を見た。

「――何の、つもりだ？」

「――――」

ロングヘアの警護官の一人が、無言であごをそらし『立て』と命じた。

もう一人が銃剣を是清の胸にも突きつける。

書類を見ながら中央会議室控えの間のソファに座っていた是清の軍服の胸の金ボタンに、銃剣の尖端が当った。

チャリッ
「う――わかったよ、立てばいいんだろう」

是清はわけがわからなかった。

こんなところで、女性警護官の女の子に銃を突きつけられている場合ではない。攻撃型潜水艦二隻を始め、東日本共和国の太平洋岸で艦船の行方不明事故が連続発生し、しかも謎《なぞ》の転覆行方不明事故の起こる地点が、次第に沿岸に近づいて来る。海の中で何か異変が起きていて、かつこの国に近づいて来ているのだ。

「君たち、俺は、山多田先生に緊急報告をするため――あっつ！」

手を上げて立ち上がった是清は、思わず声を上げた。

「つ、つつくことないじゃないか！」

議事堂警護隊女性将校が持ち歩く突撃銃の銃剣は、ピカピカに磨かれていた。

「俺は司令部から、緊急の情報を持って報告に来……あつつっ！」

警護官の一人が、また是清の背中を銃剣で軽くつついた。しゃべるな、ということらしい。

（いったいどうなっているんだ！）

是清は両手をホールドアップしたまま、この人民国家大議事堂の中心を占める大会議室の控えの間を見回した。旧ソ連のクレムリン宮殿内部を模したという、茶色い重厚なインテリアの部屋だ。

わぁぁぁ――

見回す是清の耳に、かすかな喚声が聞こえてくる。

わぁぁぁぁぁ――

バンザーイ、バンザーイ――

やまただせんせい、バンザーイ――

（――議事堂前庭広場の、〈バンザイ国民〉たちの声だ――）

壁を通して聞こえる喚声は、大議事堂の前庭広場に集められた十二万人の〈バンザイ国民〉たちが衛兵部隊に銃を突きつけられ、山多田大三にバンザイしている声だった。

（――特別会議とやらが終わって、大三が議事堂のてっぺんで〈決意に燃えて結集した十数万の国民の歓呼の声〉に応えているところか……ふん）

是清は、さっき議事堂に入場する時に前庭広場で寒さに震えていた〈バンザイ国民〉たちを見ているので、嫌な気分だった。今日は凍死者が何人出ただろう――？

びょうどう、バンザーイ――

きょうわこく、バンザーイ――

大会議室の、はるかな天井まで届く分厚いドアの内側では先ほどまで特別会議が行われていた。是清は会議が終了して〈バンザイ〉が済み次第、太平洋岸の異常事態について山多田大三に緊急報告をすることになっていたのだが――

（そういえばさっき会議室の中で銃声がしたし――嫌な予感がする……）

是清がそう思った時、
カツカツカツ
劇場の舞台の緞帳《どんちょう》のような分厚い紫のカーテンの陰から、ブーツを大理石の床に響かせてさらにもう一人の女性警護官が入って来た。

「君は――！」

是清は思わず、その警護官のミニスカートの脚を見てしまった。

（見事だ――いや、こんなこと考えてる場合じゃない）

長身の是清は上半身だけで振り向いて、

「――君は、さっき俺を案内してくれた……」

警護官の一人がまた脇《わき》からチクッとつついたが、そんな痛さなんかかまわず是清はその女に話しかけていた。

「君――理由を説明してくれないか？　なぜ俺は拘束されるんだ？」

女は是清より少し年下だろう。銃剣を突きつける二人と違って腰にサーベルを吊《つ》り、腰までの短いマントをはおって、白銀色のコスチュームの詰め襟には流星の徽《き》章《しょう》をつけている。銃剣を持った二人は、白銀のコスチュームの女に軽く礼をした。

カツカツ、カツ

女は、両手を上げている是清の目の前に立った。

ジャラッ

腰のサーベルが鳴る。

確かに間違いない、と是清は思った。

(間違いない。さっき俺をこの部屋まで案内してくれた将校の子だ……)

さらさらのロングヘア。かすかな前髪の下にスッと細い眉と、切れ長の眼。

「君――」

「――――」

女は何も言わず、腰に両手を当てると白い小さめのあごを引いて、上目使いに是清を見た。

うっ――

是清は思わず、心の中でうなってしまった。

(か、可愛い)

そんなことを考えている場合ではない。だが是清は、二十六歳の今まで自由恋愛というものをしたことがない。情報士官の仕事が忙しいのと、東日本共和国の市民生活ががんじがらめに管理されている(国民全員が例外なく官舎に住み、外泊したい時は一か月前から理由を添えた要望書を提出して平等党地区役員に許可を受けなければならない)のに加え、農林大臣水無月現一郎の長男という生まれも影響して全く羽目を外すことが出来なかったのだ。だから突然に銃を突きつけられたこの状況でも、可愛い子が目の前に来ると思わず見てしまうのだった。

「――――」

白銀のコスチュームの女は、184センチの是清の、ブルーの両眼をまっすぐに見上げた。そして形の良いくちびるのはじを、きゅっと結んだ。

「連れてゆけ」

「おい、ちょっと待って――」

だがたちまち銃剣に追い立てられ、是清は大会議室控えの間から議事堂大回廊へ連れ出されてしまった。

（いったいなんで突然に親父は失脚させられたんだ――？　親父は反山多田派だったけれど、暴力的なことは嫌いで、クーデターではなくまともな選挙を実現させることで山多田を追い落とすのが理想だった……西日本との武力衝突にも、西と戦ったって兵隊が無駄に死ぬだけだと一番反対していて――）

　是清は、ヘリの座席ではっとして顔を上げた。

（武力衝突……そういえば、イカ釣り漁船の電波傍受態勢が今朝から急に強化されている。まさか山多田と上層部はやる気なんじゃ――）

　西日本帝国と戦争を始めるとしたら、一番じゃまになるのは水無月現一郎であった。

　父が抹殺されてから、是清はすぐに警護官たちに身柄を拘束されたのだが、なぜかすぐに銃殺にはならず、ほどなくして警護隊のヘリコプターに乗せられた。

　キイイイン――

　ヘリは降下を続けて行く。

　機体が着陸場所を探して旋回する時、小窓から下の光景がちらりと見えた。

（なんだ——海岸？　やたらと騒がしく照明されているな）

是清は、父の盟友である財務大臣が彼の延命をしてくれたことを知らなかった。是清に見事な長身と金髪・青い瞳《ひとみ》を与えたロシア人の母アリアズナが〈ネオ・ソビエト〉の一派と親交が深いため、現一郎が銃殺となってもアリアズナはおとがめなし、アリアズナが大三に恨みを持ってもまずいので是清は必ず死ぬような最前線に転属させ自然に死ぬのを待ち、巡洋艦で研修航海に出ている妹の西夜《さや》は戻りしだい大三の後宮に入れるということにして、とりあえず銃殺を中止させてくれたのは財務大臣であった。

「俺はこれから、どうなるんだ——」

是清はつぶやいた。そして我が身の心配と同じくらい、くやしいことがあった。

（——警護官のあの子、可愛かったなあ……名前を聞いておくんだった）

惜しいことしたなぁ、とつぶやきながら是清は左の頰《ほお》をさすった。新潟のヘリポートに護送されてこのミル24に乗り込まされる時、是清は例の白銀のコスチュームを着た議事堂警護隊の指揮官の女に話しかけて、ひっぱたかれたのである。

是清はまた思い出す。


パシッ！

「ひ、ひっぱたくことないじゃないか、名前を聞いたくらいで！」

「――――」

白銀のコスチュームの女は、両手をミニスカートの腰に当て、くちびるをきゅっと結んで是清をにらみ上げた。腰のサーベルがチャリッと鳴った。

是清は、二人の警護官の銃剣につつき上げられてヘリの兵員輸送キャビンのステップに足をかけながら、

「君だって、名前はあるんだろう。俺は水無月是清。どうしてこんな目に遭うのかわからないので驚いている。でももっと驚いているのは君がとてもきれいだからだ。こんな状態で、銃剣なんか突きつけられて、こんなこと言うのは馬鹿かも知れない。でも君だって思うだろう？　この国には、俺たちが自由に人を好きになってデートしたり飯食ったり恋をしたりする自由がない。君たち議事堂警護官なんか、十四歳でオーディション受けさせられて徴用されて、特殊訓練なんか受けさせられて、毎日あの大三に仕えさせられているんだろう？　君たちはマインドコントロールされているらしいからこんなこと言ったって無駄かも知れないけれど、でも俺は君には言っておきたい。君は、銃殺寸前の俺が名前を聞きたくなるくらい、きれいで魅力的なんだ。ものすごく価値のある女の子なんだ。君はあんなダルマみたいな変態独裁じじいのボディーガード兼慰みものになるような人じゃない。君のような人に会うのならもっと

他の場所で会いたかったよ。俺は残念だ」

是清はもうすぐ殺されるかも知れないと思いながら、ヘリのステップにつかまって言いたいことをぶちまけた。山多田大三を変態独裁じじいと呼んだのだから、その場で銃殺されるかも知れなかった。

「どうせ俺はどこかに運ばれて銃殺になるんだろう。でもそんなこと忘れるくらい、君はきれいだよ、とっても可愛い！」

パシッ、とまた飛んできた女の平手を、是清は右手で受け止めた。女の子に話しかけるのはこれが人生で最後になるかも知れない。是清は白銀のコスチュームの女を見つめて、

「――名前、なんていうんだい？」

「――！」

女は顔を激昂《げっこう》させて是清の手を振り払った。

「操縦士！　連れてゆけ！」

ヘリのコクピットへ怒鳴る白い横顔が、是清の女を見た最後だった。是清は銃剣にちくちくつつかれて兵員輸送キャビンに押し込まれ、ハッチがごとんと閉じた。キュンキュンキュンとローターが回り出し、是清はどこへとも知らされず飛び立ったのだ。

（きれいな手だった――）
是清は、兵員輸送キャビンの座席で、手錠をかけられたまま右の手のひらを眺めた。
（――すべすべで少し冷たくて……あの子、なんていう名前なんだろう）

キイイイン
ヘリは着陸態勢に入って降下して行く。
数十本の仮設照明灯に照らされた海岸の砂浜。そこは機械化師団の野戦補給所だった。ナイターグラウンドのような水銀灯に照らされて、数十両のＴ80突撃戦車が黒々と光っている。
パリパリパリパリ
砂浜の仮設ヘリポートに、整備兵の発光スティックに導かれながら大型攻撃ヘリコプター・ミル24は進入する。下は水平とはいえない砂地、そばには平等常磐国道が走っている。
「おい、海から霧が流れてきてるじゃないか」
最前部の砲手席に座った射撃員がインターフォンに言った。射撃員の座席は機首にあるのでミル24が離着陸する時は地面をこすりそうになるほど下を向き、慣れないと怖いのである。

「そうだな、海霧だろう。濃くなる前に帰ろう」

操縦士は操縦桿とコレクティブ・ピッチレバーをあやつって、砂を巻き上げながら補給所のはずれにミル24の機体を降ろした。

ドシュンッ
「エンジン停止」

ヒュンヒュンヒュン――

補給所が設営された海岸には、黒々と光るT80戦車が数十両、エンジンをアイドリングさせながら砲弾の積み込み作業を急いでいた。

「おい、降りろ！」

警護隊の将校がやって来て、是清を立たせ、上半身をしばっていたロープをほどいた。

「ここは、どこだ？」

ドルンドルン
ドルンドルンドルン

大馬力のディーゼルエンジンをアイドリングさせている黒い戦車の列を見回しながら、是清は聞いた。

「これはまるで、戦争じゃないか」

「うるさい、国賊のくせに口答えするなっ！　いいか、貴様は山多田先生の大いなる慈悲の心により、銃殺を免除し転属させられた」

「転属？」

将校はうなずいた。

「そうだ！　貴様はただいまから、陸軍情報部より第一平等戦車隊に転属だ。戦車の車長として西日本解放のために死ぬ気で戦え、よいな！」

「せ、戦車隊？」

それ以上答えず、将校は是清の背中を蹴飛ばしてヘリの兵員輸送キャビンから追い出した。

どかっ
「わっ」

「さっさと行け水無月大尉！」

是清は振り返り、

「西日本解放だって――？」

あたりの海岸は、補給を急ぐ戦車とトラックと戦闘装備の将兵で、祭りの準備みたいにあわただしくにぎわっていた。

(ま、まさか！　西日本帝国と、本気で戦争しようっていうのか？)

馬鹿な、と是清はつぶやいた。

「――それじゃ親父を抹殺したのも、戦争を始める準備のためだったのか！」

是清が砂を蹴って悪態をついていると、
背中で呼ぶ声がした。

「水無月大尉であられますか？」

「うん？」

振り向くと、防煙ゴーグルをつけた若い戦車兵が、長身の是清を見上げながら敬礼した。

「第一中隊一号戦車の運転士であります。わが戦車の車長にご就任、おめでとうございます。こちらへどうぞ」

う、うんと返事をして、是清は一般国民の戦車兵について居並ぶ黒い戦車の列へと歩いた。

ヒュンヒュンヒュンヒュンヒュン――

（ヘリが帰るのか――）

　再びタービンエンジンの回転を上げて、是清を新潟から乗せてきたミル24はたちまち離陸して行った。

　キイイイイン！

　戦車隊の兵士たちは頭上から吹き下ろすローターのダウンウォッシュに身をかがめ、ヘリが上空へ去るとまた急いで作業に戻った。見渡すかぎりの数十両の戦車が、ほぼ出撃前の補給を終えようとしていた。

「水無月大尉、海から流れてくる霧が、濃くなっています。われわれも早く出発しなくては」

「ああ、君」

　是清は、まだ名前も聞いていない若い戦車運転士を呼んだ。

「ここは、どこなんだい？」

「常磐海岸、Ａ８ポイント補給所です。利根川北岸までは平等常磐国道を通って六時間でたどり着けるそうです。まもなく大隊長の訓示があるでしょう」

「太平洋岸か――」

　是清は、思わず暗い海の方を見た。

（そういえば、あの〈異変〉についての情報は、誰かが代わりに報告したのか？）

是清は、自分が捕まらなかったら山多田大三に緊急状況説明をするはずだった、太平洋沿岸海域での〈異変〉について思い起こし、眉をひそめた。

(――三陸沖からその沿岸にかけて、潜水艦二隻、貨物船、トロール漁船、次々に謎の転覆をしている。天候は穏やかなのに次々と――遭難地点をたどるとまるで何かが近づいてくるように……)

是清はふと立ち止まった。

「海霧か――」

常磐海岸上空千フィート
東日本F7戦闘機編隊

ズゴォオオオオオ
福島県の第一平等航空隊基地を発進した十機のF7戦闘機は、縦一列に編隊を組んで阿武隈山地を越え、海上に出ると高度を下げ、海岸線に沿ってはうように進んだ。
ズゴォオオオ
(このまま海岸線に沿って低空で進めば、やがて鹿島灘《かしまなだ》から銚子の岬を越え、九十九

里を南下して館山《たてやま》を回り、西日本のレーダーに引っかからずに浦賀水道を襲えるぞ）

先頭を行く隊長機の、月明かりと赤い夜間用計器照明がほのかに照らすコクピットで、隊長の中尉は腕時計とひざに置いた地図を見比べながら位置を確認していた。

（下の海岸線には平等常磐国道、そして東海村の平等原発か……まもなく鹿島灘だ。もう少し高度を下げて行こう――ん？）

中尉は、ふいにチャートの上の月明かりがかげったので外を見回した。

それと同時に編隊は雲の中に突っ込んだ。

「低い濃密な雲が、海面を覆っている――海霧か。まずいな、高度を下げられないぞ」

しかし今日は、海岸線に海霧が出るなどという気象予報は、なかった。

「変だな――おや」

海岸にかかっていた白い濃密な霧は、ふいに切れてなくなり、Ｆ７戦闘機十機の編隊は再び月明かりの下に出た。

よかった、と中尉は胸を撫《な》で下ろし、ついてきている列機の部下に「５００フィートに降下せよ」と短く命じた。

（しかしあんなに局地的な海霧なんて、変だな……）

常磐海岸沖　洋上
西日本海軍駆逐艦

西日本帝国海軍対潜駆逐艦〈瑞穂《みずほ》〉は、牡鹿《おしか》半島沖の海底に遭難沈座した攻撃型潜水艦〈さつましらなみ〉を救助するため、深海救助艇ＤＳＲＶを積んで東日本の領海ぎりぎりを北上中だった。たまたま新型のＤＳＲＶをテストするため北太平洋へ出ていた〈瑞穂〉は、六本木からの命令で横須賀へ帰港するのを中止し、銚子の手前で進路を北へ転じたのである。

ざざざざざ

「救助に向かうのだから、全速を出したいのは山々なのだが……」

暗い海面を望む艦橋で、双眼鏡を手にした艦長がひとりごとのように言った。

「無理ですよ艦長」

隣に立つ副長が言う。

「わが〈瑞穂〉は、急げば35ノットの速力です。しかしその速度では、対潜ソナーがほとんど効力を失ってしまいます」

「そうだったな。こんなに〈東〉と緊張が高まっている最中に、〈東〉の領海ぎりぎりを進むのだ。敵潜水艦に待ちぶせを食う可能性は多いにある」

　ざざざざざざ
　駆逐艦〈瑞穂〉は、15ノットでがまん強く北上を続けた。

「ん――？」

　艦長は、双眼鏡を両目に当てて、艦の進行方向を見た。

「濃密な海霧だ――まずいな、レーダー電波を出せない状態だというのに」

　ビーッ
「艦橋だ」

　副長が艦内電話を取った。

『こちらソナー室です。聴音ソナーが変な音源をとらえています。アクティブ・ソナーの使用を許可してください』

「変な音源？」

　副長は艦内電話をかけてきたソナー水測長に、

「おい、『変な音源』だけではよくわからん。いったい何だ？〈東〉の潜水艦か？」

『それが――何とも言えない、変な音なのです。しかも反応は巨大で……』

　艦長が、やりとりを聞きながら首を振った。

副長はうなずいて、

「いいか、本艦は敵潜水艦とことを構えるわけにはいかん。こちらの位置を教えるようなアクティブ・ソナーは使用するな。こちらを襲ってくるそぶりがない限り、やりすごせ」

『了解しました』

ざざざざざざ——

駆逐艦〈瑞穂〉は、牡鹿半島への最短進路を取って、黒い夜の海面にわき上がる濃密な白い水蒸気の雲の中へ分け入って行った。

常磐海岸A8補給ポイント上空
平等党警護隊ミル24ヘリコプター

キイイイイン

水無月是清を最前線へ向かう戦車部隊へ送り届けた平等党警護隊所属のミル24大型攻撃ヘリコプターは、常磐海岸の補給ポイントの上空で高度を上げ、新潟へ向かおうとした。

しかし、

「おい、あれは何だ？」

最前部の機首砲手席に座った射撃員が、沖のほうを指さした。

「何だ？」

「今、海の沖のほうが光らなかったか？」

「海霧でよく見えんぞ」

ピカッ
「ほらまた！」

「本当だ、何だろう――？」

海霧の、海面に張りついた濃密な雲を通しても、海の沖のほうで何か蒼白い光がストロボのように瞬くのが確認できた。

パリパリパリパリ
ミル24は、小さな両翼の下に対戦車ロケット弾のポッドをぶらさげた姿で、沖合いのほうへ機首を向けてしばらくホヴァリングした。

「西日本の潜水艦でもいるのかも知れん。もしそうだとしたら洋上から補給ポイントを艦対地ミサイルで狙われると、今戦車は補給中だから――」

「うむ」

操縦士もうなずいた。

「とにかく、確かめてみよう」

キイイイイン

ミル24は、機首をぐっと下げると蔵王とは反対の太平洋上へと加速した。

そして、濃密な霧の中へ入って行った。

4. 浦賀水道攻防戦

＊戦端はついに開かれてしまった。

　十機のＦ７戦闘機は中国製対艦ミサイルを抱いて浦賀水道へ殺到していく。そこには、緊急指令を受けて横須賀《よこすか》を出港し急ぎ父島へと向かう帝国海軍第一護衛艦隊が隊列を組んで通過中であった。

浦賀水道　横須賀沖
帝国海軍第一護衛艦隊旗艦〈新緑〉
同日　二十時十五分

横須賀を出港し、計八隻の艦隊を率いて父島へと南下するイージス巡洋艦〈新緑〉の艦橋。

「空母〈赤城〉との会合コースを決めなくてはならん」

「そうだな航海長、なるべく早く会合して父島へ急ぐのだ」

「機関長とも相談しなくては」

「先任迎撃管制士官も呼ぼう。防空態勢の確立を急がせなくては」

背中で話し合っている部下たちの声を聞いて、艦橋のいちばん前方で双眼鏡を手に立っている艦長の矢永瀬慎二《やながせしんじ》中佐はまた嫌な気持ちになった。

（ああまた、俺《おれ》抜きで相談を始めたな……こっちが若いと思って無視しやがって！）

矢永瀬は唇を嚙《か》んだ。

くやしそうな顔をしたら、連中の思うつぼだ。ここはいつもと同じように、気にもしていない表情で無視してやるのだ。

矢永瀬はがまんして、古参の部下たちの意地悪を無視することにした。

（中佐といっても俺は三十一歳、しかも防大出ではなく一般大学——東大の出身だ。ところが副長も航海長も機関長も砲術長も、全員が防大出身で俺よりも年上ときている。こんなことで苦労しなきゃならないとは、この艦に乗り組むまで想像もしていなかったぜ！）

すらりとした長身に縁なしの眼鏡をかけ、髪を短く刈った矢永瀬中佐は東大の工学部を出てからまだ九年しかたっていない。矢永瀬は東大在学中は野球部のエースとして活躍し、一般企業や官庁からも誘いがある中で帝国海軍を就職先に選んだ。機械工学の粋であるハイテク巡洋艦を、自分で指揮してみたいという希望を持っていたからだ。

（俺の昇進は防大出ではないのに順調で、二十九歳で少佐、三十一歳で中佐に昇進して、春からはこの最新鋭イージス巡洋艦〈新緑〉の艦長に就任できた。思いのほか早く夢がかなったわけなんだが——）

矢永瀬は、たしかに不自然に若い艦長ではあった。

海軍参謀総長で帝国軍統幕議長の峰剛之介《みねごうのすけ》中将が、最新鋭イージス巡洋艦には頭の柔らかい若い士官を艦長として登用するように命じたのである。矢永瀬くらいの経験では、本当ならばまだ駆逐艦の副長くらいが相応なポジションであった。それが優秀さを買われて巡洋艦――それも就役したばかりの二隻のイージス艦のうち一隻の艦長に抜擢《ばってき》されたのだから、古参の士官たちの反感は激しかった。

「おう、〈赤城〉は渥美《あつみ》半島から25ノットで東へ向かっているのか」

「それでは三宅島沖でちょうどわが艦隊と交差しますな」

「それは好都合だな航海長」

うしろで、自分たちだけで今後の進路を相談している古参の士官たち（副長の少佐が四十、航海長が四十五、機関長が四十七で砲術長が五十歳ときている。航海経験もはるかに長いこの連中を、矢永瀬は統率しなければならないのだ）の話し声を背中で聞きながら、矢永瀬はううっと怒りをこらえた。

（あいつら――いい歳して、艦長の俺を無視しやがって！）

ああ、ごほんとせき払いすると矢永瀬は振り向いて、

「ああ、君たち。航空母艦との会合進路ならばこっちへ来て私と相談してくれないか」

すると白い制服の腹の出た古参のオヤジたちはみんなで手を振って、

「ああ、ああ、いいんですよ艦長」

「そうですよ艦長はそこで立っておられれば良いんです」

「どうぞ気にしないで、いちばん前で立っててください」

「われわれが全部やっときますから」

「どーぞご心配なく」

口々に言って、また海図台で顔をつき合わせてあーでもないこーでもないとやり始めた。

(くっくっ)

矢永瀬は、白い手袋の両手を握りしめた。

(くっ、くそぉっ)

ざざざざざ
夜の浦賀水道を、イージス艦〈新緑〉を先頭に、緊急出港した八隻の艦隊が単縦陣で白波を蹴立《けた》て、南下していく。〈新緑〉の後方にはヘリコプターを五機搭載した対潜航空巡洋艦〈富士〉と〈朝風〉が続き、その後に対潜駆逐艦〈出雲〉、〈彗星《すいせい》〉、〈瀬戸〉、〈若潮〉、〈浅間〉が続く。艦隊の右手には三浦岬、左手には館山の灯りが見える。
ざざざざざ
八隻は東京湾から太平洋へ出る浦賀水道の、ちょうどいちばん狭い部分にさしかかっていた。

「取《と》り舵《かじ》5度」

　東京湾の出入りに詳しい航海長が、艦長の矢永瀬にまったく断らずに、艦橋中央で舵輪をにぎる操舵手の下士官に命じた。

「取り舵5度、ようそろ」

　操舵手の下士官は復唱し、9500トンの巡洋艦を左へわずかに旋回させるべく舵を切った。

　無視された矢永瀬は、艦橋の先頭に立ったままでまたうっと歯がみをした。

（くやしいけれど、俺は航海の経験が少ないのだから浦賀水道の通過は航海長や副長に頼らなくてはならない。でもなんだあの態度は！『艦長、進路を5度左に修正します』とか、俺にひとこと断ったっていいじゃないか）

　うぐぐっ
　矢永瀬はいたたまれなくなって、気分を変えようときびすを返し、たったっと艦橋を歩み去った。直立不動で舵輪をにぎる操舵手が一瞬気の毒そうな顔をしたが、この艦橋で艦長の味方をすると自分まで古参のオヤジたちにいじめられてしまうので、何も言えなかった。

「おや艦長、どちらへ」

　四十歳になる副長の少佐が言った。

「トイレだよ」

「そりゃいけませんなあ、水道通過中にトイレ」

航海長が冷やかすように、

「艦長、トイレの近い人は、立派な船乗りになれませんよ」

「ははは」

「あははは」

「まあいてもいなくても、別に本艦は困らんのですが」

「あ、そうだったな」

「はははは」

矢永瀬は部下たちの嘲笑《ちょうしょう》を背中に浴びて、海へ飛びこんでしまいたくなった。今回の緊急任務がどれくらい続くのかわからないが、春に就任して以来、この〈新緑〉が海に出ている間はいつも自分はいじめられてきた。今までの人生で、人からよってたかっていじめられたことなんてなかったのに！

（畜生、出港したばかりなのに、俺はもう帰りたいぞ）

カンカンカン

スチールの通路を早足に歩いて、主艦橋の後ろに設けられているＣＩＣ（中央情報作戦室）に入って行くといくらかほっとした。

「あ、矢永瀬艦長」

　赤い戦闘照明にほのかに照らされた〈新緑〉のCICは、通常の駆逐艦の優に倍の規模があり、たくさんの若い電子戦技術士官がコンソールについて働いている。その中でチーフ席に着いている女性の迎撃管制士官がレーダー画面から顔を上げた。

「少尉」

　ここは若い連中が多いので、矢永瀬は息が詰まると逃げこんでくる。艦橋の航海士たちと違って、コンピュータを相手にする若い専門家たちは航海経験が少ない若造の艦長だからといって嫌がらせをしたりしないのだ。

「小月《おづき》少尉、先任迎撃管制士官はどうしたんだ？」

　いつもの矢永瀬と気の合う大尉がチーフ席に座っていないので、矢永瀬がけげんな顔でたずねると、

「すみません艦長」

　ロングヘアを後ろでまとめ、白い耳が目立つ細面の美人の小月恵美少尉は、すまなそうに、

「実は先任迎撃管制士官は、乗艦していません」

　矢永瀬はびっくりした。

「乗っていない？」

「はい艦長。出動が緊急だったので、半舷《はんげん》上陸で街へ遊びに出ていた乗組員の多くが艦の出港に間に合わなかったのです」

「何だと？」

「そうなんです艦長」

別の電子戦担当士官が言った。

「現在この艦には、正規の配置の八割弱しか乗組員が乗っていません。このＣＩＣも、小月少尉にイージス防空システムのコントロールをしてもらうほかないのです。いつもアシスタント役をしていた彼女ですが、訓練は受けていますからなんとかこなしてくれるでしょう」

「ううむ」

矢永瀬はうなった。

「しかし先任の上岡《かみおか》大尉はなぜ戻って来なかったのだ？　全員、上陸のときは携帯を持っているはずだろう？」

「それが――」

小月少尉は赤くなった。

「艦長、上岡大尉は、半舷上陸のときは横須賀市内から出てはいけないという規則を破って、川崎のソープ街にしけこんでいたのです。緊急出港に間に合わないのは、当たり前です」

そばの士官が言った。

「他にも同様に帰って来られなかった乗組員がたくさんいます。おそらくわが艦隊は、ほかの七隻でも似たような状況でしょう」

「ううむ、上岡め。帰ってきたら厳罰だ」

「艦長」

小月少尉が言った。

「なるべく早くイージスシステムをフル・オペレーション状態にしたいのですが。レーダーのテストを始めてもよろしいでしょうか」

「もちろんだ」

「先週、新しいソフトにアップデイトを受けてから、本艦のイージスシステムは運用テストをしていません。うまく働くとよいのですが……」

小月少尉は不安げに言った。

「この艦隊の空に対する守りは、小月少尉、君の肩にかかっているんだ。頼むぞ」

小月恵美の肩をたたくと、久しぶりに指揮官らしい台詞《せりふ》を言った矢永瀬はすこしほっとしてＣＩＣを出て行った。

ざざざざざざ

舷側を白波が渡っていく。艦は20ノットの速力で浦賀水道最狭部を通過中だ。太平洋へ出ればもっと速度を上げられる。

「艦長」

CICの中から、矢永瀬を追うように先ほどの電子戦担当士官が走り出てきた。

「おう、大田中尉」

「艦長、また艦橋のオヤジたちにいじめられたのですか」

「いじめられたなんて、格好悪いこと言うなよ」

「艦長、僕らCICのスタッフは全員、艦長の味方です。へこたれないで頑張ってください」

「う、うん」

「艦長、あなたは本艦の指揮官であるばかりか、洋上で空母〈赤城〉と合流するまでは、わが第一護衛艦隊八隻の司令官なのですよ。帝国の命運はあなたにかかっているのです。どうか気を確かに持ってください」

それだけ言うと、大田中尉はさっとCICの部署へ走り戻っていった。

舷側に立って見送りながら、矢永瀬はため息をつく。

「ふう――」

〈帝国の命運〉か。なんだか励まされたのかプレッシャーかけられたのか、わからんなあ。

今年三十一歳の矢永瀬慎二は、防衛大学には行かなかったけれど、東大の野球部でエースとして活躍し、自分を厳しく鍛えてきた。少年時代から勉強もスポーツも万能で、クラスメートたちからは尊敬の目を集めて育ってきたのだ。しかし巨大な巡洋艦を一隻任され、いつも重い任務を背負ってしかも艦橋で古参の部下たちにいじめられ、その上で八隻の艦隊の指揮も取れというのでは、神経がもたなくなっても仕方がない。

（なんとか、今回の任務をこなさなくては）

もともと能力を認められて艦長になった自分だ。経験さえ積んでいけば、必ず現状を打開できるだろう。

だが――

ぐるるる

「うっ――」

矢永瀬は、ふいに来たさしこみに顔をしかめ、舷側の通路に立ったまま腹を押さえて前かがみになってしまった。

「くそっ、大田のやつめプレッシャーかけるから――」

プレッシャーによる神経性の下痢は、今に始まったことではない。この〈新緑〉の艦長になってからというもの、戦闘訓練の真っ最中に急にもよおし、艦橋からトイレに駆け込んだことは一度や二度ではなかった。そのたびにまた古参の部下たちにいびられるのでますますプレッシャーは強くなり、矢永瀬の慢性の下痢が完治するのはいつになるのか見当もつかなかった。

「ああくそ、本当に腹具合が悪くなってきた」

矢永瀬は、「ああ痛た」と片手で腹を押さえながら大急ぎでトイレに向かいながら、ふと思った。

(ああそうだ、あいつ、あいつはどうしているだろう――)

自分と似たような境遇の、もう一人の男のことだ。

(――立風《たちかぜ》は、大丈夫かなあ……)

矢永瀬はふと、自分と同じくこの春にもう一隻の新鋭イージス艦の艦長にさせられた、自分よりもまだ若い立風光邦《みつくに》少佐のことを思い出した。士官候補生学校の後輩だ。確かまだ、二十九歳である。

(あいつも一般大卒だし、どう見ても俺よりも根性ないし……)

もう一隻のイージス巡洋艦〈群青〉は、総理府にチャーターされて硫黄島近海で科学調査の任務についているはずだ。父島海域へ展開すれば、たぶん向こうで会えるだろう。
（あいつはきっと、俺以上にいじめられているに違いないぞ。大丈夫かなあ——）

カチャカチャカチャッ
ＣＩＣの迎撃管制席では小月恵美がキーボードに指を走らせる。
「〈新緑〉イージスシステム、ただいまよりオペレーション・テスト開始」
カチャカチャッ
「全方位、試験電波発信」

〈新緑〉の六角形の対空フェーズドアレイ・レーダーアンテナから全周囲に試験電波が発信され、三浦市と館山市内にあるすべての家庭のＴＶ受像機が、衛星放送を含めて一時的に全部ブラックアウトした。
トイレに駆け込む艦長の矢永瀬も、迎撃管制席で早くも額に汗を光らせている小月恵美も、この装備は最新鋭でも人間関係のまるでうまくいっていないイージス巡洋艦にいまにも敵機が迫りつつあるとは、気づいていなかった。

房総　野島崎上空五百フィート
東日本Ｆ７戦闘機編隊

地形が編隊に味方していた。

ズゴォオオーッ
東日本から海岸沿いを南下してきた十機のＦ７戦闘機は、はるか上空を戦闘空中哨戒《しょうかい》する西日本空軍のＦ15Ｊに発見されることなく銚子《ちょうし》沖を通過し、九十九里浜に沿ってひたすら飛んだ。御宿《おんじゅく》から南へ来ると房総半島は山がちになり、東京湾側にいるはずの〈目標〉の艦船からは、山の陰になってレーダーで発見されることがない。

（俺たちは運が良かった。西日本のＦ15Ｊは、ＡＷＡＣＳを襲ったフォージャーを追い回すのに夢中で、俺たちの通過に気づかなかったのだ）

先頭を行く隊長機のコクピットで、編隊長の中尉は風防を通して頭上の星空を見上げ、この幸運に感謝していた。

（幸先《さいさき》がいい。敵艦隊への攻撃も、うまく行くといいが――）

ドドドドド

ミグ21改造の中国製ジェット戦闘機は、左翼の下にやはり中国製の〈海衛兵一號《ごう》〉大型対艦ミサイルを吊《つ》り下げて、海面上500フィート（約150メートル）をはうように飛んだ。

実際、E3Aがフォージャーに襲われたとき、空中給油を受けていたF15Jの編隊はあわててフル・アフターバーナーで駆けつけたのだが、すでに虎《とら》の子のAWACSは銚子の市街地上空を醬油《しょうゆ》工場の煙突を避けながら超低空で逃げ回っている最中だった。ごちゃごちゃした市街地を背にして超低空で飛ぶ小さな敵戦闘機をレーダーで捕捉《ほそく》することは、いかにF15Jでも不可能であった。AWACSを追い回すフォージャーを原田大尉機が目視でやっと確認し、背後から食らいついたときにはすでに遅く、フォージャーからアトール熱線追尾ミサイルが発射されていた。醬油工場の熱にミサイルが吸い寄せられたのは僥倖《ぎょうこう》であったが、機関砲で銃撃を受けたAWACSは結局利根《とね》川の河原に不時着し、使いものにならなくなってしまった。原田大尉はフォージャーの後ろ上方を取ったのだが、敵機が民家のすぐ上を飛んでいくのでバルカン砲を撃つことができず、ついにフォージャーは利根川の向こうへ逃げ延びてしまったのだ。

十機のF7が銚子沖へさしかかったとき、総出でフォージャーを追い回した西日本のF15Jはふたたび燃料を使い果たし、いったん沖へ出てまた空中給油を受けていたのである。東日本のＦ７編隊は、Ｆ15Ｊの哨戒に引っかからずにまんまと銚子を通過して南下したのだ。

「岬を回ったら引き起こして敵艦隊をロックオンする。全機続け」

中尉はヘルメットのマイクに短く命じた。

ゴォオオオ
前方からのレーダー探知を最小限にするため一列に竿《さお》になって飛ぶ編隊十機は、房総半島の南端野島崎を回って行く。

（衛星からの情報では、イージス艦を主力とする敵艦隊が浦賀水道を通過中のはずだ――）

中尉は淡いグリーンで飛行データを表示するヘッドアップディスプレーの向こうの黒い海面を凝視した。

浦賀水道　最狭部

Ｆ７戦闘機編隊が対艦ミサイルに〈目標〉をロックオンさせるため一時的に上昇したのと、イージス艦〈新緑〉が新しくソフトを入れ替えたイージス艦隊防空システムの捜索／索敵コンピュータシステムを試験作動させはじめたのはほとんど同時だった。

ビーッ！

いきなり鳴り響いた敵機接近警報に、迎撃管制席の小月恵美は飛び上がりかけた。

「きゃっ」

赤いウォーニング・ライトが点灯し、レーダーの迎撃情報表示ディスプレーの上、〈新緑〉の左舷前方20マイルの位置に２０００フィートでこちらへ接近してくる十機の戦闘機が輝点となって表示された。

「な、何これ？」

恵美はびっくりした。

「敵機接近？」

捜索／索敵コンピュータシステムを作動させた瞬間に警報が出たので、ＣＩＣの誰《だれ》もがコンピュータの誤作動をうたがった。

「ヌイサンス・ウォーニング（誤警報）じゃないのか？」

「いくらなんでも、ここは東京湾内だぞ」

誰もが、まさかまだ東京湾内にいるのに敵機に襲われるなんてありえないと考えていた。

しかし敵機は迫っていた。

十機のＦ７は、野島崎をすれすれで通過すると、東京湾の出口方向から浦賀水道の第一護衛艦隊八隻へと突っこんでいった。

ズゴォオオーッ

２０００フィートの高度に上がったＦ７の機首索敵レーダーが艦隊を捕らえ、その位置情報を左翼につるした対艦ミサイル〈海衛兵一號〉の慣性誘導コンピュータに入力する。

ピーッ

先頭を行く隊長機のコクピットで、敵艦捕捉・入力完了のインディケーションが点滅した。

（よし、降下だ）

これ以上こんな高い高度にとどまったら、狙い撃ちされる。

「全機、海面すれすれへ降下！」

中尉は短く命じた。

恵美はイージスシステムの自己診断表示をチェックした。

「システムのオペレーション・テストは全回路パス。異常なし――」

「どこかおかしいんじゃないのか小月少尉。こんなところで敵機に襲われるわけがない」

「で、でもシステムは正常です」

　恵美はイージスシステムのレーダー表示を見て、

「捜索／索敵コンピュータは、敵を探知したと言っています。類別、中国製F７戦闘機、機数は十機、２０００フィート、接近対地速度３７０ノット」

「F７？」

「まさか」

　CICのみんなは、本気にしなかった。

　艦隊は父島海域へ抑止哨戒に出るのだとブリーフィングされていたし、敵に出会うとすればはるか洋上に出てからだという先入観を誰もが抱いていたので、まるで火災報知器が鳴り出しても避難することなど誰も考えずに授業や仕事を続けるときみたいに、CICのスタッフたちは小月恵美の言うことをまともに取ろうとしなかった。

「小月少尉、システムが訓練モードに入りっぱなしなのではないのか？」

「いいえ！」

　恵美は頭を振る。

「味方識別コードに応答なし、敵機の使用レーダーは中国製対艦ミサイル管制レーダーです！　――これは……」

恵美だって信じたくなかった。しかしシステムは、管制席の計器盤を点検した限りでは正常なのである。

「対艦攻撃——？」

大変だ！

恵美は艦橋への非常電話を取り上げた。

ガチャッ

ズゴォオオッ
敵艦隊をうまくロックオンし、海面上１００フィート（約30メートル。ビル六階の高さ）へと急降下するＦ７編隊。
ピーッ、ピーッ、ピーッ
イージス艦からの捜索レーダーの電波が届いていることを示す警報が、各機のコクピットに鳴り響いた。
「わっ、うわっ」
技量の未熟な最後尾の一機が、警報にびびって操縦をあやまり、早くレーダーの探知から逃れようと下へ突っこみすぎて海面に激突した。
ドッシャーン！

残りの九機はかろうじて海面上１００フィートで機首を起こして水平飛行になる。

だが、

「敵艦のレーダー電波が来ている。発見されるぞ、50フィートまで降ろせ！」

隊長機の中尉が命じ、先頭を切ってさらに高度を一段降ろす。

ゴォオオオッ
だが続く列機たちは怖くて降りられない。西日本のF18なら、対艦攻撃ミッションで超低空50フィートなど当たり前であるが、この東日本F７部隊は、機体を受け取ってから一年で二十数時間しか訓練飛行をしていない未熟なパイロットばかりなのである。

「た、隊長、怖くて降りられません！」

「馬鹿《ばか》野郎、死にたいのかっ」


「待ちたまえ、小月少尉」

艦内電話を取り上げた恵美を、年長の対潜攻撃士官が制した。

「誤警報かもしれない。通報すれば艦隊は大混乱になるぞ」

「う――」

恵美は言われて一瞬ためらった。

こめかみを汗がひとすじ流れる。

（でも、システムは正常なんだ――）

するとその時、接近する編隊が海面すれすれに降りたのか、レーダーの反応が一時的に消えた。

「あっ」

「ほら、見ろ」

ズゴォオオーッ
F7編隊は護衛艦隊へ18マイル（34キロ）まで接近した。

「いいか、電波高度計のアラームを50フィートにセットして、高度をそこから動かさないようにするのだ！」

中尉は先頭を飛んでミサイルの発射手順を進めながら、ついてくる部下たちに無線で操縦の指導までしなければならなかった。本当は電波を出してはいけないのだが、仕方がない。

なんとかよろけながら全機が50フィートへ降りる。

ところが一機の電波高度計が故障していて、その機のパイロットは黒い夜の海面との間隔がわからず、海面に突っこんでしまった。

ドッシャーン！

「わっ」

「うわぁっ」

仲間がまた海に突っこんだのを見て、びびった数機が高度をまた上げた。

「あっ、こら馬鹿、高度を上げるな！」

敵艦隊まで17マイル。ミサイル発射ポイントへあと5マイルだ。

ビーッ！

再び警報が鳴った。

「F7編隊接近——今度は距離17マイル——！」

恵美は息を呑《の》んだ。

さっきより接近している。

だがCICの誰もが、今年の春から初めてこの任務についた新米の恵美を信用していない。恵美は去年の春に上智大学の理工学部を卒業して海軍に入ってから、まだ一年半だ。

（だけれど、わたしはこの艦のシステムは必死で勉強して、他の人たちより詳しいんだ。アシスタントしかやったことないけれど、いつでもチーフ席に座れるように勉強はしてきた。テストオペレーションはオールグリーン、どう見たって捜索／索敵システムは正常に作動しているわ——）

時機を失うと、取り返しのつかないことが世の中にはある。それを恵美は身をもって知っていた。今年の春、恵美の巡洋艦勤務が決まった時に、つきあっていた大学時代からの彼と別れなくてはならなくなった。恵美は別れたくなどなかった。しかし商社に勤める彼は、巡洋艦に乗っていて滅多に会えない恵美よりも、海外出張の機内で知り合ったキャビンアテンダントを選んでしまったのだ。

（そう、悲しいのを忘れるために、わたしはこのイージス巡洋艦の防空ミサイルシステムを、必死になって勉強したんだ——わたしのカンが教えている。この警報は、間違いなんかじゃないわ）

確かに自分は、大学卒業直前に彼からプロポーズされて、その時は断っている。でもそれは海軍でやりたいことがたくさんあった当時の自分には早すぎる話だと思ったからで、彼が嫌いなのではなかった。あの時プロポーズを受けておけば、自分はさびしい思いをせずにすんだ。でも今ではもう取り戻せない。

（——時機を失ったら取り返しのつかないことが、この世にはたくさんあるんだ）

小月恵美は、自分の青春と引き替えにしたイージス巡洋艦のフェーズドアレイ・レーダーを、信じることにした。

「やはり、これは空襲です！　艦橋へ報告します」

ガチャッ

小月恵美からの通報で、ようやく〈新緑〉艦橋は敵機来襲を知った。

しかし、

「おい、艦長はどこだ？」

「いないぞ、さっきトイレに行くといって出ていったきりだ」

「役立たずの青二才め！」

仕方なく四十歳の副長が非常警報を発令した。

「全艦第一級非常態勢！　対空防御急げ」

ヴィーッ、ヴィーッ
上甲板の士官専用トイレでしゃがみながらうんうんうなっていた矢永瀬慎二は、いきなりの非常警報に顔を上げた。

「なっ、何だ？」

あわてて立ち上がろうとするが、
ぐきゅるるる——

「うぐぐっ」

非常警報の、発情した雄のトドが百匹で吠《ほ》えているような大音響に、矢永瀬の小腸と大腸は震え上がり、腹にしぼり上げるような激痛が走ったのだ。

ずきん！

「ふぐっ」

矢永瀬は立ち上がれず、また便器にうずくまってしまった。

その時ＣＩＣでは、

「おかしい！　空軍のＡＷＡＣＳに連絡が取れないわ！」

大量の信号を圧縮して一度に送信できるデジタル通信回線を通じて上空を哨戒中の空軍早期空中警戒管制機に応援を頼もうとした小月恵美が、コンピュータの通信ディスプレーに表示されたメッセージを見て思わず声を上げていた。

「『相手局は機能を喪失』って——まさか」

「どうした小月少尉」

「どうした？」

恵美は周りの声にも答えず、通信回線を音声通話に切り替えて、銚子上空を旋回して警戒にあたっているはずのＥ３Ａセントリーを呼び出そうとした。

「フランケット・トス、こちらは帝国海軍巡洋艦〈新緑〉、応答してください！　フランケット・トス、聞こえますか――？」

房総　御宿上空三万フィート
西日本空軍F15J編隊

『ブランケット・トス、こちらは巡洋艦〈新緑〉。東日本戦闘機の接近を受けています。応援が必要です。聞こえますか？』

その音声通信を、空中給油を終えたばかりの四機のF15Jが傍受した。

「巡洋艦〈新緑〉、こちらはデルタ5。戦闘空中哨戒中のF15Jだ。AWACSは失われた。われわれが助けに行く」

リーダーとウイングマンがペアになった二機編隊がふたつ、御宿の上空3万フィートの高空から浦賀水道へと機首を向け降下に入る。

「デルタ6、7、8、続け」

「ラジャー」

「ラジャー」

ドゴォッ

浦賀水道　最狭部

ズゴォオオーッ
ミサイル発射ポイントへあと４マイル。

残り八機となった東日本Ｆ７戦闘機は海面上をなめるような超低空で進む。しかしどうしても怖くて降りたくても降りられないのが二機、電波高度計が故障しているため降りたくても１００フィートより下へ降りられない機が一機いて、それらがイージス艦のレーダーにはっきりと捕らえられていた。

「くそっ、中国製め！」

中尉は先頭を飛びながら、うしろを振り向いてふらふら高いところを飛んでいる列機の姿を見て歯がみした。

だがその中尉ですら、うっかり操縦桿《そうじゅうかん》から気を抜くと、機体がふらっとよろけて海面へ突っこみそうになってしまう。

「うっ、やはり左右のバランスが悪いのか！」

本当は、重たい対艦ミサイルは戦闘機の機体の中心線の真下に取りつけるべきである。だがＦ７は中翼機なので、胴体下面と地面のクリアランスが狭く、大型の対艦ミサイルを胴体中心の下に取りつけることができなかった。そのため左側の主翼の下に一発だけつるす（両方の翼に二発つるすと今度は重量オーバーで飛び上がれない）形をとっていたが、こうすると左右がアンバランスになって、パイロットはいつも操縦桿を右にすこし傾けて飛ばなくてはならなかった。

「くそっ、補助翼《エルロン》に舵角を取ったままでは抵抗が増えて、運動性も速度も台なしだ！」

いま敵戦闘機に襲われたら、いいカモだろう。

しかし中尉は、うしろ上方を振り向いて敵戦闘機が来ないか警戒している余裕もなかった。

発射ポイントへ３マイルだ。

「ええと、目標を記憶させたら次はどうするんだ？　安全装置を外す――どのスイッチだ？」

中尉はひざのニーボードにはさんだアンチョコを見ながら、初めて取り扱う中国製対艦ミサイルの発射手順を追っていった。

「なんだと、弾頭の安全装置とロケットモーターの安全装置は別なのか？」

ミサイルの発射手順については、輸入したマニュアルの翻訳がなかなか出来てこなかったので、先週やっと一時間の講義を受けたきりだった。実弾発射訓練なんかしていないから、自分でマニュアルをコピーして作ったアンチョコだけが頼りだった。

早くしないとミサイル発射ポイントを過ぎてしまう。

（攻撃やり直しなんて、冗談じゃないぞ！）


一方イージス艦〈新緑〉を先頭とする八隻の艦隊は、狭い浦賀水道の出口付近を一列になって航行していたので、逃げる場所がなかった。まっすぐ進みながら迫り来る戦闘機とミサイルを迎撃しなくてはならないのだ。

ヴィーッ、ヴィーッ

いまや艦隊の全艦に非常警報が鳴り響き、対空防御態勢がしかれたが、海面すれすれを超低空で迫ってくる対艦ミサイルを遠くから迎撃する手段を持っているのは先頭を行くイージス艦〈新緑〉のみだった。他の七隻の駆逐艦と航空巡洋艦は、近接防御用のＣＩＷＳ20ミリバルカン砲で近くに迫ったミサイルをはたき落とすことしか出来ないのだ。


〈新緑〉ＣＩＣでは、迎撃管制官のチーフ席に座った小月恵美だけが頼りだった。

「敵機接近、15マイル。探知目標複数、対空ミサイルＳＭ２発射態勢へ」

恵美は訓練どおりに、イージス防空ミサイルシステムを迎撃発射態勢に入れていった。

「ＶＬＳランチャーのセルフテスト、コンプリート。ミサイル弾庫、安全ロック解除」

　カチャカチャカチャッ
「全弾頭、発射管制レーダーにシンクロ」

　恵美の指が、キーボードの上をピアニストのように走った。

「対空ミサイルＳＭ２、自動発射。１番から10番まで」

　カチャカチャッ
　恵美は目に入る汗をふく暇もなかった。

（こんなに敵機が迫ってからの発射なんて、訓練でもやったことないわ！）

　はあ、はあ
「――設定完了」

　設定を終えて、肩で息をしながら発射スイッチの透明プラスチックのガードを指で押し上げる。恵美の指に艦隊の運命がかかる。お願い、なんとか間に合って！

　赤いスイッチを親指で押しこむ。

　カチッ
（行けっ、ミサイルたち！）

ウィイン――

巡洋艦〈新緑〉の艦橋の前の甲板では、部品をつかみ上げるロボットのようなミサイル装弾装置が甲板の下のミサイル弾庫へ降りて、SM2艦対空ミサイルを引っ張り上げ、垂直に起立して待っているランチャーに装塡《そうてん》しようと動き始めた。

ウィイーン

だが

ガタン

装弾装置は甲板下のミサイル弾庫入り口で止まった。

「えっ――――！」

恵美は、点灯した黄色いウォーニング・ライトに絶句した。

「ミサイル弾庫が開かないわ！」

その声に、

「しまったっ！」

電子戦担当士官の大田中尉が叫んだ。

「SM2ミサイルの弾庫のキーは、弾薬管理士官が持っているんだ。コンピュータのコマンドだけでは、ミサイル弾庫は開かない！」

「なんですって」

「ふだんなら絶対ないことだが、第一級非常態勢と同時にミサイル弾庫のキーを解除する弾薬管理士官は、上岡大尉と川崎に行ってしまってて、この艦に乗ってない！」

ドゴォオオオッ

四機のＦ15Ｊは、房総半島の外房側から東京湾浦賀水道へとフル・アフターバーナーで全速急降下していた。３万フィートの高空から海面高度へ。たちまち速度は音速の二倍半を超えた。

ズドンッ

この高度からなら、太平洋側も東京湾側も、一度に見とおすことができる。超音速戦闘機にとっては房総半島などひとまたぎだ。

「デルタ5より巡洋艦〈新緑〉へ。フル加速で向かっている。三十秒で到達できる。敵機の上方へ誘導してくれ」

『了解デルタ5。あなたたちだけが頼りです。機首方位を270度へ。前方下にＦ7複数機が見えてくるはずです』

「ラジャー」

『お願いです、早く来て！』

「まかせろ」

四機のＦ15Ｊは房総の山を軽く飛び越し、超音速の衝撃波で民家の屋根がわらを根こそぎ吹き飛ばしながら、護衛艦隊に迫る東日本編隊の背中へ突っ込んで行った。

バリバリバリッ

「うわぁっ」

ドッシャーン！

またＦ７が一機、自分で海に突っ込んだ。

そのパイロットは〈海衛兵一號〉の複雑な発射手順を行うためにひざのアンチョコに注意を集中しすぎ、うっかり機首が下がっているのに気づかなかったのだ。高度が極めて低いので、海面にたたきつけられるまで二分の一秒もかからない。

「くそっ、また一機突っ込んだか！」

編隊長の中尉は、しかし悪態をついている余裕もない。

「ええと、目標進路記憶よし、固体ロケットブースターの点火アーミングスイッチ１番から４番まですべてＯＮ。それから発射準備完了を示すグリーンライトを二個確認して――」

彼自身でさえ、兵装コントロールパネルのスイッチ類から手が離せず、目は半分以上、ひざに置いたマニュアルのコピーを読むのに向けられたままであった。

「――最終セーフティを解除――よしと。あとはスロットルレバーの兵装選択スイッチを外部兵装発射の位置にセレクトして……」

七機にまで減ってしまった東日本空軍のＦ７対艦攻撃編隊は、よたよたと黒い海面上をはいながら、それでもミサイル発射ポイント――目標艦隊の12マイル（約20キロメートル）手前――へと接近して行った。

カチリ

左手のスロットルについた兵装選択スイッチを外部兵装にセットした中尉は、ふうっと息をつき、

「よしっ、間に合ったぞ。発射準備完了だ！」

ミサイル発射ポイントへ１マイル。

「いよいよだぞ、全機散開せよ。横一文字で敵艦隊にミサイルを発――」

と中尉が言い終わらないうち、

ドカーン！

ドカン！

ドカン！

ドカーン！

「なっ、なんだっ？」

『隊長、右後ろ上方より敵機ですっ』

突然四発のＡＡＭ４ミサイルが房総半島の上空からＦ７編隊を襲い、編隊の後尾から四機をたちまち撃墜した。

ドゴォオッ！

中射程ＡＡＭ４ミサイルを放って早くもＦ７編隊の半分以上をたたき落としたデルタ５、６、７、８の四機のＦ15Ｊは超音速で南房総　鋸《のこぎり》　山をかすめ、さらに残りのＦ７編隊三機の後ろに食らいつくため館山の市街地上空を５００フィートの低空で90度バンクの音速急旋回を行い、同時にスピードを落とすため機体背面のエアブレーキをフル展張させた。

ドンッ

バリバリバリッ

バリバリッ

館山市内の民家やスーパーマーケットの窓ガラスが一枚残らず衝撃波でくだけ散った。

ばりばりばりばりっ

キイイイン

四機は二機ずつのペアを組んで、海面上に出ると敵機よりもやや高い高度で追撃に入った。攻撃をするのはリードを取る二機。ウイングマンの二機は援護するのが役目だ。

ゴォオオッ

「デルタ5、ボギーをロックオン」

先頭を切るデルタ5のコクピットのヘッドアップディスプレーに、スーパーサーチモードに入れたＡＰＧ63レーダーが送り出す目標シンボルとデータがグリーンの点滅で表示された。

『さっきのミサイル・アタックは二機ずつの撃墜だな』

もう片方の二機編隊《ペア》のリーダー、デルタ7のパイロットが呼んできた。

さっきの銚子上空でのフォージャー相手の空戦と違い、今度は敵機が平らな海面を背にしてのこのこまっすぐ飛んでいてくれたので、それぞれのペアのリーダーをつとめるデルタ5とデルタ7の二機のＦ15Ｊは、レーダー誘導ミサイルを心おきなく発射することが出来た。

「それでいいと思う」

デルタ5のパイロットは、ヘルメットのマイクに答えながらも興奮を隠せなかった。

（やったぞ撃墜マーク二個だ！）

目視でははっきりしないがレーダーの画面の上にはわずか10マイル先に、三機のF7戦闘機を示すシンボルがはっきりと表示されている。そのまた12マイル前方には味方帝国海軍の護衛艦隊が八隻。三機のF7は対艦ミサイルの発射ポイントに到達したらしく、横に散開して発射態勢に入ろうとしている。

（こいつら三機を撃墜すれば――）


「敵戦闘機編隊三機、12マイルに接近、散開中」

〈新緑〉CICに小月恵美の声が響きわたった。

「ミサイルが来るわ！　近接防御CIWSを作動状態に！」


〈新緑〉艦橋では腹の出た四十歳の副長の少佐が、艦橋の窓の外を見ながらわめき散らしていた。

「左舷のCIWSはどうしたっ、まだ防水カバーをかぶったままじゃないか！」

艦橋の左右に配置されている、白い坊主頭の別名〈R2D2〉と呼ばれるレーダー連動近接防御機関砲の砲塔は、左側がまだ手つかずの状態でカバーをかぶっていた。

「副長大変だ！　左舷のバルカン・ファランクス取り扱い責任者が、川崎に行ってしまって乗艦しておらん」

「なんだとっ」

「右舷要員、ただちに左舷に回って発射準備せよ！」

「ところで艦長はどうしたんだ」

「この忙しいのに！」

「役立たずの青二才め！」


「うぐぐっ」

　ぶりぶりっ
「ううっ、か、艦橋へ行かなくてはならないのに、腹が――腹が！」

　矢永瀬は上甲板の士官用トイレで、まだしゃがんだまま立ち上がることが出来なかった。警報を聞いたために腸に激しいストレスがかかって、下痢が止まらないのだ。

「腸内の中身が、全部出てしまう！」

　ぶりぶりぶりぶりっ

ズゴォオオーッ
『たっ隊長、四番機から後ろが残らずやられましたっ』
「うろたえるなっ！　ミサイル発射ポイントだ。全機散開して発射せよ！」
キイイイン
生き残った三機のF7戦闘機が、左翼だけに重たい対艦ミサイルを下げた格好で、よたよたとバンクをとり散開する。

ドゴォオオオッ
追撃するF15J編隊。

四機のF15Jの、それぞれのリードをとるデルタ5とデルタ7の二人のパイロットは、あせっていた。

追いつけなくてあせっていたのではない。

（くそっ、この三機を俺一人でやらなくては！）

二人とも、同じことを考えていた。

（この三機を自分一人でやっつけて、合計五機撃墜しなくては撃墜王《エース》になれないぞ！）

標的のF7戦闘機三機は、すでに7マイル前方を350ノットでよたよた飛んでいて、捕捉するのは地面を走って逃げる生まれたばかりのひよこをつかまえるのよりやさしそうだった。二人があせったのは、目の前の三機をもし独り占めして撃墜することができれば、撃墜スコアを一挙に五機とすることが出来る――つまり〈撃墜王《エース》〉の称号が手に入るからだった。しかし仲良く半分ずつやっつけていたのでは二人とも〈撃墜王《エース》〉を逃してしまう。

「レーダーをボアサイト・モードに。デルタ5はこれよりＡＩＭ９Ｌを四発同時発射する」

『デルタ7も同じ。サイドワインダー全弾発射』

「デルタ7は発射待て。こちらが先に攻撃する」

『艦隊が危ない。いま発射する』

戦闘機パイロットは誰でも、まるで海外出張の多い商社マンが国際線の機内で美人のキャビンアテンダントを口説いてガールフレンドにして仲間をうらやましがらせたがるのと同じくらい熱心に、〈五機撃墜のエース〉という称号を胸に飾りたがった。それは戦闘機乗りの栄光そのものであった。そして厳しい訓練に勝ち残った戦闘機パイロットという人種は自信のかたまりで、『人にゆずる』という行為が全然得意ではなかった。腕の良いパイロットほどそういう傾向が強く、Ｆ15Ｊで編隊のリーダーになるくらいのパイロットは、全員、すごく腕が良かった。

「おまえはちょっと待ってろ」

『うるさい。そうは行くか』

「俺にゆずれ」

『いやだ』

二人のパイロットは喧嘩《けんか》を始めた。

「防衛大では俺が一期先輩だぞ」

『関係あるか。空に上がったら腕で来い、腕で』

『萩原《はぎわら》中尉、本多《ほんだ》中尉、喧嘩は止めてくださいっ』

言い争っているうちにF15Jの編隊は、熱線追尾ミサイルAIM9Lサイドワインダーの最適発射距離を、あっという間に通過してしまった。

ドゴォオッ
「なにっ？」

イーグル乗りたちは、それまでそんなに遅い戦闘機を相手に戦ったことがなかった。重たい〈海衛兵一號〉対艦ミサイルを抱いたF7は、実際、実に遅かった。四機のF15Jは音速の二倍半という急降下スピードからだいぶ減速してはいたが、それでもよたよた飛ぶF7よりまだ倍も速かった。

「たった3マイルだと？」

もう目の前に、F7が左翼の下から対艦ミサイルを発射する白熱炎が、手でつかめるくらいすぐそこに見えていた。

バシューッ！

「行けぇっ」

左翼の下から快い衝撃を伴ってリリースされ、固体ロケットモーターを激しく燃焼させながら吹っ飛んで行く〈海衛兵一號〉を見送りながら、編隊長の中尉は感動していた。

「発射させた。とうとう発射させたぞ！　やったやった、わはははは！」

『隊長！　後方からイーグルです！』

「よし、逃げるぞ！」

中尉は急に身軽になったF7を、フル・アフターバーナーで左へ急旋回させた。

「横須賀の市街地を超低空で飛んで逃げてやる。民家が真下にあればバルカン砲は撃てまい」

「対艦ミサイル接近！　本艦に二発」

〈新緑〉CICでは小月恵美がレーダーを見ながら悲鳴を上げていた。

「もう一発は後方の艦に向かっています！」

三発のミサイルは海面上高度10メートルを亜音速で飛来してくる。

ヴィーッ、ヴィーッ
「おい副長、どっちかに回避したらどうだ？」

〈新緑〉艦橋で航海長が怒鳴った。

「あ、いや、こういう時は、ミサイルのレーダーに探知される面積を小さくするために、艦首をミサイルにまっすぐ向けるべきなんだが――」

副長は自信なさそうに言うが、

「おい冗談じゃないぞ」

「そうだ、ミサイルにまっすぐ向けるなんて」

「この艦橋《ブリッジ》に命中したらどうするんだ」

艦橋の古参のオヤジたちが口々に抗議した。

「そ、そうだよな」

副長は汗をふいた。

「おい副長、なにかあってもどうせあの若造の艦長のせいにすればいいんだ。面舵《おもかじ》を切って、回避しよう」

「そうだ回避だ、回避」

「当っても横っ腹なら艦橋は大丈夫だ」

「よしそれじゃ、面舵いっぱい！　機関両舷全速！」

最新鋭のイージス巡洋艦だというのに、その艦橋には古い帝国海軍の体質が残っていた。決定をくだす時に誰もリーダーシップを取らなくて、失敗が起きても、誰も責任を取らないのである。これは軍だけでなく役所や企業でも同じで、こういった日本的体質をなんとかしようと統幕議長の峰剛之介《みねごうのすけ》があえて若い士官をイージス艦の艦長に抜擢《ばってき》したのだが、頼みの矢永瀬慎二が下痢の真っ最中で指揮が取れないのでは、どうしようもなかった。

リーダーシップ不在のイージス巡洋艦は、後続の艦隊に何も言わないで、艦の右側を確認もしないで、いきなり面舵を切って右へ急回頭し全速を出した。

ずざざざっ
その艦橋の左舷外側通路では、右舷から急いで駆けつけたＣＩＷＳ取り扱い責任者の下士官が、あわてて円筒型のバルカン・ファランクスの砲塔から防水カバーを取り外していた。

「い、急がないとミサイルが来る！」

「艦が右へ回頭しているわ――？」

小月恵美はＣＩＣの管制席で首をかしげた。対艦ミサイルの攻撃を受けた時の処置に反して、艦が飛来するミサイルに横腹を向け始めている。

「これでは、ミサイルに『標的にしてください』と言わんばかりだわ！　艦橋は何をしているの？」

だが艦橋へ連絡して艦の進路を変えてもらう余裕はもうなかった。

「――ミサイル、３マイル（約５キロ）に接近――！　間に合わないわ！」

「ＣＩＷＳ、射撃管制システム作動開始」

近接防御担当士官が、ファランクス射撃管制システムのキーボードをたたき、艦橋の左右に一基ずつ装備されたＣＩＷＳ20ミリバルカン砲を迫ってくるミサイルへ向けようとした。

ところが、

「くそっ、右へ回頭して横腹を見せてるから、左舷のＣＩＷＳしか使えないじゃないか！」

その上、左舷のＣＩＷＳ砲塔は、まだ発射準備が出来ていなかった。

ズゴーッ！

三発の大型対艦ミサイルは、あらかじめ指示された位置情報をもとに、標的の敵艦めざして白波を蹴立てながら高度10メートルを疾駆した。

二発はいちばんレーダー反射波の大きかった先頭のイージス巡洋艦、もう一発は次に反射波の強かった航空巡洋艦〈富士〉を目標としていた。


「わあっ、右にコンテナ船がいる！」

航海長が右舷側の窓を見て叫んだ。

「ぶつかるぞっ、取り舵だ、取り舵っ」

ボォオオオ！

東京湾へ入港してきた1万5000トンのコンテナ船が、いきなり進路へ斜めに突っ込んできたイージス巡洋艦に驚いて汽笛を鳴らしまくった。

ボォオオオオ！


「ミサイル、2マイルに接近！」

「左舷CIWS、発射準備まだか」

「ミサイル、1・5マイル。ホップアップに入った」

シュパーッ

三発の対艦ミサイルは、目標の1・5マイル（2700メートル）手前で一度急上昇するとレーダー弾頭シーカーヘッドで標的の位置を再確認、ロックオンしてそのまま斜めに突っ込んで行く。命中まで八秒。

右舷の艦腹をかすめるようにして、〈新緑〉はコンテナ船とすれ違う。相対速度が35ノットもあったので、たがいの立てる波しぶきが艦橋の窓にまでかかってきた。

ずざざざざっ

波しぶきで足をすくわれながら、CIWS係の下士官がようやく砲塔のカバーと安全ピンを取り外し、艦内電話でCICへ報告した。

「左舷CIWS、準備出来ました！」

そこへ最初の〈海衛兵一號〉が左上方から突っ込んできた。

「CIWS、発射準備完了。射撃開始！」

カチャカチャッ

近接防御担当士官が、ファランクス射撃管制システムに、ミサイル迎撃を命じた。

ウィイイイ！

白い半球の頭部を持ったバルカン砲の砲塔が飛来するミサイルを追尾レーダーで捕らえ、六本の砲身を回転させて一秒間に五十発というスピードで20ミリ劣化ウラン弾頭を夜空へばらまき始めた。

ヴォオオオオッ！

真っ赤な曳光弾《えいこう》の列が、一本の光る鞭《むち》のように夜空へ伸びて行く。

CIWSの白い頭部には警戒レーダーと追尾レーダーがあって、いま追尾レーダーが迫ってくるミサイルの弾道を読み取りながら、自分の発射している20ミリ機関砲弾の列がその弾道と交差するように射角を調節した。しかしこちらへまっすぐ迫ってくるミサイルに当てるのは、難しかった。

「わあっ」

「ミサイルが来るぞ！」

艦橋の古参士官たちが悲鳴を上げた。彼らとてアメリカ合衆国と引き分けたあの栄光の〈太平洋一年戦争〉には参加していない。実戦でミサイルに狙《ねら》われるのは初めてだった。

「うわぁ〜っ！」

最初の〈海衛兵一號〉の一発は命中三秒前に、約1000メートルの距離でバルカン・ファランクスの20ミリ砲弾と鉢合わせした。
ドカーンッ！
目の前で花火が炸裂《さくれつ》したような火球が開き、続いて衝撃波。
バリバリバリッ
「か、艦橋の窓がっ」
ピシピシッ、ピシッ

「もう一発来るわ！」

「わかってる！　くそっ」

ＣＩＷＳが左舷の一基しか使えないので、近接防御担当士官は、最初の一発を落としてからもう一度追尾レーダーに新しい一発を認識させ、ロックオンさせ直さなければならなかった。


ウィイイ――――

スターウォーズのＲ２Ｄ２によく似たＣＩＷＳの砲塔が、二、三度首を振って新しい標的を見つけ出し、再び射撃を始める。

ヴォオオオオッ

だが遅く、二発目がバルカン砲弾に捕まったのは〈新緑〉艦首のわずか50メートル手前だった。

ドッカーンッ！

〈海衛兵一號〉の４００キログラムの高性能炸薬《さくやく》が、艦首の鼻先で盛大に爆発した。

ブワワッ！

猛烈な爆風と衝撃波が襲い、〈新緑〉艦橋の防弾ガラスを残らずぶち割って、内部を超音速の突風でなぎ払った。

5. 戦艦〈大和〉襲撃

＊浦賀水道で、東日本空軍と西日本艦隊とがついに衝突した直後。まだ六本木国防総省も事態を把握できていないこの時に、東日本のたたみかけるような奇襲攻撃はさらに続く。

ＭＤ11旅客機を人質に捕った二機のバジャーは、父島へ急行する戦艦〈大和《やまと》〉をあと少しで対艦ミサイルの射程にとらえようとしていた。

足摺岬上空二万八千フィート
同日　二十時四十七分

ゴォオオオ――

四国のすぐ南の夜の海上を、三機の機影がよぎっていく。中央の、太い胴体の大型旅客機は赤と緑の航行灯と白色のストロボのような衝突防止灯を点滅させているからよく目立つ。西日本帝国航空のＭＤ11旅客機だ。

ゴォオオオオ

よく見ると三発エンジンの大型旅客機のすぐ前には頭を押さえるように一機、左側にも脇《わき》を固めるようにもう一機、やせた銀色の鳥ガラのような旧式ジェット爆撃機バジャーがぴったりくっついて飛んでいる。ＭＤ11の機首コクピットのわずか30メートル前方にバジャー隊長機の尾部があって、後部銃座の三連装23ミリ機関砲の砲身がまっすぐに向けられている。

ピカッ、ピカッ

「ううっ、まぶしくてたまらん」

腹ばいに寝そべった姿勢で飛行ゴーグルを目にかけ、ずっとMD11の機首コクピットに狙《ねら》いをつけていた隊長機後部銃座射撃手が、ついにたまりかねて機内インターフォンを取った。

「少佐、後部銃座射撃手ですが、旅客機の衝突防止灯で目が痛くてたまりません」

ピカッ、ピカッ
まるですぐ目の前で際限なくストロボを焚《た》かれ続けているようだった。

バジャー隊長機は、両の主翼に大型対艦ミサイルを二基ぶらさげたまま、この一時間ずっとMD11を強制エスコートしてきたのだ。一瞬の油断もないように重たい機関砲の照準を旅客機に向けていた後部銃座射撃手は、まるで真っ暗な部屋でパソコンの画面から一瞬も目を離さないで一時間文書を打ち続けたOLみたいに目が疲れていた。暗い中で集中しているのにくわえて、MD11の強力な衝突防止用ストロボライトが一秒間隔でピカピカピカピカとフラッシュし続けるのだ。

「わかった、ちょっと待ってろ！」

操縦席では編隊長の少佐が緊張にいきりたっていて、何を話すにも大声になっていた。

「後ろの旅客機に、あの癪《しゃく》にさわるストロボライトを消すように命じろ！」

「はっ」

通信士が古めかしい大型の黒いヘッドフォンを耳にあて、

「西日本航空機。こちらはバジャーだ。衝突防止灯を消せ。ただちに衝突防止灯を消灯せよ」

バジャーの操縦室では誰《だれ》もが、緊張のためにぴりぴりしていた。『敵国』である西日本帝国の領空に、民間旅客機を人質に捕って侵入し、今またその人質の旅客機を盾に帝国海軍の戦艦〈大和〉をミサイルで攻撃しようというのだ。ＭＤ11の燃料はあと五十分しかもたず、たとえうまく攻撃ができても、そのあと生きて帰れる保証はどこにもなかった。この『人質編隊』の５マイル後ろには帝国空軍のＦ15Ｊ戦闘機が二機、つかず離れずついてきているのだ。


「お客様にけが人は？」

バジャーに押さえこまれるように飛ぶＭＤ11旅客機の客室内では、キャビンクルーたちが乗客への対応に追われていた。客室を担当するクルーたちは全員が女性だった。

「食事のトレイをひっくり返されて火傷《やけど》をされた方が何人かいらっしゃいます」

「手分けして手当てにかかって」

「はい」

「チーフ、高月《たかつき》さんが腕を火傷しました。さっき機体が急減速した時に、コーヒーポット持ったまま通路を機首まで転がったんです」

「はい」

西日本帝国航空の女性チーフパーサー美城千秋《みしろちあき》（29）にとって、今日は受難の日であった。

「チーフ、左側に見えている軍用機は何だって、お客様が騒いでらっしゃいます」

いきなり進路へ割りこんできた東日本空軍のバジャー爆撃機に後部銃座の機関砲を向けられ人質に捕られた時、サンフランシスコ発成田行き００３便はやっと十時間かかって太平洋を渡り切ったところだった。

（そんなこと聞かれたって、あたしにも何が何だかわからないわ）

美城千秋は、頭が少しぼうっとしてきて、余計なことを聞かれたくなかった。時差のきつい太平洋便で十時間以上も飛ぶと、体力に自信のある若いキャビンアテンダントでもふらふらになり、帰りの成田エキスプレスの座席で正体もなく眠りこけてしまうのが普通だった。

「怪我《けが》をした人の手当てが先よ。いずれ機長から説明があるわ。栗原《くりはら》さん、ファーストエイドキットをありったけ用意して」

「はい」

「加藤《かとう》さん、岸本《きしもと》さん、頭を打ったお客様に酸素吸入」

「はい」

「わかりました」

指示をしながら、自分よりも経験の長いキャビンクルーが一人もいないことに、千秋は心の中で舌打ちした。

（よりによって、あたしが先任のフライトでこんなことが起きるなんて――！　先月チーフになったばかりなのに！）

千秋のほかは、この巨大な三発エンジンのＭＤ11旅客機に乗り組んでいる十二名のキャビンクルー全員が、経験の浅い若いアテンダントの女の子ばかりだった。後部キャビンを任せているアシスタントパーサーでさえ二十五歳だ。さっきこのＭＤ11がバジャーに追突しそうになって主翼のスポイラーで急減速した時、どこにもつかまるところを見つけられなくてコーヒーポット持ったまま通路をだだだっと転がって行った子など、たしか短大を出たての二十一歳だ。

（いつのまにか、あたしがこんなベテランになってるなんて――入社した時は三年で結婚してやめる予定だったのに……）

気がつくとまわりは後輩ばかりだ。

カチャ

千秋はインターフォンを取って、後部キャビンを呼び出した。

「チーフよ。エコノミークラスにお医者様は乗ってらっしゃらないかしら？　看護師さんでもいいわ。機内アナウンスでドクターコールしてちょうだい」

ゴォオオオ――

月明かりの洋上を、二機のバジャーに取り押さえられた形のＭＤ11は飛んで行く。本当ならもうとっくに成田に降りている時刻だ。燃料は、目的地の天候が悪くなった時のための待機用予備燃料しか残っていない。

（いったい何が起きたんだろう――？）

千秋は半分朦朧《もうろう》としかけた頭で考えた。

（これは戦争の前ぶれなんだろうか）

考えても仕方がなかった。考える余裕もなくなってきていた。シスコから十時間、休憩はなしだった。日本時間の午前三時に起きて、ぶっつづけで仕事をして、いま夜の九時近い。体力は限界に近づいている。

「みんな頑張って。客席が落ち着いたら、万一に備えて緊急着水の準備に入るわよ！」

千秋は今年で二十九歳になった。乗務経験はもうすぐ十年に達する、ベテランの客室乗務員だった。

（しゃんとしなくちゃ。あたしがしゃんとしなくちゃ、この飛行機の乗客の命は守れないわ）

千秋はギャレーの物入れから自分のショルダーバッグを取り出すと、ビタミンのタブレットを円筒ケースからじゃらじゃらじゃらっと出して、部下のアテンダントたちに見えないようにして全部口に流しこみ、ぼりぼりとかじった。


「うまい」

そのＭＤ11の最前部では、二名編成のグラス・コクピットで機長と副操縦士がファーストクラスのディナーで余ったステーキとキャビア丼《どん》を急いでかっこんでいた。

「キャプテン、よくそんなに入りますね」

「馬鹿《ばか》者。腹が減っていていざという時に乗客の安全が守れるか。おまえも早く食べろ。キャビアなんて滅多にコクピットまで回ってこないんだから」

機長は手に持った箸《はし》で、右席の副操縦士がひざに載せているトレイを指した。

「はあ」

キャビア丼は、ファーストクラスのオードブルに出すキャビアが余った時に、アテンダントたちが喜んで食べるごちそうだ。白いごはんの上に、スプーン一杯一万円もする黒々としたキャビアを載せて、醬油《しょうゆ》とレモンをかけ回して食べる。それはこの世のものとも思えないような美味《おい》しさで、ファースト担当のアテンダントたちが役得として自分たちだけで食べてしまうのが普通だった。

「あっ、こりゃうまいですね」

気が進まない顔で一口食べた副操縦士が、びっくりした。

「なんだお前、キャビア丼初めてか？」

「はいキャプテン」

「最近はせちがらいからなあ。ＤＣ10のころは良かったぞ」

「いやあしかし、こいつはうまいですね」

若い副操縦士は、一瞬ブラウン管の残燃料デジタル表示を見るのも忘れ、分厚いフィレ・ステーキをかじりながらキャビア丼をかっこみ始めた。

ゴォオオオ
前を行くバジャー隊長機の乗員たちの緊張も、次第に極限に近づいていた。
編隊長の少佐は、左側操縦席でいらいらしながら戦闘機内食のスルメをかじっていた。攻撃目標の戦艦〈大和〉に接近するまであと十数分といったところだ。

「〈大和〉はまだ見えないか」

　秘密任務を『どうぞお任せください』と出てきた以上、攻撃がうまく行かなければ帰っても銃殺か、よくて一族郎党網走《あばしり》の収容所送りにされてしまう。

「隊長、この先九州を飛び越せば、島原半島の向こう側に南下している〈大和〉が見えてくるはずです」

「ううむ――」

　少佐の他には、若い乗員ばかりだった。

　操縦席の後ろの通信席から通信士が立ち上がると、狭い通路をはうようにして、機体最後尾の後部銃座へ向かった。

「おい」

　後部銃座射撃手は、両手でＧｓｈ23Ｌ三連装23ミリ機関砲の発射把柄《グリップ》を寝そべった姿勢のままで保持し続けなくてはならないため、さっき戦闘機内食として配られたスルメと、瓶入りの砂糖水にも手をつけていなかった。

「おい、ちょっと代わってやるから、機内食を食べろよ」

「ああ。すまん」

　通信士は寝台列車の狭いベッドにもぐり込むような感じで、窮屈な後部銃座で射撃手と入れ替わる。

射撃手は、機関砲の把柄を離すと懸垂を三十回やった後みたいに腕がくたくただった。

「ああ、腕が痛い」

「ゆっくり食えよ。俺《おれ》が狙っていてやるから」

「すまんな」

射撃手は、冷えきって乾燥してかちかちのスルメを一口かじった。

「固い」

「よくしゃぶってからかじるんだ」

「ああ、白いごはんが食べたいなあ」

「うん。でも俺たちは幸せだぞ。地上軍の兵士などは、野戦場での戦闘食は二人でスルメ一枚なんだそうだ。その瓶入り砂糖水だって俺たちのは白砂糖だけど、歩兵のはサッカリンなんだそうだ」

「そうか――」

射撃手は、くたびれきった手でスルメを半分にちぎろうとした。

「石のように固いぞ、これは――くそっ」

射撃手がそう悪態をついた時、

「おい、あれは何だ？」

機関砲の把柄を握って外をにらんでいる通信士が声を上げた。

「なっ、何だあれは――――！」

六本木　国防総省

「浦賀水道で第一護衛艦隊が空襲を受けました！」

オペレーターの声に総合指令室は騒然となった。

うっ、峰《みね》は思わず総司令官席から中腰に立ち上がりかけたが、『自分がうろたえたらみんなが動揺するではないか』と思い、なるべく平静をよそおった。

「艦隊担当オペレーター、被害は？」

「被害は確認中です」

「襲ってきた東日本機は？」

「迎撃した空軍F15Jの報告によると、中国製F７戦闘機十機」

「去年、コシヒカリとバーターで連中が買ったものです」と吉沢《よしざわ》少将が峰に耳打ちした。

「首席事務官」

峰は国防総省の事務官を振り向いた。

「東日本共和国から、宣戦の布告は？」

「まだありません。外務省は問い合わせ中です」

「問い合わせもへったくれもあるか！」

吉沢が怒鳴った。

「強く抗議して、『身の程をわきまえろ、どうなっても知らんぞ』と言ってやれ！」

「はっ」

首席事務官が外務省への直通電話を取った。

そこへ衛星写真の袋を抱えた情報分析官が駆け込んできた。

「峰議長、悪い知らせです」

「なんだ？」

「東日本のすべての軍事基地で、出撃準備が始まっています。戦車隊はすでに集結行動に入り空軍機も基地で爆装中。これは始まりますよ！」

「くそっ」

峰はオペレーターに大声で、

「木谷《きたに》首相は外務省に到着したかっ」

「たったいま到着されました」

陸軍の帝都防衛オペレーターが振り向いて峰に報告した。

「六本木での銃撃戦は、鎮静したようです。木谷首相は無事外務省へ入られました」

「さきほどの銃撃戦は、木谷首相を狙ったテロか？」

峰は五年前の、東日本ゲリラによる国会襲撃事件を思い出していた。西日本帝国は、こと防諜《ぼうちょう》という面では緊張感に欠けている。いまさら戦前の特高警察を復活させるわけにもいかず、公安警察も一般市民をめったやたらと取り調べできない。基本的人権をちゃんと守る国では、スパイは実に行動しやすいのだ。

「いえ議長、小銃を撃ちまくっていたのは首相専用車護衛兵士だそうです」

「首相の護衛兵士が？」

「首相を狙ったのではなく、六本木の繁華街に向けて無差別に乱射したそうです」

「その兵士は、どうした？」

陸軍の最高責任者である吉沢少将が聞いた。

「突然現れた陸軍のトラックに合流し、いずこかへ消えたそうです」

「陸軍のトラック？　どこの部隊だ？」

「確認できません」

「確認できない？　市街地へ治安出動している部隊は、まだないはずだぞ」

「そのはずですが、確かに陸軍のトラックだったそうです」

「そんなばかな」

しかし、六本木の乱射事件にそれ以上かまっている余裕はなかった。首席事務官が外務省直通電話から顔を上げ、

「議長、東日本政府より新しい回答が来ました。『東日本軍は定例の演習を行なっているが、航法計器に異常をきたした何機かの航空機が演習空域を外れて越境した模様。目標を間違えて発砲した可能性もあるが、それは各兵士個人の責任であり、東日本共和国は特に悪くない、戦争する気もないから心配するな』という主旨の内容だそうです」

首脳陣の全員が、ふざけるなっと怒鳴った。

ピピピピピッ

続いて情報分析官の席で、国家安全保障局からの直通インターフォンが鳴った。

「総合指令室だ――なにっ？」

「どうした？」

「峰議長、吉沢少将、衛星からの新しい情報です。仙台沖で演習中だった東日本海軍主力艦隊が南へ向かい始めました。進路はまっすぐ父島です！」

うう――

峰はうなった。

（これからどうなるのだ――）

それは恐怖心ではなく、これから始まるであろう膨大な肉体的精神的労力に対する嫌悪感であった。

（頭を、整理しなくては。今、問題となっているものは——？　そうだ旅客機を人質に捕っているバジャーはどうなった？　三陸沖で遭難した潜水艦の救出は？　父島へ向かわせた哨戒《しょうかい》機は黒い球体を発見したのか？　海軍研究所の葉狩博士はなぜ出頭してこないのだ？　ええい）

ええい誰か、と峰はうなった。

「誰かここに、ホワイトボードを持って来い！」

「ホワイトボード、でありますか？」

事務官の一人が立ち上がりながら聞き返した。

「問題点を書き出して、頭を整理するんだよ。頼む」

みっともないが、仕方がなかった。

天草沖　戦艦〈大和〉

六本木から『バジャー接近』の通報を受けた戦艦〈大和〉。

ヴィーッ、ヴィーッ

非常警報の鳴り響く甲板を見下ろしながら、第一艦橋の先頭に立った森艦長は怒鳴った。

「総員、艦内へ退避したかっ？」

「まもなくです、艦長」

副長が艦内指揮用のインターフォンを耳に当てながら答える。

「主砲発射に備え、まもなく総員、艦内へ退避完了します」

「艦長、本艦には試験航海用の砲弾しか積んでおりません。対空三式弾は九発、一斉射分のみしかありません」

砲術長が報告する。

「イージスシステムは？」

「ＣＩＣで全力でやらせていますが、システムの立ち上げにてこずっています。細かい初期トラブルが出ているようです」

「まさかこんなに早く敵機に襲われるなんて、予想もしていませんでしたからな」

航海長がうなずく。

艦橋の後ろから、ＣＩＣ（中央情報作戦室）当直士官が駆け込んできて報告した。

「艦長、やはりイージスシステムは、初期トラブルの調整に時間がかかり、フル・オペレーションできません。敵機を探知はできますが、ミサイル攻撃は無理です」

「バジャーはこちらへ向かっているのか？」

森は振り向いて聞く。

「はっ、六本木からの警告通り、まっすぐ本艦へ接近中です。スクラッパー・ミサイル四発を携行し、依然として旅客機を人質に捕っています」

ううむ――艦橋の士官たちがうなった。

「艦長、旅客機を人質に捕られては、対空三式弾は撃てません。三機いっぺんに見さかいなく粉々にしてしまいます」

「艦長」

「艦長」

くそっ、と森は舌打ちした。世界最強の戦艦も、卑劣な手を使われては対抗できず的になるしかない。

「こうなったら――あの跳ねっかえりに、期待するしかない」

森はつぶやいた。六本木からの警告を受けてすぐに、森は艦載機のシーハリアーを空対空装備で緊急発艦させ、超低空からバジャー編隊に接近するよう命じていた。

（頼むぞ、森高《もりたか》――！）

日南海岸上空　超低空

ズゴォーッ！

「まったくいったい、何だって言うのよ！」

宮崎の青島海岸名物〈鬼の洗濯板〉が目の下100フィートを猛烈な勢いで流れ、森高美月《みづき》のシーハリアーFRSマークⅡはたちまち日向灘《ひゅうがなだ》の海面上に出た。〈大和〉の後部飛行甲板を発進してから、九州を横切るのに五分とかかっていない。スクランブルだ。

「着艦の時にいきなり動いたのを文句言いに行ったら、逆に『ただちに発艦しろ』だなんて！　人使い荒いわ、ぷんぷん」

「少尉、旅客機人質に捕って攻めてくるなんて、戦争になるんですか？」

「知らないわっ、あたしに聞かないでよっ」

後席の迎《むかえ》准尉に怒鳴り、美月はさらに海面すれすれまでハリアーの高度を下げた。バジャーの装備するレーダーにろくなルックダウン能力があるとも思えないが、ひそかに接近して行くのを発見されると面倒だ。

ズシューーッ！

亜音速で飛ぶ主翼のガウンウォッシュで、夜目にも真っ白い曳《ひ》き波が海面を突っ走った。

「少尉、バジャーのレーダー波をキャッチしました！」

後席で迎准尉が叫んだ。

「電波の類別、アルゴン型ミサイル索敵レーダー。連中のバジャーはF型です。本家のロシアじゃ博物館行きの骨董品《こっとう》ですよ」

「骨董品だって、旅客機人質に捕れば立派な脅威だわ。『なんでもあり』の連中は、こわいわねっ」

「どうします？　このままじゃ〈大和〉が対艦ミサイルで狙い撃ちされます」

「スクラッバー四発くらいＣＩＷＳではたき落とせるけれど、『ミサイル迎撃したら旅客機を撃つ』とか言われると面倒だもんねぇ――」

ガガガ
ピー
その時、性能の悪い発信機特有のノイズとともに、国際緊急周波数２４３メガヘルツにセットした美月のＵＨＦ無線機に大声が入ってきた。

『戦艦〈大和〉に告ぐ！　戦艦〈大和〉に告ぐ！　われわれは世界の平和を願う、正義の志士である！　周辺諸国に脅威を与える帝国主義者の侵略大戦艦は、破壊されなくてはならない！　これより〈大和〉を処分するまでの間、一切の抵抗は禁止する！　われわれの正義のミサイルを迎撃したりすれば、旅客機内の贅沢《ぜいたく》主義者どもはこの世から消滅するであろう！』

続いて、ものすごい音量でひび割れた大合唱が流れ始めた。

『〽くーにをつくった山多田《やまただ》せんせい、神さまよりも、えらいんだ——』

まるで右翼の街宣車だ、と迎准尉がうなった。

「どうします少尉？」

「〈大和〉が身動きできないんじゃ、あたしたちでやるしかないわ。迎准尉、こっちからレーダーの電波出すんじゃないわよ」

「わかってます」

「いま、連中の真下へ向かって接近しているわ。５マイル手前まで来たら教えて」

「でも、どうやってやっつけるんです？」

「そんなの行ってみなきゃわからない！」

「そんな！」

日向灘上空二万八千フィート

「なっ、何だあれは——！」

後部銃座の機関砲をＭＤ11の機首に向けていた通信士が思わず大声を上げた。

ＭＤ11はまぶしい衝突防止用ストロボライトを消しており、そのコクピットがわずか30メートルの間隔を置いてはっきりと見える。

「おっ、おい！」

「どうした？」

かちんかちんのスルメをかじろうとして歯を痛くしていたバジャー後部銃座射撃手が、通信士の声に驚いて一緒に外を見ると、

「——おい……旅客機の操縦士が食っているのは……！」

二人は顔を見合わせた。

「し、白いごはんだ！」

後部銃座射撃手は、あわてて双眼鏡を取り出すと、ＭＤ11の機首コクピットに向けて倍率を上げた。

見ると、快適そうなコクピットでワイシャツを着た二人のパイロットが、ひざの上

のトレイからナイフとフォークで何か茶色いものを切っては口に運んでうまそうに食べている。

後部銃座射撃手は、興奮した。

「おいっ、白いごはんだけじゃないぞ！」

「何だって？」

通信士が双眼鏡を奪い取るようにして、顔につけ倍率をいっぱいにする。

「あれは——あれは、肉だ！」

戦艦〈大和〉

「艦長、バジャーは40マイル（72キロ）に接近。まもなく敵の射程に入ります！」

CIC当直士官が報告した。

「艦長、どうします？」

「艦長」

「艦長」

「黙って的になるのですか？」

森艦長は、第一艦橋の先頭に立ったまま、唇をかんで黙っていた。

（〈大和〉はスクラッバー四発では沈むまい――しかし戦闘力は大幅にそがれ、父島へ到達することができなくなる。星間文明の黒い球体が東日本の手に渡ったら、この地球はどんな運命をたどるかわからない――）

指揮官は、視野が広くなくてはいけない。しかし視野が広いと、残酷な決断をしなくてはならなくなる時がある。それが森は、嫌だった。

「航海長！」

森は前を向いたまま怒鳴った。

「は」

「バジャー編隊が対艦ミサイル射程に入るのは、いつだ？」

「あと――約三分です」

「砲術長！」

「はっ」

「わが艦載機一号――森高のハリアーの接近・迎撃が三分以内に成功しなかった場合、やむを得ん、対空三式弾で砲撃せよ」

「は、はっ」

日向灘上空　超低空

海面高度を保ったまま、迫ってくるバジャー編隊へ向かう美月のシーハリアー。

「迎准尉、敵編隊の位置は？」

「10マイル前方、やや左です！　MD11がTCASを発信していてくれているから、高度まではっきりわかりますよ。２万８０００フィートです」

帝国海軍のシーハリアーFRSは、レーダー火器管制システムとして国産のFCS―J１アップデイトⅢを搭載している。これは敵機の出すレーダー電波をパッシブで探知して警報を出してくれる機能を持っているが、早期警戒機ではないのでレーダー電波の発信源の位置や相手機の高度まで特定することはできない。しかしバジャーと並んで飛んでいるMD11旅客機が、衝突防止用トランスポンダー（TCAS）を働かせていた。これはその飛行機の現在位置と高度／速度をデジタル信号にデコードして自動的に常時発信している。おかげで迎准尉は後席の自分の戦術用ディスプレースコープに、MD11の現在位置を高度情報とともに菱形《ひしがた》のシンボルマークではっきりと見ることができた。

キイイイン

美月の操縦で、シーハリアーは機首をやや左へ修正した。

「距離を読みあげて」

「了解。しかしどうやって接近します?」

「いいから、距離!」

「は、はい。いま8マイル」

高空をやって来るバジャー編隊との相対速度は、マッハ1・6にもなる。1マイル距離が詰まるのに、四秒弱しかかからない。

背を海ツバメ色に塗ったシーハリアーは、夜の海面を超低空で突進する。

「7マイル」

どうするつもりだろう? 後席で迎准尉は首をかしげる。

「少尉、レーダー電波を出せないんじゃ、AMRAAM《アムラーム》(中距離ミサイル)は使えませんよ」

中距離ミサイル照準用のレーダーを発信したら、敵に気づかれてしまう。その上、MD11と密集編隊を組まれていたら、バジャーだけにミサイルを命中させるのは、無理だ。

「―――」

前席の美月は答えてくれなかった。

「6マイル」

迎はスコープを見て、距離を読みあげる。MD11の位置を示す小さな菱形シンボルは、前方から引き寄せられるように急速に近づく。

（森高少尉が、無口になった——）

迎はぞくっとした。

美月が操縦しながら無口になるのは、何か考えている証拠である。迎は、もう何月もこのはねっかえりと呼ばれる女性パイロットといっしょにフライトして、無口になった直後の美月がとんでもないことをやらかすところを何べんも見た。

（——岩国で、模擬空戦のF18を三機まとめて墜《お》とした時といっしょだ……！）

〈大和〉の改装工事が行われていた先月まで、着弾観測機のハリアーは海軍岩国基地へ出張訓練と称して里子に出されていたが、そこでF18の古参パイロットたちにからかわれた美月は『ホーネットなんて3対1でも怖くない』と豪語して、本当にF18と3対1の模擬空戦に飛び立って全部やっつけてしまったのである。あの時も、美月は機を離陸させるあいだじゅう、ずっと前を睨《にら》んで考えていた。

（——だいたい、話しかけても答えてくれない時は、とんでもないこと考えてるんだ……！）

その時、美月は超音速機ホーネットを三機後ろにくっつけて離陸し、わざとよたよた飛んで見せて三機を引きつけたところでいきなり空中停止。追突しかけてあわててブレークした三機のうち一機の後ろに食らいついてこれを難なく〈撃墜〉、続いてベクタード・スラストノズルを真下に向けた〈超小回り旋回〉で次の一機の後ろにつく。ホーネットは信じられないくらい小さく回る美月のハリアーを振りきれない。F18はアフターバーナーを持った高速機だから直線でまっすぐ逃げれば振りきれるはずだがまっすぐ飛んだらサイドワインダーの餌食《えじき》になる。右に左に機動してかわそうとすれば運動エネルギーをロスして速度が全然上がらない。超音速機でも一度後ろにつかれると、亜音速のハリアーから逃げられないのである。そこへもう一機が援護にやって来て美月の背後につこうとしたが、実は美月はそれを待ち構えていて、照準に捕らえられる直前にノズルを真下に向けて垂直急上昇。思わずつんのめった三機目の頭上でいったん空中停止してからダイブ、たやすくホーネット二機を目の前に並べて『スプラッシュ！（貴機は撃墜された）』と叫んだのだった。

美月のシーハリアーと戦ったF18のパイロット三人は、美月が次にどんな飛び方に出るのか全く予想もつかず、常識外の機動で飛ぶハリアーと戦ううちだんだん不安になって、いつもの実力の半分も出せないまたちまち全滅してしまったのだった。離陸してから勝負がつくまでわずか一分三十秒。だが次にどんな飛び方をされるのかわからなくて怖かったのは、相手機のホーネット乗りたちだけではなかったのである。

（あの時は、舌はかむし三半規管はでんぐりがえるし胃の中身は全部出ちゃったし――！）

迎は、次に何が起きるのか、何だか怖くなった。今年の夏に戦艦〈大和〉に赴任してきて、美月に初めて会って『やった美人だラッキー！』と思ったのは最初の一日だけであった。

「迎准尉」

美月が振り向いて呼んだ。

「は、はい――いま5マイルです」

「今日の離艦重量はいくらだった？」

美月は聞いた。

「えっ」

「離艦重量！」

「え、ええと――」

迎はあわてて、離艦前に性能計算をしたクリップボードを見る。

「な、7800キログラムです。爆弾なしの空対空装備ですから」

「ようし！」

「ようしって――あわっ！」

キュイイイインッ！

迎は舌をかみ、ヘルメットの頭をいやというほど後席のヘッドレストにぶっつけた。

がつんっ
美月がスロットルをフルパワー全開にし、同時にハリアーの機首を思いっきり引き起こしたのである。

「あいたたっ！」

「口をしっかり閉じてろっ！」

美月の怒鳴り声とともに、シーハリアーは機首を天に向けて垂直急上昇に移った。

戦艦〈大和〉

戦艦〈大和〉の、主砲旋回用油圧モーターに動力が入った。
プシューッ
1平方インチあたり3000ポンドという高油圧動力で、甲板の下10メートルにある主砲基部の固定ラッチが外され、駆動モーターがボーリングの玉のような巨大ベアリングに載って回転し始める。
ガチン

グン
ウイイイイイ
ざざざざざ
夜の海を押し渡る、巨大な黒い城のような戦艦の艦首で、ひらべったい石造り古墳のような一番主砲塔が、ゆっくりと左舷《さげん》方向へ旋回を始める。
ゴロンゴロンゴロン
続いて二番砲塔が、それを追うように旋回を始める。
ゴロンゴロン
長さ実に21メートルの三本の砲身が、白波の立つ夜の海面の上に向けられる。
ざざざざざ

「一番、二番、三番主砲塔、射撃管制システムに連動よし」

「全砲塔、対空三式弾を装塡《そうてん》せよ」

「了解、装塡開始」

艦橋の上甲板に近い階の主砲射撃指揮所では、砲撃管制士官が耳をしっかりと覆う防音ヘッドセットを頭にかけて、ブームマイクのインターフォンで砲術員たちに指示を出していた。

「照準レーダーは、まだ発信するな。バジャーを刺激してしまう。ぎりぎりまで待つのだ」
「はっ」
〈大和〉艦底の弾薬庫からロボット装弾装置がつかみあげてきた長さ2メートルの46センチ主砲用対空三式弾は、レールに載って向きを変え、砲身基部へ次々と挿入されていく。
ゴクン
ゴクン
ゴクン
「こちら一番砲塔。対空三式弾三発、装填完了」
対空三式弾とは、長さ2メートル・重量1500キログラムの砲弾の内部にゴルフボール大の小散弾が三万発詰め込まれた、〈大和〉の対空用掃討兵器である。主砲から発射してやると、砲弾は敵編隊の手前で炸裂《さくれつ》し、内部の小散弾三万発は爆発的に拡散して敵編隊を粉々に粉砕する。三基の主砲から九発一斉に発射すると小散弾二十七万発が小型の嵐《あらし》のように敵編隊に襲いかかるのだ。
「了解。発射態勢で待て」

三基九門の主砲すべてに、砲術員たちが〈拡散波動砲〉と呼んでいる対空三式弾が装填されたことを確認すると、砲撃管制士官は艦橋へインターフォンをつないだ。

「砲術長、こちら主砲射撃指揮所」

艦橋では、射撃指揮所からの報告を受けて、森艦長が待機命令を出した。

「よし砲術長、ぎりぎりあと二分待つ」

「はっ」

「敵編隊が22マイル（40キロ）の圏内に入ったら照準用レーダーを作動させよ」

森は腕時計をにらみながら命じた。

「艦長、本当に撃つのですか――？」

副長が森の背中に聞いた。

日向灘上空

「肉？」

「肉だって？」

通信士の叫び声を聞きつけて、爆弾倉武器員と下向き銃座射撃手がバジャーの狭い機内通路を這《は》いながらやってきた。

「俺にも見せろ」

「俺にも！」

東日本共和国は世界で一番豊かで幸せな国だと教わって育った彼らだったが、肉や白いごはんを最後に口にしたのは、もう思いだせないくらい昔になっていた。平等党役員の子弟で占められている航空隊の隊員にも白米が回ってこないくらい、今の東日本の食糧事情は逼迫《ひっぱく》していたのだ。

「貸せ！」

「次は俺だ」

双眼鏡を奪い合うようにして、後部銃座射撃手と通信士と爆弾倉武器員と下向き銃座射撃手は代わる代わるＭＤ11のコクピットをのぞき見た。

そのバジャー隊長機コクピット。

「少佐、あと一分三十秒で射程に入ります」

「よし、〈大和〉はとらえたか？」

「〈大和〉、レーダーで捕捉《ほそく》。反撃がないなら射撃訓練といっしょです」

「ようし。必ず当てろ。ミサイル発射用意！」

「はっ」

ミサイル射撃手が、両翼のハードポイントにパイロンで吊《つる》したスクラッパー・ミサイル二発の安全装置を解除した。

キュイイイイイン

そのMD11を押さえこむように飛ぶバジャーの編隊をはるかに見上げながら、空対空装備のシーハリアーは垂直急上昇を続けていた。

（1万フィート、1万1000、1万2000――）

クルクルと跳ね上がる高度計の針をにらみながら、操縦桿《かん》をにぎる森高美月は冷や汗を頬《ほお》に垂らしていた。

（1万3000――上昇がにぶいわ。アフターバーナーがあればなぁ――）

美月は、バジャー編隊の真下から突き上げるように垂直上昇して肉迫するつもりだ。たとえバジャーのレーダーにルックダウン能力があったとしても、垂直上昇なら横方向の速度はゼロだからパルスドップラーレーダーには引っかからない。

しかし。

（――1万4000、1万4500……あー上昇率がにぶり出した。どうしよう）

シーハリアーのペガサス14ターボファンエンジンは推力9500キロ。さっき後席の迎准尉に今日の離艦重量を聞き、推力／重量比に十分な余裕があることを確認して機を垂直急上昇に入れたのだが、敵編隊の高度まで半分来たところで上昇率がにぶりはじめた。ハリアーは推力方向可変ノズル四基を機体下面に持ち、ヘリコプターのような垂直離着陸や空中ホヴァリングを得意とするが、アフターバーナーの無い亜音速機なので高高度までの垂直急上昇には向いていなかった。

（やっぱりこいつには、無理なのかな――）

美月は、ハリアーのパイロットになってから初めて、空中で停まれないがアフターバーナーを持っている超音速戦闘機をうらやましいと感じた。しかし美月は天性の戦闘機パイロットであった。倒すべき目標を目の前にしたら、決してあきらめない。

（――いや、まだ手はある！）

美月は右手で機体の垂直上昇姿勢をキープしたまま、後席を振り向いた。

「迎准尉！　ミサイルを全部投棄して！」

「えっ」

「聞こえなかったのっ？　すぐにミサイル全部捨てろっ」

キイイイイン

垂直上昇するＦＲＳマークⅡの左右主翼の四か所のハードポイントから、ＡＩＭ９ＬサイドワインダーＩ二発とＡＩＭ１２０アムラーム二発が白い爆発ボルトの発火煙とともに惜し気もなく投棄された。

パシッ
パシパシッ
「どうせミサイルは使えないんだ！　機関砲でやっつける！」
身軽になって再び上昇力を取り戻し、海ツバメ色のシーハリアーは上空の人質編隊へ向けて垂直に駆け昇っていく。

「射程距離まであと一分。慣性位置情報、各ミサイルに入力」

バジャー隊長機のコクピットでは、スクラッパー対艦ミサイルを〈大和〉に向けて発射する手順が始まっていた。

「こちらは隊長機だ。〈はたらく若者〉二号機、ミサイルの発射準備はよいか？」

隊長の少佐が無線に呼びかけると、

『ザー。こちら〈はたらく若者〉二号機。発射準備、順調です』

MD11の左翼を押さえているバジャーの二番機から返事が返ってきた。

「よし！　こちらの号令で一斉に発射するぞ。世界を平等に」

『了解。号令で一斉に発射。世界を平等に』

戦艦〈大和〉

「バジャー編隊、射程距離到達まで一分です」

航海長の声に、副長は森の背中にもう一度聞いた。

「艦長、本当に撃つのですかっ？」

「――――」

森は答えず、〈大和〉第一艦橋の先頭に立ったまま、腕組みをして艦の前方を睨んでいる。

日向灘上空

「射程距離へ四十秒！」

「全ミサイル、安全ロック解除よし」

「目標〈大和〉の位置記憶よし」

バジャーの左側操縦席で、隊長の少佐がうなずいた。

「よし、秒読み始め！」

キュイイイイン

「高度2万2000、2万3000、もう一息だ頑張れ」

「少尉！　見えました。バジャー編隊です！」

後席で叫ぶ迎に美月はうなずく。

「見えてるよ」

ＭＤ11のものらしい、赤と緑の航行灯が頭上前方に小さく見え始めた。大型旅客機をはさみこんで飛ぶ、後退角の大きいジェット爆撃機二機のシルエットも見える。

「ようし」

天を向いたままのシーハリアーのコクピットで、美月はフルパワーに突っ込んだままのスロットルレバーから左手を離し、兵装コントロールパネルで胴体下面のアデン30ミリ機関砲二門をアーム状態にした。

パチ

「機関砲モード」

美月の目の前の大型ヘッドアップ・ディスプレーに、兵器照準コンピュータの描くシュート・サークルが緑色に浮かび上がった。

高度2万4000、2万5000。

キイイイン
シーハリアーは垂直急上昇を続ける。
「真下から突き上げてやる――ん？」
高度2万6000。
真下から近づくにつれ、人質編隊の機体間隔があまりに狭いので美月は舌うちする。
（なんてことだ――）

ゴォオオオ
「〈はたらく若者〉二号、もっと編隊を詰めろ」

バジャー隊長機と左翼を固める〈はたらく若者〉二号機は、MD11とますますぴったりくっついて、自分たちの命の保険を離すまいとしていた。美月は知らなかったが、人質編隊の5マイル後方には帝国空軍のF15J二機も追随しているのだ。

「後ろのイーグルは、手が出ない模様」

「発射二十秒前！」

「第一点火、用意」

「ふっふっふ、これで〈大和〉も終わりだ！」

キュイイイン
(だめだ——すこしでも弾が散ったら旅客機に当る！)
「少尉、どうしましょう！」
これじゃ撃てませんよと後席で迎が悲鳴を上げる。
(くそっ、なんとかしないと——)
高度2万7000。バジャー二機とMD11の腹が、目の前に迫ってくる。
グォオオオオ！

発射十秒前。

この時まだ、隊長機の後部銃座射撃手と通信士と爆弾倉武器員と下向き銃座射撃手は、双眼鏡でMD11のコクピットをのぞくのに夢中だった。

「本当だ、肉だ」

「う、うまそうだなあ」

「あんなにぶ厚いぞ」

後部銃座と下向き銃座の射撃手が持ち場で見張っていなかったため、バジャー隊長機は真下から一機のシーハリアーが突き上げるように上昇してくるのに気づかなかった。

隊長機のコクピットでは、はるか前方の〈大和〉から迎撃ミサイルや主砲の照準レーダーが照射されてこないか、全員がそれだけに注意を集中しながら秒読みに聞きいっていた。

「八、七、六――」

グォオオオオッ！

先頭の、隊長機らしいバジャーの銀色の下腹が目の前に迫ってきて、美月のヘッドアップ・ディスプレーにはみ出さんばかりになった。

（こうなったら――！）

ハリアーを操縦させたら帝国海軍でたぶん一番の森高美月は、一瞬で決断した。

「こうなったら、蹴るしかないっ！」

「えっ、なんて言いました？」

「つかまれっ！」

高度2万7800、相対速度のぴったり合ったバジャー隊長機の下腹はわずか60メートル頭上だ。

キュイイイイインッ

2万7900フィート。美月は天を向いて上昇するハリアーの操縦桿を、さらに引いた。

「えいっ」

星空が回転し、ハリアーは仰向けにひっくり返る。

「パワーカット！　ギアダウン！」

美月は左手でスロットルレバーをシャキン！　とクローズし、着陸脚のレバーを下げた。

「少尉、何する気ですっ」

「迎准尉！　あたしに命ちょうだい！」

「ええっ」

「あんたといっぺん、デートしたかったわっ！」

キュイインッ！

仰向けになったハリアーは、勢いがついていてそのまま上昇する。バジャー隊長機の腹部が迫る。

グンッ
仰向けハリアーの胴体から、タンデム式ランディング・ギアが油圧で展張する。

「う、うわああっ！」

迎の悲鳴にかまわず、美月は仰向け姿勢をキープしながら、操縦桿の送信スイッチを押して無線に叫んだ。

「ＭＤ11！　聞こえていたら右下へブレークしなさいっ！」

ミサイル射撃手が発射ボタンに指をかけ、隊長の少佐が二番機に発射を命じようとしたその瞬間、

「四、三、二」

ゴーンッ！

正体不明の猛烈な衝撃が、床下から襲った。

「うわっ！」

「うわーっ！」

「な、何だっ！」

バジャー機内の乗員は一人残らずシートから放り出され、衝撃で電気系統の真空管が残らずショートした。

ぐらり。

森高美月のシーハリアーに文字どおり『脚で蹴られた』バジャーは、バランスを大きく崩し、前のめりにひっくり返っていく。

『ＭＤ11！　今だっ、右下へ逃げろっ！』

国際緊急周波数でいきなり飛びこんできた美月の怒鳴り声に、ＭＤ11の二人のパイロットは機内食のトレイをひっくり返した。

「キャプテン！」

「おおっ！」

目の前から諸悪の根源バジャーの姿が消えた。ＭＤ11の機長は反射的にオートパイロットを外すと、操縦桿を右に切って思いっきり前へ押した。


グォオオッ！

ＭＤ11はウイングレット付きの長大な主翼を90度近く傾けて、同時に機首を下げた。左側を固めていたバジャー二番機が、あわてて追おうとダイブに入った。しかしＭＤ11の設計最大急降下速度はマッハ０・９８、バジャーよりもはるかに速く、しかも追うバジャーには前方を攻撃する固定武装が付いていなかった。


「きゃあああああっ」

「座って！　座って！　みんな座っててっ！」

美城千秋は、まるでスキーの上級者用斜面みたいに絶壁に近い下り坂になった客室内通路でシートの背にしがみつき、大パニックの乗客たちに叫び続けた。

「みんな座ってぇっ！」


キイイイン！

敵国西日本の領空内で、唯一の命の保証であったＭＤ11を追って、バジャー二番機が急降下する。しかし５マイル後ろで見ていた西日本空軍のＦ15Ｊが、これを見逃すはずはなかった。

ドゴォオオッ！

ＭＤ11にどんどん離されるバジャーの背中めがけ、二機のイーグルが襲いかかっていく。

『さんざんてこずらせやがって。何で料理する？』

『サイドワインダーは、もったいないぞ』

『バルカン砲の砲弾一発で墜ちるかな』

『やってみろ』

ヴヴォッ
『あっ、五発も出ちゃった』

バシャッ！

老朽化したバジャーは、胴体の付け根から折れてたちまち分解した。

バジャー隊長機は、美月に蹴られてキリモミに入りかけ、実に1万フィートも高度を失ってようやく水平飛行に回復した。

「左翼のミサイルが、もげて無くなりましたっ」

「右翼のミサイルはどうかっ？」

「残っています！」

「よしこのまま〈大和〉に突撃せよ！　一発だけでもぶちこんでくれる！」

しかしミサイル発射管制用コンピュータは、真空管が切れて使い物にならなかった。

「隊長、だめです。発射できません」

「なら体当たりだ！」

「か、勘弁してください」

「も、もう帰りましょう」

「馬鹿者っ！　万が一生きて逃げ帰れても、秘密任務失敗で全員銃殺だぞっ！　そんなこともわからんのかっ！」

美月と迎准尉は、もちろん死んではいなかった。

しかし、
ピーッ、ピーッ、ピーッ
「ハイドロ・リーク！　ハイドロ・リーク！　少尉、油圧の作動油が漏れて止まりません っ」

「バジャーはどこだっ」

「それより少尉、脚も引っ込みません！」

　バジャー隊長機にランディング・ギアで思いっきり蹴りを入れた美月のシーハリアーは、反動でくるくるスピンしながら方向も定まらず落下していき、鹿児島湾の海面近くまで降下してようやく体勢を立て直した。しかし、普段は〈大和〉の飛行甲板に思いっきりたたきつけても平気なハリアーの着陸脚は折れてひん曲がり、格納できなくなっていた。その上油圧系統の作動油が、折れたギアから猛烈な勢いで噴出していた。

「脚が引っ込まないんじゃスピードが出ないわっ」

　それでも美月は、エンジンのパワーを最大に上げてバジャー隊長機を追おうとしていた。

「少尉っ、油圧が一番二番両系統ともリークしてダウンしてます！　このままじゃ舵《かじ》も効かなくなりますよっ！」

戦艦〈大和〉

美月の体当たり攻撃によって人質編隊が崩れ、ＭＤ11が逃げ延びる様子は〈大和〉の主砲照準レーダーによってモニターされていた。

「艦長、ＭＤ11旅客機は安全圏へブレークしました。鹿児島空港へ緊急着陸できるでしょう」

「まったくどうやって編隊を崩したのか――まあ旅客機が無事で何よりです」

ほっとする士官たちを、森は振り向いた。

「残ったバジャーは？」

「こちらへ接近します。いかがいたしましょう？」

森はうなずいた。

「主砲で撃て」

「一番、二番、三番各砲塔、レーダー照準システムに連動。風速修正試射用意」

『砲撃管制士官、砲術長だ』

主砲コントロール席についた砲撃管制士官の防音ヘッドセットに、艦橋の砲術長から指令が入る。

『対空三式弾なら風速修正試射はいらんぞ。相手も一機だ。全門発射するのはもったいない、一番砲塔三門だけで十分だ！』

「主砲射撃指揮所、了解。発射は一番砲塔のみ。風速修正試射、省略します」

艦首砲塔群のすぐ後ろに位置する主砲射撃指揮所では、砲撃管制士官以下、十数名の砲術員たちが防音ヘッドセットをしっかり耳に当て、主砲照準レーダーが送ってくる目標のバジャーのポジションと運動速度ベクトル、それに気象庁からのデータリンク回線で得た上層の風向・風速・温度・空気密度データを射撃照準コンピュータに入力した。本当ならば砲撃戦の時には着弾観測機のハリアーが目標付近に接近し、より正確な風速などの大気データを収集して、さらに一斉砲撃の前に先行して一発だけ試射して弾道の軌跡をコンピュータ計算値と照らし合わせるのだが、〈大和〉の対空三式弾は巨大な散弾銃のようなものなので、大ざっぱな照準でもかまわないのだった。

主砲コントロール席のコンソールで、一番砲塔の自動追尾ランプが三つ緑に点灯した。

「一番砲塔オールグリーン。目標バジャー、砲撃用意よし」

『撃て』

「発射します」

管制士官が発射シークエンスの実行キーを押した。

「〈拡散波動砲〉、発射」

ドオーンッ!

左舷を向いた〈大和〉一番砲塔の三本の砲身から、火山が爆発したのかと思うような爆発的な煙が噴出した。

ブワワッ
猛烈な衝撃波が〈大和〉甲板上をなぎ払う。自重1・5トンの砲弾がわずか21メートルの砲身の中でマッハ3まで加速され、ライフリング・スピンを伴って飛び出して行ったのだ。

艦橋ではびりびり震える強化ガラス窓の内側で、士官たちが腹を殴られたような『うえっ』という顔をした。

(うぐっ——あいかわらず主砲発射の衝撃波は、胃にこたえるな……)

森は艦橋の先頭で、顔をしかめ思わず制服の腹に手を当てた。

(胃潰瘍《いかいよう》ができてるかも知れん)

副長が、森の隣に進み出た。

「艦長」

「おう。神経使った上に、主砲撃つのはたまらんな」

「艦長、本当に、撃つおつもりだったのですか？」

副長は、森と一緒に艦の前方を見ながら聞いた。

「旅客機もろとも、あのバジャーを？」

「うん」

森はうなずいた。

「副長、お前もここに立てば、わかる時が来る。責任者っていうのは、いざという時に責任を取るから普段いばってても許されるんだよ」

「しかし——艦長があのような決断をされるとは、意外でした」

「俺は撃つつもりだった。だがそれと同じくらい、部下を信じてもいたよ」

「部下を？」

「森高なら何とかするだろう、と信じてもいた。あのはねっかえりが海軍から放り出されないのは、いざという時に仕事をするからだ」

「はあ」

「副長、あいつの始末書は、何枚たまっている？」

「森高の始末書ならバインダー一冊分たまっていますが」

「帰ってきたら全部裁断して帳消しにしてやれ。それだけの働きはした」

「は、はい」

砲術長が「艦長！」と呼んだ。

「艦長、接近中のバジャーがレーダーから消えました！」

「そうか」

森は振り向いて聞いた。

「森高のハリアーは？」

「まだ空に浮いています。通信は回復しません。無線の故障でしょう」

6. 黒い球体

＊バジャーに捨て身の体当たり攻撃を敢行した森高美月《もりたかみづき》のシーハリアーは、ほとんど操縦不能に陥りつつも母艦を目指して飛び続ける。

一方霞《かすみ》が関《せき》の外務省では、木谷《きたに》首相が東日本との最後の外交交渉に開戦阻止の望みをかけていた。

西東京・霞が関
外務省特別安保対策室
同日　二十一時五十分

「波頭《はとう》少佐。最新の状況説明を頼む」

「はい総理」

ここ外務省本省の特別安全保障対策室では、外務省はもとより各省庁から派遣された対策スタッフが忙しく働き、東日本の新潟とのホットラインを前にした木谷首相が直接交渉の準備に入ろうとしていた。

ざわざわざわざわ
波頭少佐が資料と携帯用のコンピュータを抱えて、デスクから立ち上がった。

「状況データが続々入ってきています。わかっているところからどんどん言っていきます」

波頭は対策室正面の演壇に立ち、巨大なプロジェクターを使って背後のスクリーンに情報を投影した。演台に置いたラップトップのコンピュータは片時も手放せない。話しているそばから、赤坂の国家安全保障局がデジタル回線でどんどん情報を送ってくるのだ。

「よし始めろ」

木谷首相が迎《むかえ》秘書官を従え、最前列のソファに座ってスクリーンを仰ぐ。

ざわめいていた各省庁のスタッフたちが、手を止めてスクリーンに注目する。

波頭は軽くごほんと咳《せき》ばらいして、

「総理、まず人質に捕られた旅客機ですが、ご安心ください、戦艦〈大和《やまと》〉艦載機が捨て身の攻撃でバジャーを蹴散《けち》らし、無事解放いたしました」

「うむ」

木谷はうなずく。

「何よりだ。では東京湾浦賀水道の被害は、どうなった？」

「それについても情報が入っています」

波頭は演台に載せたコンピュータを操作して、プロジェクターに東京湾の俯瞰《ふかん》図を映し出させる。

「ご覧ください。

先ほど、浦賀水道の最狭部を通過中のわが帝国海軍第一護衛艦隊八隻に対し、あきらかに東日本空軍機とわかるＦ７戦闘機十機が低空で来襲、中国製〈海衛兵一號《ごう》〉と見られる対艦ミサイル三発を発射しました。三発しか発射出来なかったのは、十機の編隊のうち三機が技量拙劣のため自分で海面に突っ込み、四機が急を聞いて駆けつけたわが空軍のＦ15Ｊ戦闘機に撃墜されてしまったからです。発射されたミサイルのうち二発が先頭のイージス巡洋艦〈新緑〉へ、もう一発が航空巡洋艦〈富士〉へ向かいました」

ううむ、ううむと安保対策室にうなり声が飛び交う。

「波頭、イージス艦はどうなった？」

「は、続けます。

イージス巡洋艦〈新緑〉は、至近距離でミサイル迎撃に成功しましたが、メインブリッジを爆風でなぎ払われ、副長、航海長以下主だったベテラン士官たちが重傷を負って倒れました」

「波頭、イージス艦というのは、そんなにもろいものなのか？」

「いいえ総理」

波頭は首を振った。

「本来、イージス艦はこういった対艦ミサイル攻撃にもっと遠くから対処して、艦隊への脅威を遠ざけられるはずなのですが、今回はたまたま、敵機を探知したレーダーのオペレーターが新米の女性士官だったためＣＩＣの要員たちが敵機来襲をなかなか信用せず、空襲とわかってからもミサイル弾庫の封印を解除出来る弾薬管理士官が急な出撃で出港に間に合わなくて乗艦しておらず、さらに艦橋に艦長が不在だったため、副長が考えもなしに回避の操舵《そうだ》を命令してミサイルに横腹を向けてしまったのです。こういう場合、迫ってくるミサイルのレーダーに探知される面積を減らし、かつ両舷《りょうげん》のＣＩＷＳで迎撃できるようにするため艦首をミサイルにまっすぐ向けるのがセオリーなのですが、実際は怖くて、なかなか出来ないものなのです。強いリーダーシップがありませんと――」

安保対策室に緊急に呼ばれて詰めていた、財務省の次官が手を上げた。

「すると波頭少佐。イージス巡洋艦は、艦隊防空巡洋艦としての機能を全然果たさなかったと言うのだな」

「残念ながらその通りです」

波頭はうなずいた。

「装備は最新鋭でも、乗組員がまともに機能しないのでは何にもなりません」

安保対策室に詰めている政府各省庁の幹部スタッフたちは、みんな緊張のため神経が高ぶっていた。

「なんだ、高いおもちゃを買わせやがって、何の役にもたたんじゃないか！」

財務事務次官はいらいらと吐き捨てた。

「それは言い過ぎだぞ財務省！」

外務省と国防総省の次官が立ち上がって怒鳴った。

「アメリカとのつき合いの大変さも知らないで、財務省だけ偉いつもりか！」

「我が国の防衛を何だと思っている！」

「ふん、その国防をになう責任重大な〈新緑〉の艦長は、では空襲の時に何をしていたのだ、波頭少佐」

「はあ。下痢のためにトイレから出られなかったと――」

「それ見たことか。海軍はぶったるんでいる」

「何だと！」

「聞き捨てならんぞ！」

国防総省の制服組も立ち上がって、怒鳴り合いに加わった。

「だいたいあのイージス艦の矢永瀬《やながせ》艦長は東大卒だ。だから根性が無かったのだ！」

「そうだそうだ、東大卒のへなちょこに艦隊勤務なんか無理だ。霞が関のビルの中でしか棲息《せいそく》出来ないモヤシだからな」

「何だと！」

「何だと！」

海軍の武官がうっかり言ったために、東大卒と、東大学閥に負けまいとする勢力がほぼ半々を占める安保対策室では、そこらじゅうで怒鳴り合いが始まってしまった。

「東大東大と目の敵にするが、しょせん君らはうちに入れなくてよその大学へ行ったんだろ」

「何だとお前ら、未だに自分たちが一番だと思いやがって！」

「ふん、早稲田で仮面浪人してたやつは誰《だれ》だ？」

「何がイチョウ並木だ。女にもてないくせに！」

「そんなことはない、クラブで学生証を落としてみろ！」

「うるさい！　くやしかったらノーベル賞取ってみろ！」

「み、みなさん、お静かに」

とりなそうとする迎秘書官を無視して、財務省と外務省と国防総省の事務次官クラスが対策室の真ん中でどつき合いを始めた。

「お前、東大って言ったって文Ⅲじゃないか！」

「お前こそ慶應《けいおう》って言ったって法学部じゃないか！」

「税金取るだけ取って偉そうにしやがって！」

「高いもんばっかり買わせやがって！」

「アメリカにばっかりぺこぺこしやがって！」

最前列のソファの木谷は迎に「座れ」と命じると、

「おい波頭、あいつらはいいから説明を続けろ」

「は」

　波頭は「疲れさせてくれるぜ」とつぶやきながら、コンピュータのキーを叩《たた》いて東京湾の画面を拡大させる。

「総理、ご覧ください。

　イージス艦〈新緑〉のすぐ後ろを航行していた航空巡洋艦〈富士〉の現在の位置です」

　波頭は赤で示された船のシンボルを棒で指した。

「斜めになって、座礁しているのか？」

「その通りです。この〈富士〉のＣＩＷＳ近接防御機関砲システムはソフトが古かったので、房総の山を背景にして飛来するミサイルを真っ赤に映る山のエコーの中から拾い出せず、発射コマンドを入れてやっても砲身をただウィーンウィーンと左右に振るばかりで射撃を行わなかったのです。ＣＩＷＳは本来、広い洋上で使われるのを想定して設計されているのです。飛来した対艦ミサイル一発は〈富士〉の上部構造に命中しました。艦橋の乗組員たちはなぎ倒され、舵輪が回ってしまったのでしょう、〈富士〉は炎上しながら右へ回頭しました。艦尾飛行甲板では対潜ヘリコプターが爆発し、コントロールを失った〈富士〉は湾に入ってきた1万5000トンのコンテナ船に衝突しました」

ううむ、木谷はうなった。

「想像以上の、損害だな」

「はい総理」

波頭はうなずいた。

「現在、衝突炎上中の二隻によって浦賀水道は閉塞《へいそく》され、事実上、大型の艦船は通行出来なくなってしまいました」

「大型艦の出入港は、出来ないのか？」

「はい。大型艦の通れる水深の深い部分は、このように衝突した〈富士〉と1万5000トンのコンテナ船がまるで広げたジャックナイフのようになってふさいでいますから、これらを取り除かないと——しかし爆発炎上がまだひどく、乗組員の救出も終わっていない状態ですから」

「では、横須賀《よこすか》港で出撃準備中の他の艦隊は！」

迎が叫んだ。

「さよう。〈富士〉とコンテナ船をどけなければ、東京湾から出られません」

「ううむ」

木谷がうなった。

「それだけではありません総理」

「まだあるのか」

「〈新緑〉が率いていた第一護衛艦隊も、隊列の二番手を進んでいた〈富士〉が座礁したために、三番艦以降がそこを通れず、現在湾内で足止め状態です」

「何だと！」

「そうです。浦賀水道を抜けて湾外へ出られたのは旗艦の巡洋艦〈新緑〉ただ一艦のみ。後続は湾内で足止め、〈新緑〉は一隻だけで父島へ向かわなくてはならなくなりました」

東京湾外　館山沖
巡洋艦〈新緑〉

（やった！）

ごぉおおお、と火災が発生している艦橋に駆け込んだ時、矢永瀬慎二は心の中で叫んだ。

〈海衛兵一號〉対艦ミサイルが鼻先50メートルで炸裂《さくれつ》したイージス巡洋艦〈新緑〉の第一艦橋は、前面の防弾ガラスが残らず消し飛び、内部を超音速の爆風と衝撃波がなぎ払ったらしく詰めていた古参の士官たちが全員床に倒れてうめき声を上げていた。

「消火にかかれっ、救護班は急げっ」

連れてきた部下たちに指示をしながら、長身の矢永瀬は心の中で思わず言った。

(ざ、ざまあみろ！)

艦橋に詰めていた副長、航海長、機関長、砲術長が息も絶え絶えで担架に載せられ、運び出されていく。死んではいないが、みな重傷だから当分使いものにならないだろう。

「ざまあみろ、人のことをいじめるからだ！」

「は？　艦長、何かおっしゃいましたか？」

矢永瀬の後に続いて艦橋に来ていた、電子戦担当士官の大田《おおた》中尉が聞いた。

「あ、いや。なんでもない」

矢永瀬は短く刈り込んだ頭を振った。

(いかん、つい思ったことが口に出てしまったぞ)

でも矢永瀬は、これで当分自分をいじめる古参の部下たちが艦橋からいなくなるので嬉《うれ》しくてたまらなかったのだ。

「艦長、それより大変ですよ」

大田中尉が言う。

「航行不能なのか？」

「いえ、そうではありません。この艦橋が爆風でやられた程度で、本艦には他にさしたる損害はありません」

ざざざざざざ

実際、〈新緑〉は自動的にオートパイロットに切り替わり、20ノットの速力を維持しながら東京湾外へと引き続き航行を続けていた。爆発炎上する僚艦の〈富士〉が、艦尾方向へ小さくなって行く。

「しかし艦長、二番艦の航空巡洋艦〈富士〉がコンテナ船と衝突して水道をふさいでしまったので、後続の艦隊が浦賀水道を出てこられなくなったのです」

「なに、後続の艦が出てこられない？」

矢永瀬は聞き返した。

「三番艦から八番艦までが、湾内で足止めだというのか？」

「そうです艦長」

矢永瀬は、また（やった！）と思った。

「そうか」

艦長があまり残念そうな顔をしないので、大田中尉は不思議そうに、

「あのう艦長、どうしましょう、停まって待ちますか？」

「ん？」

「艦長、本艦は自動操船で湾外へ出つつあります。停船して後続艦を待った方が良いのでは」

「いや、このまま父島へ行く」

「えっ、本艦一隻だけで、ですか？」

「そうだ、わが〈新緑〉一隻だけでだ。どうせあの〈富士〉とコンテナ船は、すぐには片づかないよ」

矢永瀬は、これで八隻もの艦隊を指揮しなくてよいことになった。航空巡洋艦〈富士〉を始め、後に続いていた七隻の巡洋艦や駆逐艦の艦長たちも全員が防大出身で軍歴も矢永瀬より先輩だった。どうせ指揮をとったって、ろくに言うことなんか聞いてくれるわけがなかったのだ。

矢永瀬は急に肩の荷が下りたような晴れ晴れとした顔で、

「大田中尉、すぐに技術班を指揮して、艦橋の設備の修理にかかれ！」

「は、はい」

大田中尉は艦内電話を使って技術班を呼んだが、

「しかし艦長、設備はすぐ応急修理出来ますが、人間の方はそうもいきませんよ」

「ん？」

「副長や航海長はじめ、幹部士官の方々です」

大田は、担架で運ばれていったオヤジたちを振り返る。

「いいさ」

矢永瀬はこともなげに言う。

「は？」

「おい大田」

「は、はい」

「いいか。副長以下四名の幹部士官は、あのような重傷を負ったのだ。艦内の医療施設より、ヘリで横須賀海軍病院に移した方がいいと思わないか？」

秀才の大田中尉は馬鹿《ばか》ではないので、矢永瀬の考えていることがすぐにわかった。

「し、しかし艦長――」

「いいって」

大田中尉は、まわりで忙しく動いている救護班や技術班の連中に聞こえないようにして、

「――いいんですか？　負傷にかこつけてオヤジたちをこの艦から放り出してしまう

なんて」

「いいさ。あのオヤジども、俺《おれ》を若くて一般大学出身だからとさんざんいじめやがって、これ以上俺の艦においといてやるものか」

「しかし航海長も機関長もいなくて、この艦大丈夫ですか？」

「おい大田、この〈新緑〉は最新鋭のイージス巡洋艦だぞ。航海長なんかいなくたってGPS連動のオートパイロットで走るし機関制御もフルオートだ。あのオヤジたちは職場が無くなるのがかわいそうだから乗せてやってただけだ。浦賀水道さえ抜けてしまえば、航海士なんか俺一人いれば十分だ」

「は、はあ」

「なあ大田中尉、ものは相談だ」

「何ですか」

「君はCICの先任士官として、これより副長を兼任してくれ」

「私が副長、ですか？」

「そうだ」

「艦の動かし方は、わかりませんよ」

「艦内の乗組員のコーディネートだけしてくれればいい。操艦は俺がやる。いいか、協力してくれたら、毎朝のラジオ体操をなしにしてやるぞ」

「えっ」

あまり運動の好きそうでない、ひょろりとした技術士官の大田中尉はパッと顔を輝かせた。

「あの毎朝のラジオ体操を、廃止してくださるのですかっ？」

帝国海軍連合艦隊では、航海中の軍艦の上でも体を鍛えるため毎朝六時にラジオ体操を全員で行うきまりになっていた。しかし電子戦時代になって、腕力よりも頭を使う若い専門技術士官が増えてくると、朝に弱い若者たちからこの習慣は大変に嫌われた。

「ああ。毎朝六時に全員でラジオ体操だなんて、大東亜戦争時代じゃあるまいし、近代海軍のすることじゃない！」

東大野球部時代、練習疲れで毎日昼まで寝ていて午後から講義に出ていた矢永瀬も、ラジオ体操が大嫌いだった。朝は気持ちよく寝るものだ。

「あのオヤジどもがいなくなれば、この巡洋艦は１００パーセント、俺が取りしきる。俺たちで新しい合理的な海軍にしようじゃないか！」

三十一歳の矢永瀬中佐は、急にはつらつとした声になって、壁の艦内電話を取ると士官食堂にダイヤルした。

「ああ食堂か？　艦長だ。カツ丼《どん》一杯大盛りで艦橋へ持ってきてくれ。そうだ大盛りだ、急に腹が減ってきた。修理に当たっている全員にも夜食を出せ。俺は艦橋で指揮をとりながら食べる。ああ、なるべく早く頼む」

「か、艦長」

電話を置いた矢永瀬に、大田がびっくりして聞いた。

「梅干し入りのおかゆしか、食べられなかったんじゃありませんか？」

「胃の調子が良くなったんだよ、急にな」

矢永瀬は笑った。

「大田副長、君もカツ丼食うか？」


イージス艦〈新緑〉は、父島海域を目指しさらに速力を上げた。

父島東方三十キロ
西日本帝国海軍Ｐ３Ｃ哨戒機

「海面に熱源体を探知」

Ｐ３Ｃの、窓の無い後部キャビン戦術管制席で、赤外線スキャナーのディスプレーを見ていた戦術航空士がコールした。

「前方の海面上に人工物体が浮いている。大きい」

「戦術士、例の巡洋艦でしょうか？」

隣のコンソールの通信士が聞く。

「わからん」

戦術航空士は、機内用インターフォンのスイッチを入れた。


『機長』

六本木からの新たな指令で、音信不通の東日本巡洋艦を捜索していたＰ３Ｃ対潜哨戒機《しょうかいき》は、父島東方の海域にさしかかっていた。

『機長、戦術士です。スキャナーに熱源体を捕捉《ほそく》。十一時方向、海面上』

コクピットで左側操縦席に座っていた機長は、コーヒーの紙コップをホルダーに置いてインターフォンに答える。

「戦術士、探している巡洋艦か？」

『わかりません』

キイイイン
赤い戦闘照明に照らされたコクピットの計器盤では、四発のターボプロップエンジンに巡航出力がセットされている。操縦席の窓では、わずか１０００フィート下を月明かりに照らされた波が２５０ノットのスピードで足元へ消えていく。

ゴォオオオ
対潜用のあらゆる探知装備をあつかっているのは、窓のない後部キャビンに座る戦術航空士である。戦術航空士と操縦席のパイロットは、ヘルメットのインターフォンで連絡を取る。

『機長、探している巡洋艦かどうかはわかりません。しかし十分に大きな熱源です』

「向こうからレーダー電波は？」

『何も出ていません』

「距離はわかるか？」

『10マイル。二分で見えてきます』

隣の副操縦士が、「どうします？」と聞いた。

機長はうなずき、

「よし接近してみよう。正確な方位をくれ」

キイイイン――

黒い夜の海面を高度１０００フィートで這《は》うように飛んでいた四発のＰ３Ｃオライ

オン対潜哨戒機は、スキャナーで探知した熱源体を確認するため、針路を左に修正した。

機長は自動操縦を外し、操縦桿《そうじゅうかん》を握った。

「一応、戦闘配置をとろう。ハープーンを発射準備しておけ」

「はい」

『了解』

副操縦士が兵装発射パネルのプラスチックのふたを開け、後部キャビンでは戦術航空士が左右の主翼下に二発吊《つる》したハープーン対艦ミサイルの点火アーミングスイッチを入れる。

『機長、照準のためにはレーダーを入れなくてはなりません。海面捜索レーダーを、使ってもよろしいですか？』

「こちらの接近を教えるようなものだが、仕方ないだろう。使え」

『了解』

だがすぐに、戦術航空士が、

『機長、レーダーが変です』

「どうした？」

『何も映りません――いや、海面からの反射に、ぽっかり黒い穴が開いているんです！』

「何だって？」

P3C後部キャビンの戦術管制席に座った戦術航空士は、海面捜索レーダーのリターン影像を見て、レーダーが故障しているのかとシステムの表示ライトを点検した。

「システムに異常はない。変だ――」

赤外線スキャナーが示している熱源体の位置に、レーダーの〈穴〉が出来ている――つまり海面からの反射波の真ん中に、ぽっかりと――何も反射してこない円い部分があるのだ。

「機長、熱源体の存在する位置に、レーダー電波を吸収して反射しない〈物体〉があります」

キイイイン

250ノットで低空を進むオライオンの目の前の海面に、黒い小山のような影が現われた。

それは水平線上の星を覆い隠すようにして、闇《やみ》の中から盛り上がってきた。

「おい、あれを見ろ！」

機長は、突然目の前の水平線上に現われた巨大な物体を確認するため、速度を落とした。

「何だ――？　あれは……」

機長は思わずつぶやいた。

「接近します。距離５マイル」

副操縦士が、コクピットでも作動し始めたレーダースコープを見て言う。たしかに海面から返ってくる一様な反射波の中に、円くて黒い〈穴〉が開いている。そこからだけは、レーダー電波が行ったきり返ってこないのだ。

「あれは何だ……？」

キイイイン――

Ｐ３Ｃは、ターボプロップエンジンの排気音を響かせ、月夜の海面に突き出した、真っ黒く塗りつぶした巨大な影のような半球の周囲を旋回した。

「機長、あれは何でしょう？」

「機長」

　副操縦士と、コクピットにいた機上整備士、ナビゲーターらが身を乗り出して、左旋回するＰ３Ｃの機長席側サイドウインドーから眼下の巨大物体をのぞく。

『機長、戦術士です。何が見えますか？』

「黒い球体、だ――」

　機長は左側サイドウインドーから、海面の巨大物体を注視していた。

「真っ黒い、小さな島くらいある球体が、浮いている！」

『機長、六本木へ報告します』

「ああ。そうしろ」

六本木国防総省　総合指令室

「統幕議長、父島海域のＰ３Ｃ哨戒機より報告です。浮遊中の巨大な球体を発見」

「なにっ？」

　オペレーターの報告に、峰《みね》は思わずひざを乗りだした。

「球体、と言ったか？」

「はい、そのような報告です」

峰と吉沢《よしざわ》は、顔を見合わせた。

「落下予想地点よりだいぶ北だ」

「峰さん、海流だ。今朝の落下から十五時間たっている」

うむ、と峰はうなずき、

「オペレーター、周囲に東日本の艦艇はいるか？」

「いまのところ水上艦艇は探知できないそうです。潜水艦に関しては、不明です」

峰は吉沢を見た。

「おかしいじゃないか。東日本の連中が、回収任務の艦艇を配置していないはずがない」

「峰さん、わしの推論なんだが――」

ごま塩頭の吉沢は、上野公園の銅像みたいな太い眉《まゆ》を寄せて、

「――音信を絶っている東日本の巡洋艦〈明るい農村〉、あれは、〈黒い球体〉の回収任務で父島海域にいたんじゃないのか？」

「吉沢さん、そうだとすると〈明るい農村〉に何が起きたのだ？　救難信号を発信して、直後に音信不通になるとは――」

「わからん」

峰はもう一つ思い出した。

「そうだ、新谷少将を捜索して巡洋艦に降りたヘリ――あれはどうなったんだ」

峰は総合指令室にずらりと並んでいる管制卓のオペレーターを呼んだ。

「南方面洋上セクター」

「はい」

「東日本の巡洋艦に着艦した、新谷少将の救助ヘリとは連絡が取れたか?」

「だめです峰議長」

疲れきった女性オペレーターが、頭を振った。

「依然として、救難ヘリコプターは呼び出しに答えません」

P3C哨戒機

『機長』

機内用インターフォンで、戦術航空士が呼んできた。

『海面捜索レーダーのスコープ上で、電波の返ってこない範囲の大きさを測りました。浮いている〈球体〉の最大直径は、約200メートルになります』

「こいつは何だと思う?」

『わかりません』

「機長、ものすごくでかいですね」

副操縦士が外とレーダーを見比べて言う。

「直径200メートルといえば、都庁を中心にして新宿駅西口まですっぽりおさまる大きさですよ」

「レーダー電波を完全に吸収する材質で、西新宿一帯くらいの大きさだと？」

むう、と機長はうなった。

「ナビゲーター、この辺りの潮流の動きを照会しろ。このばかでかい球体が、どこから流れてきたのか知りたい」

「了解です」

「我々の本来の任務は、東日本の巡洋艦を捜索することだ。ここに長居はできないぞ」

「機長」

副操縦士が海面の黒い球体を指さす。

「開口部があります！　大きな開口部が開いていて、中は空洞のようですよ」

Ｐ３Ｃが旋回するにつれて、一部が割れた黒いガラス球のような球体の全容が見えてくる。それはひどく巨大な、割れた黒い金魚鉢のようだった。

『機長、六本木から命令です――球体の概要を詳しく報告せよ』

Ｐ３Ｃの後部キャビンでは、戦術航空士が海面捜索レーダーの反射波をもとにコンピュータに球体の三次元立体モデルを描かせていた。『電波の返ってこないエリアの立体モデルを描け』というコマンドなので、演算させるのに多少の手間が必要だった。

「よし、これでいいはずだ」

ピピピピピ

コンソールのブラウン管に、緑のワイヤーフレームで海面上の球体の形が描かれていく。

「記録を取れ。データをセーブしたら六本木へ送るんだ」

「はい」

通信士が国防総省へのデータリンク回線を開く。

カチャカチャカチャッ

機が旋回するにつれ、レーダーからのデータがどんどん上乗せされて、ワイヤーフレームの立体モデルは細かくなっていく。巨大な球体は全くレーダーに映らず、月明かりも反射しないのだが、海面に浮いていてくれるおかげで周囲との対比で『見る』ことができるのだった。

「海面の下がどうなっているのかも、見る必要があるな――」

戦術航空士は、インターフォンでコクピットを呼んだ。

『機長、戦術士です。物体の海面下の形状を確認したいのです。スキャン・ソナー内蔵のソノブイを投下させてください』

六本木国防総省　総合指令室

「おおお」

「おう」

総合指令室の前面スクリーンに、Ｐ３Ｃが発見した巨大な黒い球体の立体モデルが投影されると、峰をはじめ国防総省首脳陣にどよめきが走った。

「こ、これが〈黒い球体〉か――」

「峰さん、一部が割れてしまっているのは、どういうことだろう？」

峰の隣で吉沢少将が聞く。

「わからん……一部が割れて内部が空洞だということは、ひょっとしたらこの球体の中身が、出てしまったのかも知れん」

「中身？」

「吉沢さん、波頭少佐の分析を聞いただろう？〈黒い球体〉は星間文明の宇宙船ではない。乗り物ではなくて、何か『とても危険なもの』を密《ひそ》かに密封し護送するためのカプセルであるらしいと――」

「中身が出た、といっても峰さん、いったい何があそこの割れ目から出て行ったのだ？」

吉沢の問いかけに、峰は銀髪の頭をかきむしった。

「それがわかれば、苦労はしないよ」

外務省　特別安保対策室

「――以上が、たった今六本木から届いた〈黒い球体〉についての報告です」

波頭がプロジェクターの前で説明を終えた。

ううむ――

安保対策室の各省庁スタッフがどよめいた。

「異星のテクノロジーですか」

「商品価値はあるのか？」

「軍事的利用価値も未知数だろう？」

「病原菌は？」

「放射能は？」

波頭は、地球外星間文明のものと思われる球体について各省庁の事務官にまでブリーフィングしてしまうのは時期尚早ではないかと反対したのだが、木谷が「構わんから話せ」と命じたのである。

「波頭」

最前列の木谷が聞いた。

「我が方の哨戒機は、球体の周りにどれだけ張り付いていられるのだ？」

「はい」

壇上の波頭少佐は、国防総省から伝送されてきたメッセージのプリントアウトを見ながら、

「総理。球体を発見したＰ３Ｃの燃料はあと二時間。一時間半たったら、硫黄島の空軍基地へ向かって給油しなくてはなりません」

「哨戒機の応援は？」

「Ｐ３Ｃ二機が、とりあえず応援に向かっています。しかしこの海域を完全に制圧するには、空母機動部隊が必要です。先ほど申しました通り、空母〈赤城〉と護衛の駆逐艦二隻、それに浦賀水道を通過して南下中のイージス巡洋艦〈新緑〉が合流し父島

海域へ急行します」

「機動部隊は、〈赤城〉のほかイージス艦と駆逐艦二隻か……浦賀水道を敵にふさがれたのは痛かったな――」

浦賀水道をふさいでいる爆発炎上中の巡洋艦〈富士〉とコンテナ船は、〈富士〉の火薬庫が大爆発寸前の状態にあるため消防艇が近づけず、自然鎮火を待っていたら明日の夕方まで処理にかかることができそうになかった。

「東日本の艦隊は？」

「は。衛星からの情報では、東日本海軍の主力艦隊は銚子《ちょうし》のはるか沖を全速で南下中です」

「陣容は？」

「は」

波頭が説明しようとすると、

「ちょっと待ってくれ波頭少佐」

後ろの方で財務事務次官が手を上げた。

「波頭少佐、分析も結構だが、その〈黒い球体〉とやらは本当にそんな危険なものなのかね？　単なる隕石《いんせき》のでかいやつじゃないのか？」

「人工物体であることは、明らかです」

「その〈球体〉の、割れている開口部から何が出ていったのか、判明しているのか？」

「わかっていません」

「危険危険というが、どのように危険なのかね？」

「それもわかりません」

「何もわからんのでは、それが本当に脅威なのかどうかも、さっきみんなが言っていたように〈東〉がそれを手に入れたところで軍事的アドバンテージを手に入れることのできるものなのかも、わからんのではないかね？」

「たしかにおっしゃる通りですが――」

「波頭少佐。私も近代的な教育を受けている。地球以外に高度知性体の文明が存在していないなどと断言はしない。たぶんここにいるみんなもそうだ。私たちの世代は君の言うことを大筋では信じられる者たちばかりだ。私自身も〈東大ＳＦ天文クラブ〉にいたことがある。女の子が嫌がって合コンに来てくれないから、すぐに抜けたけれどね」

財務事務次官はこほんと咳ばらいして、

「だがだ、正体も、脅威の程度もわからないでかい隕石みたいなやつをめぐって、〈東〉と開戦寸前にまでなって争う必要があるのかね？」

「財務事務次官」

波頭は最前列の木谷をちらりと見て、了解をとると、

「事実ありのままを申しましょう。政府事務方のみなさんはあまり危機感をお持ちでないが、国家安全保障局の収集している情報によると、現在隣の東日本共和国の経済状態はかなり逼迫《ひっぱく》しております。これも山多田大三《やまただだいぞう》の率いる東日本平等党の支配によるものです。

ご覧ください」

波頭は演壇の卓上コンピュータを操作して、プロジェクターに東日本の経済状態に関するデータを次々に投影した。

「東日本共和国の人口は、現在６２００万人。このうち平等党役員と呼ばれるエリート階層が家族をふくめて２００万人。残り６０００万人は一般国民、あるいは〈番号国民〉と呼ばれる労働者階級です。一般国民６０００万の内訳は、農民が２０００万人、工員が２０００万人、そして兵隊２０００万人で、例外はありません。東日本平等党は、一般国民の反乱を恐れて彼らに高等教育を一切していません。十年くらい前までは漢字も教えていたのですが最近は教えなくなりました。社会科の授業もないので資本主義と共産主義の違いも知りません。東日本の子供たちが教わるのは、ひらがなとカタカナと、たし算とひき算とかけ算、それに山多田大三がいかに偉いか、ということだけです」

「割り算は、教えないのかね？」

「教えません」

　波頭は頭を振った。

「一般国民に割り算を教えてしまうと、収穫した農産物の一人当たりの分配率などを、計算してしまう者が出ます。すると絶対平等が売り物の東日本共和国で、平等党役員２００万人だけが驚くほど不当にたくさんの分け前をせしめていることが、ばれてしまうからです。もっともそんな計算しなくても平等党役員とその家族は、東日本じゃ誰が見ても貴族階級ですけれど。おかげで数学や英語や理科を習えるのは平等党役員の子弟に限られ、その数は一学年数千人にもなりません。大卒の技術者は猛烈に不足し、技術が進まないので産業はわが西日本帝国の三十年前の生産レベルにも劣ります。

　こちらのデータをご覧ください。このグラフは今年一年の、東日本の米の収穫高です。夏の冷害のため稲はほとんど全滅です。国営農場の農民にやる気がなくて、冷害対策を何もしなかったのです。どうせ頑張って米を作っても、収穫は全部国が取りあげて、自分たちにはくず米しか回ってこないのです。それでも米と名のつくものを食べられた去年まではまだ良かった。今年は米不足なのに東日本の通貨〈平等ルーブル〉をどこの国も受け取らなくて、タイからも米の輸出を断られ、一般国民はもう、とうもろこしの粉をふかしたやつしか口にしていないのです。

　それに加えて、東日本共和国には大きなガンが存在します。みなさん御存じの〈ネオ・ソビエト〉一派です。もともと東日本共和国は、太平洋一年戦争終結後のわが日本の経済的混乱に乗じ、当時の旧ソ連が東北北陸地方の労働運動家を陰から煽動《せんどう》して武器を与え、革命を起こさせて建国させた国家です。旧ソ連が崩壊してロシア共和国に変わる時、モスクワの共産党支配階級は彼らが陰から支配していた東日本共和国の暫定首都新潟へ逃げ延びました。東日本が宇宙空母などという大それた代物を保有しているのは、ソ連の崩壊直前に〈ネオ・ソビエト〉の一派が持ちこんだからです。宇宙空母一隻と攻撃型シャトル二隻は東日本人には一切さわらせないで、彼ら〈ネオ・ソビエト〉が維持管理しています。でも維持にかかる莫大《ばくだい》な費用は東日本持ちです。数基残っている偵察衛星も同様です。東日本も国産で衛星を開発しようとしましたが、結局カメラやセンサーの精度が悪く、自国民の隠し田を摘発するくらいの役にしか立ちませんでした」

　波頭は、東日本と事を構える覚悟を対策室の全員に持ってもらおうと、東日本の実情をさらに詳しく説明した。

「これをご覧ください。この一覧表は、〈ネオ・ソビエト〉の保有する衛星やシャトルの製造年月日です。実はみなさん、〈ネオ・ソビエト〉の持ちこんだシャトルや衛星などの宇宙兵器は、そろそろ耐用限界に近づいているのです。我が帝国空軍は衛星高度迎撃戦闘機を硫黄島の基地に配備して、宇宙空母などの領空侵犯に対抗すべく備えています。しかし衛星高度戦隊のスクランブル発進はこのところ急激に回数が減り、暇になってきています。彼らの、〈平等の星〉と名づけられている宇宙空母——武装宇宙ステーションは、実はパーツの不足と推進剤の不足、燃料電池の損耗でほとんどもう稼働できないのです。本日早朝、地球静止軌道外を通りかかった星間文明の飛翔《ひしょう》体と〈黒い球体〉を核爆発で無理やり足止めし、捕獲しようと追い回した飛行は〈平等の星〉のなけなしの最後の出動と見てもよいかも知れません。宇宙ステーションは、地上に降りてきて整備を受けることができません。ずっと軌道上に浮きっぱなしで、要員をシャトルで交代させながら維持しなくてはなりません。浮いているだけで金がかかるのです。ですがもう宇宙ステーションを浮かせておく資材も金もありません。東日本共和国は、ＧＮＰの実に60パーセントを軍事費に使っていますが、津軽半島のシャトルの発射基地の予算と宇宙ステーションの予算がその軍事費の半分を占めます。ちなみにＧＮＰの残り40パーセントのうち30パーセントが〈ネオ・ソビエト〉と平等党幹部の食費と生活費、最後の10パーセントで６０００万人の一般国民が食べています。〈ネオ・ソビエト〉一派は新潟の豪華ホテルに逗留《とうりゅう》していて、毎晩晩餐《ばんさん》会を開いてモスクワ時代と変わらない生活をしているらしいのですが、彼らが毎日食べるキャビア代だけで6000万の一般国民の一年分の食費の三倍もかかるのだそうです。東日本はもう限界なのです」

「波頭少佐」

厚労省の事務官が聞いた。

「〈ネオ・ソビエト〉の保有する宇宙兵器の耐用年限が来るのなら、彼らをそのまま放っておけばいいのではないのかね？」

「いいえ」

波頭は頭を振った。

「東日本と〈ネオ・ソビエト〉は、このままではジリ貧です。偵察衛星が使えなくなる前に、彼らはわが西日本に対して、何らかの軍事行動を取る——つまり完全に劣勢になる前に攻めてくる、というのがもっとも確率の高い選択肢です。もともと彼らは新潟を〈暫定首都〉と呼んでおり、いずれは西日本を『解放』して——つまり攻めおとして征服し、この西東京を彼らの新しい首都とするつもりなのです」

ううむ
ううむ——

考えこむ対策室の面々を見渡しながら、波頭は続ける。

「みなさん、どちらにせよ、東日本は攻め込んできたのです。しかもこれまでは戦えば負けるのがわかっていたのに、今回は地球外星間文明のものらしい巨大な人工の黒い球体を宇宙からはたきおとすのに成功した。実際問題として、〈球体〉の中に利用できるテクノロジーなんてなくたっていいのです。要は東日本と〈ネオ・ソビエト〉が星間文明の球体を手にした、その事実だけあれば、世界に対して優位に立てるのです。〈東〉が攻めてくるとすれば、彼らにとって今以上の好機はないのです」

東日本共和国　暫定首都新潟
統合軍令部作戦室

「山多田先生、先ほどから西日本の外務省が、『ホットラインの回線をオープンせよ』と強く要求してきておりますが」

通信参謀が最高作戦会議室へ入って来て報告した。

「ちょっと待て！」

奥にふんぞり返る大三の代わりに、加藤田《かとうだ》官房第一書記が怒鳴った。

「今、これまでの戦果を確認しているところだ。確実に優位に戦線を進められるとわかるまで宣戦布告はしない。まだ待たせておけ」

「はっ」

宣戦布告をずるずる伸ばして西日本の反撃開始をなるべく遅らせる、というのが最高作戦会議の方針であった。その間、こちらからしかけた浦賀水道の対艦攻撃については演習中の戦闘機があやまってコースを外れ、西日本艦隊を標的艦と勘違いして攻撃した、戦艦〈大和《やまと》〉の襲撃は一部の国を愛する過激分子がバジャーを盗んで勝手にやったテロ行為だと、西日本政府には通告し続けていた。

「しかし加藤田第一書記、このような嘘《うそ》がいつまでも通用するわけがありません。ここは早めに西日本の総理大臣と電話で話し、こちらが優勢なうちに講和を持ちかけられては——」

白い軍服の海軍大臣が言った。

「何だとっ？」

加藤田要《かなめ》が言う前に、陸軍大臣が怒鳴った。

「海軍大臣！　貴様は今このとき共和国全兵士が西日本解放に燃えているというのに、戦いをやめて講和しろというのかっ？」

暗緑色の軍服に軍刀を持った陸軍大臣は戦車隊指揮官の出身で旧ソ連に留学しており、ソ連の全盛時代にT72戦車が周辺の衛星諸国を次々にじゅうりんして有無を言わさず従わせているところを散々見てきた骨の髄からの戦略型陸軍軍人であった。

「この不適国民が！　貴様には愛国心がないのかっ！」

「そうは言うが陸軍大臣」

　海軍大臣は大臣就任前は艦隊司令官で、世界中の港に寄港して広く外の世界を見てきた海の男だった。

「私は愛国心から言っているのだ。わが軍の戦力では、それは最初の二、三日は大いに暴れて見せよう。しかし一週間二週間の戦いとなるとわからん。有利なうちに講和して、よい条件で平和条約を結び、経済交流を活発化させて国を救うのだ。今の我が国にはそれしかない」

　海軍大臣は、この最高作戦会議室でそんな本当のことを口に出すのがどれだけ危険かは理解していた。しかし彼が言わないと、誰もこの戦争を止められなくなってしまう。西日本帝国と本気で戦ったら、大敗するのは目に見えている。

「何を言う海軍大臣！」

　陸軍大臣は会議テーブルをぶったたいた。

「我々には、宇宙からたたき落とした星間文明の〈黒い球体〉があるのだぞ」

「陸軍大臣、そんな球体など、本当に役に立つのか、まだ全然わからないではないか！　攻め込むのは時期尚早だ！」

「わが東日本共和国軍は正義と平等の使者、世界の救世主だ！　絶対に負けるわけがない！」

「工業力の差を考えろ」

「そんなものは精神力で克服する！」

「そんなこと言うなら陸軍大臣、西日本の川崎へ出かけて煙突の数でも数えてこい！」

「なっ、何いっ」

陸軍大臣は、顔を真っ赤にして激怒した。

「か、海軍大臣！　貴様はこの俺に、公衆浴場の煙突の数を数えろとぬかすのかっ！」

陸軍大臣は軍刀を抜いた。

ずばりんべら
「許さん。そこへ直れっ！」

海軍大臣は、あわてて「待て」と手で制した。

「そ、そういう意味で言ったんじゃない！」

だが、

「そいつを銃殺しろ」

加藤田要が命じた。

ダダダダダダダダッ

う、うぎゃああああ――――！

最高作戦会議室内で海軍大臣が銃殺された悲鳴は、体育館のように広い統合軍令部作戦室で働く数百人の若い作戦士官たちを震え上がらせるのに十分だった。

「お、おい」

「うん」

ちょうど帰還したＦ７戦闘機の編隊長からの報告を携えて、戦果の評価報告をしに最高作戦会議室へ入ろうとしていた二人の若い作戦士官は、ドアの向こうの銃声にびびってしまった。

「は、入ります――――」

たった今海軍大臣が銃殺されたばかりの最高作戦会議室の中は、東日本にちょっとでも不利な戦果報告など、とても言い出せる雰囲気ではなかった。

ぎろっ

ぎろっ

居並ぶ大臣や高級将校たちに睨《にら》まれ、二人の作戦少尉はびびりながら報告を始めた。

「う、浦賀水道の敵艦隊を攻撃に向かった、第一平等航空隊Ｆ７戦闘機からの戦果報告であります――――」

加藤田要が睨む。

軍刀を持った陸軍大臣がずいっと乗り出す。

山多田大三は一番奥の暗がりで何も言わずにこっちを見ている。表情が読めない。眠っているようにさえ見えた。不気味だ。

作戦少尉は、一人が後ろの壁に浦賀水道の地形図を貼《は》り、一人が評価報告書を読み上げる。

「た、ただ一機生還いたしました、隊長機からの報告によりますと――」

浦賀水道通過中の帝国海軍第一護衛艦隊を〈海衛兵一號〉対艦ミサイルで攻撃したF7戦闘機隊は、ミサイルを発射した直後、西日本のF15Jに二機がやられ、隊長機だけが市街地を低空で飛んで逃げ延びて、先ほど福島県の基地に帰投していた。報告によれば出撃したF7十機のうち三機が技量未熟で自分で海面に激突、四機がF15Jの中距離AAM4ミサイルに撃墜され、残った三機が敵艦隊にミサイルを放っている。ところがミサイルを発射した後、三機はF15Jから逃げるのに精一杯で後ろを振り向く余裕がなく、〈海衛兵一號〉が命中したのかどうか、敵にどのくらいの損害を与えられたのか、確認することができなかった。

「――ええ、戦果でありますが――」

しかし少尉は、この雰囲気の中で『ミサイル三発発射、ただし撃沈したかどうかは

未確認』などという報告をとても言うことができなくて、

「――た、対艦ミサイル三発が、敵艦隊の先頭を行くイージス巡洋艦、二番手の航空巡洋艦、同じく三番手の駆逐艦に命中、これらを轟沈《ごうちん》いたしました！」

少尉はつい、〈最も景気のいい推測〉を口にしてしまった。

おう、おうと最高作戦会議室はざわめいた。だが西日本に精神力で勝つつもりの首脳陣は、三隻撃沈で満足したようには見えなかった。

「おい、Ｆ７は、敵の戦闘機にやられたのか？」

少尉をぎろりと見上げて、陸軍大臣が聞いた。陸軍大臣はたった今、海軍大臣を自動小銃で銃殺したばかりであった。

「は、は、はい！」

少尉はびびった。

「四機がＦ15ＪのＡＡＭ４ミサイル、二機は攻撃成功後にバルカン砲で撃墜されました」

「残り三機は？」

「あ、ええと、あの――」

少尉は陸軍大臣に睨まれ、まさか栄誉ある第一平等航空隊の精鋭が技量未熟で海に突っ込んだなどととても言えなくなってしまった。

「――残り三機は、果敢にもミサイルを抱えたまま敵艦に体当たりした模様であります！」

少尉はつい、陸軍大臣の気に入りそうな嘘をついてしまった。

「ううむ。よし」

陸軍大臣は満足げにうなずき、

「それでは、撃沈は六隻だな？」

「は？」

「三機体当たりしたんだから、合計六隻だな？」

「は、はい、六隻確実です！」

少尉は、早く報告を終わらせてこの妖怪《ようかい》の巣窟《そうくつ》みたいな最高作戦会議室を出たいと、それだけしか考えていなかった。

「敵艦六隻撃沈、うちイージス巡洋艦一、航空巡洋艦二、これらの沈没により浦賀水道は完全に閉塞された模様です！」

少尉は汗をかきながら、景気よく宣言した。

そこへ、〈大和〉を攻撃に向かったバジャー編隊の戦果について評価報告をするため、別の若い作戦士官が入ってきた。

「失礼いたしま――うっ」

室内に漂う異様な空気にけおされて、この若い少尉もバジャー隊長機が『これより〈大和〉に突入する』という入電を最後に連絡を絶った、という報告をありのままにすることができなくなってしまった。

「ほ、報告いたします。バジャー二機は、西日本帝国主義者どもが同胞の乗った旅客機もかえりみず攻撃してくる中を戦艦〈大和〉に向け果敢に接近、ミサイル発射装置に不具合をきたしつつも、これを抱いたまま同艦に肉迫突入、大破炎上させた模様です！」

実際は、〈大和〉艦載機の森高美月の活躍でＭＤ11旅客機は救われ、バジャーの二機のうち一機はイーグルが撃墜、隊長機は〈大和〉主砲の対空三式弾で粉々に消し飛んで〈大和〉に被害は何もなかったのだが、情報の不足と最高作戦会議室の異様なプレッシャーのせいで、ここ新潟では〈大和〉は大破炎上していることになってしまった。

「よろしい」

戦果の評価がまとまると、山多田大三の片腕である加藤田要は会議テーブルから立ち上がった。

「山多田先生」

要は大三に向かっておじぎしながら、

「これまでの攻撃で、ＡＷＡＣＳ撃墜をはじめ、敵艦六隻による東京湾閉塞、戦艦〈大和〉の大破炎上など、わが軍の戦果は目覚ましいものがあります」

うむ、と奥の暗がりで大三はうなずいた。

「うむ、加藤田第一書記」

「東京湾は、どのくらいの期間、ふさいでおけるのか」

「はい」

「はっ」

要は、壁際に立っている作戦士官たちを振り向いた。

「お前たち、閉塞についての分析はしたかっ？」

すると三人のうち一番先輩の少尉が、ちょっと震えながら、

「は、はっ——、う、浦賀水道に軍艦六隻が沈んでいるのですから、やつらがどんなに急いでサルベージしても、向こう一か月は艦船の通行ができないでありましょう」

少尉は早くこの部屋を出たい一心で、要が気に入るような推測を適当に言い切った。

そして、このやりとりの様子をテーブルの末席に座って見ながら、脂汗を流してブルブル震えている男がもう一人いた。

先任作戦参謀である。

（ど、どうすればいいんだ……！）

はげ頭の先任参謀は、まさか〈黒い球体〉を回収に向かった巡洋艦〈明るい農村〉が、いまだに音信不通でどうなっているのかわからないなどと、とても言えなくなっていた。

要は少尉たちに「うむ」とうなずき、

「先任参謀！」

「！」

先任参謀は、呼ばれて飛び上がるような思いだった。

「はっ、はっはい！」

「〈黒い球体〉の回収は？」

「は、はっ」

先任参謀ははげ頭から脂汗を滴らせながら立ち上がり、直立不動で、

「ご心配は、何もいりません。巡洋艦〈明るい農村〉は、〈球体〉を曳航《えいこう》しながら現在順調に北上中です。明日の夕方には、急行中の我が主力艦隊に会合できるでありましょう！」

先任参謀はこうなったら、嘘をつき通すしかなかった。

「よし」

要は満足したようだった。

「山多田先生、お聞きの通り、もはや西日本の艦隊はほとんど脅威ではありません。横須賀の残存艦隊は出て来れず、空母〈赤城〉と護衛の駆逐艦二隻だけが当面の勢力ということになります。わが主力艦隊はこれを軽く撃破して、父島へ向かえるでしょう。戦艦〈大和〉はもはや使い物にならず、広い洋上まではF15J戦闘機も進出できません。〈黒い球体〉のテクノロジーは、これで完全に我が物です」

要は奥の大三に最敬礼しながら、

「我が軍の優勢は、確定となりました。そろそろホットラインで、宣戦布告と参りましょう」

坊ノ岬沖高度千フィート

戦艦〈大和〉の放った対空三式弾は、まるでディズニーランドが夜に打ち上げる花火の一か月分を一度に全部点火したかのような盛大さで夜空に花開き、南九州の上空を超大型の照明弾みたいにたっぷり三十秒間も照らし続けた。

それを見上げながらものすごく悔しがっている女性戦闘機パイロットがいた。

「あっ、あたしの獲物なのにっ！」

オーロラか花火みたいに真っ赤に発光している夜空を見上げて、ふらふらのシーハリアーのコクピットで彼女は歯がみして悔しがっていた。

「せっかくここまで追ってきたのに！」

　森高美月である。

「少尉、あれが対空三式弾ですか――初めて見ました」

「バジャー一機をあんなばかでかい散弾銃でやっつけるなんて、ぜんぜん芸がないわっ！」

「それより少尉」

　後席で緊急用チェックリストを手にした迎准尉が言う。

「もうハイドロ（油圧系統）が駄目です。このハリアーは反動コントロールシステムがあるからなんとか姿勢制御はできますけれど、三舵の舵面はもうすぐ動かなくなりますよ」

　シーハリアーは補助翼、昇降舵、方向舵などの空力舵面の効かない低速でホヴァリングする時のために、左右の主翼端から高圧空気を噴射して姿勢制御をする反動コントロールシステムを持っている。このおかげで着陸脚から油圧が漏れて操縦舵面が動かせなくなっても、何とかコントロールを保って空中に浮いていられるのであった。

「燃料は？」

「あと二十分です。帰還ぎりぎり」

「ったくもう！」

その森高機の、さらに沖合5マイル。

ヒュイイイイン――

バジャーから逃れて音速急降下を敢行したMD11旅客機は、今にもエンジンが止まりかけているのに、まだ緊急着陸していなかった。

「昇降舵がコントロールできんっ！」

MD11は操縦系統にトラブルが発生し、コントロール不能に陥っていたのである。

「キャプテン！　昇降舵自動制御が三系統とも駄目です！」

副操縦士が叫んだ。

「もう燃料もありません！　ナンバー1、2、3、エンジン三基とも全部停止しましたっ！」

設計強度を超える戦闘機並みのマニューバー（機動）をかけたために、MD11の弱点といわれる昇降舵制御コンピュータが荷重に耐えられず、三系統ともダウンしてしまったのだ。このマクダネル・ダグラスの最新鋭ワイドボディー旅客機は旧型のDC10を数百か所改良して造られたのだが、その際、巡航中の抵抗を減らすために水平尾翼の面積を大幅に削っていた。水平尾翼とそれに付いた昇降舵は飛行機を操縦する上で命綱のように大事な舵である。小さくなった水平尾翼では、手動操縦でこの大きなジェット旅客機を安定させることがとてもできない。そのため昇降舵制御コンピュータが操縦桿と昇降舵の間に仲介に入って、微妙なコントロールをすることで機体を安定させていた。万一の故障に備えて制御コンピュータは三重に装備されていたのだが、ダグラス社の設計チームはＭＤ11が爆撃機から逃げるために戦闘機並みの急降下をすることまでは予測の範囲に入れていなかった。

「駄目だ、着水しよう！」

空中を波打つような、猛烈な上下運動をくり返すＭＤ11を、機長は何とか坊ノ岬沖の海面に着水させた。

バッシャーン！

その客室内では、チーフパーサーの美城千秋《みしろちあき》が、三半規管が機能喪失したようなふらふらの状態になりながらも乗客をライフラフト（救命筏《いかだ》）へ乗り移らせるため必死に叫んでいた。

「だっ、だいじょうぶ！　落ち着いて、落ち着いてっ！」

坊ノ岬の海は潮流が強くてうねっており、着水したＭＤ11は機体が海面に停止した後も上下に激しくピッチングし、客室の床はまるで西武園ゆうえんちのフライングパイレーツのようであった。

きゃあああ！

うわあああ！

「落ち着いてみなさんっ！　飛行機は二十分間沈みません！」

乗客を大声で静めながら、千秋は非常脱出ドアの開放モードが〈ＡＵＴＯ〉になっているのを確認する。動力の切れた機内はクリスマス用豆電球のような非常灯が天井と床にところどころ点《つ》いているだけで、映画館に入った直後みたいに暗かった。

（他のクルーの子たち、ちゃんとやってるかしら！）

彼女より年下のアテンダントたちは、それぞれの担当ドアをちゃんと開けにかかっているだろうか？　立ち上がってドアに殺到してくる乗客にさえぎられ、その上暗いので自分の担当セクションのコンパートメント以外の様子はまったくわからなかった。

「えいっ」

千秋は両腕に力をこめ、ドアの非常開放レバーを思いっきり押し上げた。

バシューッ

エマージェンシー・ニューマチックパワーの高圧空気が噴出する音とともに、ＭＤ11の左側一番ドアは天井に向かって開放された。

うわあああっ！

「ま、待って！　ちょっと待ってっ！」
乗客の神経も、限界を超えていたのだった。
どんっ
「お、押さないで順番に——きゃあっ！」
うおおおお！
どんっ
どんどんっ
「きゃああっ！」
ライフラフトに殺到する群衆にはじき飛ばされた千秋は、西日本帝国航空キャビンアテンダントの制服の上にライフベストをかぶった格好のまま、真っ暗な海の中へ放り出されてしまった。
ざぼーんっ
た、たすけてっ！　と悲鳴を上げても誰も気にするはずもなく、黒い波に呑《の》み込まれながら千秋はＭＤ11の機体からどんどん流されて離れていった。
「助けて！　誰かっ！」
千秋は手を伸ばす。だが、左右八か所の非常脱出ドアから黄色い長方形の強化ゴム製ライフラフトを展張させたＭＤ11の機体は、波の間に次第に見えなくなっていく。

「助けてぇっ」

潮流が強くて、千秋の身体はどんどん流されていく。機体に向かって泳ごうともがいたが、ＭＤ11の第二エンジンを装着した特徴ある垂直尾翼はたちまち波に隠れ、視界から消えてしまった。

「誰か――そんな……」

千秋は夜の海の中に、独りぼっちにされてしまった。

外務省　特別安保対策室

「〈東〉は、まだホットラインの回線をオープンしようとしないのか?」

通信設備が運びこまれ、コンピュータを通した秘話回路の準備も録音の用意もすっかり整った安保対策室の最前列で、木谷が文句を言う。

「総理。あと『三分待て』という電文が届きました」

外務省のアジア担当スタッフがテレックスを持ってきた。

「三分で、〈東〉の首脳が直接通話に応じるそうです」

「敵は、正式な宣戦布告を引き伸ばすつもりです。時間稼ぎですよ」

波頭が腕組みをして言う。

「我が西日本帝国は民主主義の国ですから、戦争するとしても先制攻撃はしません。やつらはそのことを利用するつもりです」

東日本共和国　暫定首都新潟
統合軍令部作戦室

「加藤田第一書記」

珍しく山多田大三が口を開いた。

最高作戦会議室の会議テーブルでは、西日本側とのホットラインをオープンするため、通信将校たちがマイクと秘話回線用コンピュータをセットしている。だが、なぜかマイクは山多田大三ではなく、官房第一書記の加藤田要の前に置かれた。

「は」

「わかっておろうな」

「はっ」

要はテーブルの上に置いたマイクに向かいながら、大三に威儀を正した。

「わかっております山多田先生。なるべく時間を引き伸ばします」

外務省　特別安保対策室

「東日本、新潟が出ました」

ヘッドセットをかけて、録音コンピュータをスタートさせながら外務省スタッフがキューを出す。

木谷はうなずいて、

「ごほん」

マイクに向かって話しかけた。

「こちらは西日本帝国・内閣総理大臣、木谷信一郎です」

『あー』

スピーカーから、ひび割れたうざったそうな声が返ってきた。

「おい、音質悪いじゃないか」

波頭が小声でスタッフに文句を言う。

「向こうのデコーディング・コンピュータが性能悪いんです」

ヘッドセットの耳を押さえながら外務省スタッフが言い返す。

『あー、こちらは東日本共和国、平等党官房第一書記加藤田要である。山多田大三先生は世界で一番偉いので他国の元首と対等には話されない。本官がそちらの話を山多田先生に上奏し、お答えをうかがって下達する』

「か、下達だって？」

　迎秘書官が憤然とするが、

「山多田大三平等党委員長は、そこにおられるのか？」

　木谷は顔色を変えずに聞く。この程度の無礼は、東日本を相手に交渉するなら今に始まったことではなかった。

『そんなことはどうでもよい。そちらは用件だけを話せばよい。この世界の平等と平和を願う東日本共和国に対し、お前たち帝国主義者どもはまた何の言いがかりをつけようというのか。迷惑至極である！』

　スピーカーの向こうで加藤田要は偉そうに吠《ほ》えた。

「総理、相手にしてたら時間の無駄です」

　波頭が木谷に耳打ちする。

　木谷は「わかってる」と口で答える。

「加藤田第一書記、手っ取り早く交渉に入ろう」

『交渉？　何の交渉だ。お前たち西日本帝国は、本来わが偉大な指導者・山多田大三先生が統治すべき日本列島の半分を、不法に占拠している。即刻帝国政府を解散し、世界で一番正しい山多田先生の統治下に入るべきである。それ以外にお前たちがすべきことはない。そもそも、世界で一番正しい我が平等党は東日本平等解放戦争の輝かしき前進と勝利の中に、世界で一番正しくて偉い山多田大三先生のご指導のもとに誕生し――』

放っておけばいつまででもしゃべっていそうな要をさえぎり、

「山多田大三。そこにいて聞いているか？〈黒い球体〉は我々が確保したぞ」

木谷はそれだけ言った。

すると、

『――――』

突然スピーカーの向こうが、しんとなった。

木谷は相手の反応を待った。

『――――』

「総理。向こうのマイクが一時的に切られています」

「いい。こちらの声は届くのか？」

「届きます」

「よし」

木谷はマイクに向かって、一方的に通告した。

「おい聞いているか？　こちらの対潜哨戒機が〈球体〉を発見して制圧した。間もなく艦隊も到着する。〈球体〉はしかるべく国連管理にされるだろう。お前たちに勝ち目はないぞ。即刻すべての侵略軍事活動を中止して退却しろ。こちらが言うのはそれだけだ。聞こえたら返事をしろ」

　ようやく新潟が答えてきた。

『そんなことは、嘘だ！　神聖なホットラインで嘘をつくとは何というひどい指導者だ！』

「〈明るい農村〉という巡洋艦を〈球体〉の回収任務に差し向けただろう？　だが〈明るい農村〉は現在、音信を絶って漂流中だ。数時間前にこちらの救難ヘリが発見している。嘘だと思ったら巡洋艦を呼び出してみろ」

　毅然《きぜん》とした態度で交渉をする木谷の背中を波頭が腕組みして見ていると、国家安全保障局の若いスタッフが息を切らせて駆け寄ってきた。

「波頭少佐、大変です！」

「どうした、今取りこみ中だぞ」

「常磐《じょうばん》沖で駆逐艦が一隻、沈没しました！」

「何だと！」

　保障局のスタッフと波頭は、小声で言い合った。

「潜水艦〈さつましらなみ〉を救助するため、海軍の駆逐艦〈瑞穂《みずほ》〉がDSRV（深海救助艇）を積んで牡鹿《おしか》半島へ向け急行中でしたが」

「〈瑞穂〉が、沈んだと言うのかっ？」

「さきほど常磐海岸の沖で突然、沈没救難信号を出して連絡を絶ちましたっ！」

東日本共和国　暫定首都新潟
統合軍令部作戦室

「そんなことは嘘です！　帝国主義者の嘘に決まっていますっ！」

最高作戦会議室では、先任作戦参謀がはげ頭から汗を飛び散らせてわめいていた。

「〈球体〉は我が方の巡洋艦が確保しているはずですっ」

その最高会議室の外、数百名の作戦士官が働く広大な軍令部作戦室では、平等党警護隊との連絡を受け持つ通信士官が、耳にかけたヘッドフォンを押さえながら叫び声を上げた。

「おいっ、どうした？　もう一度言え！〈赤い星24〉、何が起きたっ？」

大声に驚いた周りの若い将校たちが、通信士官の席に集まってきた。

「どうしたんだっ」

「何が起きたっ？」

通信士官は、国賊にされてしまった水無月是清《みなづきこれきよ》を戦車隊に放りこむため常磐海岸の陸軍Ａ８野戦補給ポイントへ向かった平等党警護隊のミル24ヘリコプターから緊急通報を受けていたのだった。

「駄目だ、通信が切れた」

通信士官はヘッドフォンを外して頭を振った。

「どうしたのだ？」

「国賊水無月を護送して太平洋岸へ向かっていたヘリコプターから、緊急通報が入ったんだ」

通信士官は、唐突に途切れてしまったヘリからの報告を確かめようと、交信を記録しているテープを巻き戻した。

キュルルル――

「みんな聞いてくれ」

カチッ
『――ものすごく大きい、陸岸に向かっている！』

スピーカーから出たのは、操縦士の叫び声だった。

「これは途中だ。頭に戻す」

キュルル
「ここだ、聞いてくれ」

カチッ
『こちら警護隊〈赤い星24〉だ。常磐海岸の沖約10キロの海上をホヴァリング中。沖の方から何かが来る。霧でよく見えない……霧の中の海中を、巨大な何かが——ものすごく大きい、陸岸に向かっている！　光ってるぞ。何だこれは！　駄目だ上がれ上がれ！　上昇して逃げ——うっ、うわあっ』

テープの最後は、悲鳴と爆発音だった。

『うわあーっ！　ドシャーンッ！』

作戦士官たちは、顔を見あわせた。

通信士官はみんなを見まわして、

「——どう思う？」

作戦士官の一人が眉にしわを寄せた。

「沖の方から、海霧にまぎれて巨大な何かが、か——」

「巨大な何か——」

もう一人が言った。

「――ひょっとして、揚陸艦じゃないか？　光っていたのはサーチライトか……」

「西日本の強襲揚陸艦？」

「そうだ」

「うむ。敵の大規模な上陸部隊かも知れないぞ」

士官たちは、急いで作戦室中央の日本列島立体模型地図のまわりへ走ると、紙粘土でできた戦略地形図をのぞき込んだ。

「これを見ろ」

一番先輩の中尉が、戦車隊を示すコマが置かれた常磐海岸を指さした。

「今ヘリが連絡を絶った常磐海岸には、利根《とね》川渡河作戦へ向かう我が平等第一師団の精鋭戦車部隊八十両が補給を行っており、まもなく出撃するところだ！」

確かに地形図の上には、黒い戦車のコマが置かれ、補給中であることを示す黄色い旗が立っていた。水無月是清が放りこまれた、機械化平等第一師団である。

「うむ――Ａ８ポイントの砂浜に今上陸攻撃をかければ、利根川へ向かう我が戦車部隊を側面から叩けるわけだな」

「なるほど」

「海に霧が出ているなら、都合よく陸岸に接近できる」

「戦車隊も、まさか海の沖の方まで見張ってはいない。銚子から北の制海権は我が方にあるのだからな」

「光っていたのはサーチライトで、ヘリは敵に見つかってSAMの餌食《えじき》になったわけか――」

「そう考えるのが妥当かもな」

「しかしいったいどうやって、揚陸艦隊を送り込んだんだ？〈ネオ・ソビエト〉の衛星も、そんな動きは察知していなかったぞ」

「そのことは今はいい。とにかく早く通報しなければ、戦車隊が攻撃されるぞ！」

「そうだ。山多田先生にご報告しろ！」

若い士官たちは、だだだっと駆け散って行った。

最高作戦会議室の中では、先任作戦参謀が今にも殺されかかっていた。

「ひっ、ひいいっ！　お許しを！」

「先任参謀。『山多田先生に嘘をついた罪』はどんな刑に処されるか、知らないわけではあるまい！」

加藤田要が、つながったままのホットラインのマイクを一時ＯＦＦにして、はげ頭の参謀を怒鳴りつけていた。

「陸軍大臣、やれ！」

「は！」

陸軍大臣が立ち上がり、軍刀を抜いた。

ずばりんべら
「この不適国民め！　自動小銃なんかで楽に死ねると思うなよ！」

「ひっ、ひいいいい！」

そこへ、

「大変ですっ！」

若い作戦士官が駆け込んできた。若い少尉は最高会議室の異様な雰囲気も目に入らぬ様子で、大声で報告した。

「ご報告いたします！　常磐海岸の戦車部隊補給ポイントへ、敵上陸部隊が海から襲って参りました！」

7.〈レヴァイアサン〉が来る

＊木谷《きたに》首相がホットラインで交渉に入ろうとしたまさにその時、地球に降臨した〈異変の正体〉は姿を現わした。

東日本陸軍の戦車隊が集結している常磐《じょうばん》海岸に、巨大な何ものかが上陸しようとしている。それは全面戦争の危機にある東西日本にとって、最悪のタイミングであった。

父島東方三十キロ
帝国海軍P3C哨戒機

キイイイン

Ｐ３Ｃオライオンは、月明かりの洋上に島のように盛り上がった〈黒い球体〉の周囲を、低空で旋回していた。

巨大な〈球体〉は、月の光を全く反射せず、黒く塗りつぶした影のようだったが、

「機長、見てください」

副操縦士が〈球体〉の側面に開いた、金魚鉢が割れたような開口部を指さした。

「開口部から、かすかに光が出ていませんか？」

「何？」

二人の操縦士が窓から見ると、確かに〈球体〉の開口部、空洞になっているらしい内部からぼうっと赤い光が漏れている。

「ううむ、空洞の内側の表面が、発光しているようにも見えるな……」

『機長』

インターフォンで戦術航空士が呼んできた。

『念のため投下した探査プローブの分析が出ました。やはり放射能があります。あの開口部には、近づかないでください』

「わかった」

機長はバンクをゆるめ、〈球体〉の周囲を旋回する半径を広くした。ぼうっと赤く光っている開口部からは、自然のバックグラウンドよりもかなり強い放射線が出ているのだった。

「いったい――この中に、何が入っていたんだ……？」

常磐海岸Ａ８補給ポイント
機械化平等第一師団　戦車隊

ドルンドルンドルン
ドルンドルンドルンドルン
海からの霧が、ますます濃くなってきた常磐海岸砂浜のＡ８補給ポイント。
ここでは八十両の旧ソ連製Ｔ80突撃戦車が、砲弾と燃料の積み込みを終えて出発しようとしていた。

『ザー。第一中隊一号車、聞こえるか？』

水無月是清《みなづきこれきよ》の防音ヘルメットのレシーバーに、大隊長の声が入った。

「こちら一号車」

砲塔上部のハッチから上半身を出した是清は、首から下げたマイクに答える。すっかり戦車兵の戦闘服に着替えさせられ、東日本陸軍のエリートの証《あかし》であった情報部特務将校の徽章《きしょう》などは残らずはぎ取られてしまっていた。

「聞こえます。送れ」

『ザー。進軍はお前の戦車が先頭だ。これより利根《とね》川を渡り帝国主義者どもの国をじゅうりんしきるまで、お前は先頭に立って死ぬ気で戦え。よいな。では進め』

是清は、ため息をついた。

「水無月大尉、逆らっちゃだめですよ」

下から運転士の若い軍曹が小声で言った。

わかったよ、と是清は答え、

「了解、国家のために死ぬ気で前進いたします。では発車！」

是清が答えると、運転士がブレーキを外し、ギアを〈両側前進〉に入れた。

ドルルルッ

９００馬力の液冷ディーゼルエンジンのパワーが左右のキャタピラを勢いよく回転させた。Ｔ80は、砂を蹴立《けた》てて前進を始めた。

是清が第一中隊一号戦車の車長にさせられ、補給中のその戦車へ来てみると、似たような境遇の者ばかりが集められていることがわかった。

「なあ、二宮《にのみや》」

是清は、砲塔の下に顔を出しているまだ少年のような運転士に声をかけた。

「しっ、駄目ですよ水無月大尉。私は国民〈『そ』の２８８４５６７７号〉です」

「いいよ。俺《おれ》は君たち一般国民を、〈国民番号〉なんかで呼びたくないよ」

是清は、

「なあ、二宮も、射撃手の竹井《たけい》も給弾手の山上《やまがみ》も、みんな生まれた時に親からつけてもらった名前があるだろう？　せめてこの戦車の中では、おたがい本当の名前で呼ぼうじゃないか」

すると、

「うううう」

是清の足元の車内で、Ｄ81ＴＭ型１２０ミリ滑腔砲に徹甲弾を詰めていた竹井射撃手と山上給弾手が涙を流して感激した。

「な、名前で呼ぼうだなんて！」

「今度の水無月車長は、なんてお優しい方なんだ！」

「ううううう」

「おいおい」

一号戦車は是清の他に三名の乗員がいた。三人とも、先頭の車両に乗り込まされているのは理由があった。

運転士の二宮平吉軍曹は、こっそり漢字を勉強していたことがばれて、司令部付き特殊車両運転士からこの最も危険な戦車隊第一中隊一号車に飛ばされたのだった。射撃手の竹井曹長は小さい頃《ころ》に親からこっそり割り算を教わっていたが、配給の煙草《たばこ》をみんなに分配する時にうっかり将校の前で割り算ができるところを見せてしまった。給弾手の山上伍長《ごちょう》などは、東東京の四ツ谷ゲート警備隊という重要な任務についていたのだが、ある日うっかり双眼鏡で西東京の新宿アルタの壁面巨大ＴＶを見てしまい、ＣＭで唐沢寿明《からさわとしあき》が女の子とキスしているのを見て興奮し、「おい、来て見ろキスしとるぞ」と仲間を呼ぼうとしたところを将校に見つかった。東日本では、西側の民放ＴＶを一分でも見た者は銃殺なのだが、山上はＣＭを十秒見ただけだったので銃殺はまぬがれた。しかし戦車隊の先頭車両に乗り込まされたのでは、結果は同じようななものだった。

第一中隊一号車の乗員たちは、是清もふくめて全員が、先頭を切って敵に突っ込み死ぬことを期待されているのだった。

ドルルルル
ドルルル
戦車隊は、是清たちの一号車を先頭にして、海岸の砂浜から平等常磐国道へ向かう。

「おい、君たちはみんなあきらめているのかも知れないが、俺たちが必ず死ぬと決まったわけではないんだぞ」

是清は、自分よりも若い三人の一般国民兵士を励ました。

「みんなで力を合わせて、生き残ってやろうじゃないか！」

農林大臣をしていた父の血だろうか、是清には部下を元気づけて統率する才能があるのかも知れなかった。

砲塔の下で、竹井と山上が砲弾を脇《わき》に置いて、また「ううううう」と感激した。

「それより、ちょっと待ってください大尉」

「どうした二宮」

「海からの霧が、ものすごく濃くなってきましたよ。何か変じゃないですか？」

ズズズズ――

「それに……何でしょうこの音」

「音――？」

是清は、海岸の方を振り向いた。

ズズズズズ――

「本当だ――何だこの響き、、は……？」

ズズズ

ズゴゴゴゴ――

八十両の戦車が進撃を開始する爆音とは別に、何かこの海岸の大地と海自体が、底の方から震えているような轟《とどろ》きだ。

（――ものすごく大きな山が、自分で移動していたとしたらこんな響きが出るだろうか……）

「大尉、地震でしょうか？」

「わからん。動いている戦車のうえでは、地震が来てもわからんし――」

ズズズズ
ズズズズズズズ――

「――だがこの響きは……津波？　いやまさか」

ボォォォォ
ボボォォォォ――

「何の音だろう二宮」

「わかりません」

海からの灰色がかった霧はますます濃くなり、平等常磐国道へ入ろうとしている是清たちの先頭一号車も、フォグランプを点灯しなければ前が見えなくなってきた。

「くそっ、視界が急に悪くなってきた」

「注意して進め、二宮」

是清はタオルを出して汗をふいた。

「大尉――何だか生温かくないですか？」

「そうだな。もう十二月だというのに――」

海岸の砂浜には、二十両ずつ四個中隊に分かれた機械化平等第一師団のＴ80がまだ大部分、エンジンをかけて出走する順番を待っていた。平等常磐国道は片側一車線なので、戦車隊は一列になって進まなくてはならなかった。

「おい、何だ――？」

隊列の最後につく予定の、第四中隊の二十号車の車長が、灰色の濃い霧を通して海から聞こえてくる〈音〉に耳を澄ました。

ボォォォォ――

「霧笛ではない……何だろう？」

ズズズズズ

海が震えているようなズズズズという轟きとともに、

ピルピルピル――

まるで海に突き出した崖《がけ》の岩肌で無数のカモメかウミネコが鳴いているような声も聞こえてきた。

ピルピルピルピル――

それは戦車隊の兵士たちのはるか頭の上から、霧の中を伝わって聞こえてきた。

「霧がものすごく濃くなっている。このままでは何も見えなくなるぞ」

最後尾を進む予定の二十号車の車長は、前が見えなくて走れなくなるのではないかと、不安になった。

戦車隊を指揮する大隊長の指揮通信車は、最も安全な軍団の中央を進むことになっていた。

窓のない、密閉した装甲車のような指揮通信車の司令席で、大隊長は全戦車からのテレメーターをモニターしながら指示を出していた。

「視界が悪くなっている。各車発進急げ」

『大隊長、こちら二十号車』

「どうした？」

『沖の方から、海鳴りのような地鳴りのような、ものすごい響きが伝わってきます。だんだん近く、強くなってきます』

「何だと？」

『大隊長、これはいったい何でしょうか』

「地鳴りだと――？」

指揮通信車は放射能も入らないよう密閉されていて、外の音は聞こえなかった。

大隊長は、一瞬、敵の上陸部隊が大挙して押し寄せてきている可能性を考えた。無数の上陸用舟艇とホバークラフトが沖から押し寄せてくれば、そんな響きが聞こえるかも知れない。

「二十号車、そこから何か見えるか？」

『何も見えません』

ドルルルル
一号車は舗装された国道に乗った。

（この濃い霧は――）

海霧が発生する原因を、是清は考えてみた。普通、海上にできる濃い霧は、水蒸気が冷たい海面に接触することで凝結し、発生する。どこか海の中で大量の水蒸気が発生していて、それが周囲の冷たい海面に触れて、霧になっているのだ。

「なあ二宮」

是清が運転士に話しかけようとした時、

ドコーン
ドコン
ドコーンン――

「何だ?」

「大尉、爆発音じゃありません。砲撃の音でもない!」

「二宮、止めろ」

二人はそれぞれのハッチから、今自分たちが出てきた海岸の方向を振り返った。

是清も二宮軍曹も、いや、戦車隊の誰《だれ》も、T80戦車が上方からの膨大な圧力でつぶされる音というものを、聞いたことがなかった。

「何が起きてるっ?」

「霧で見えません！」

うわぁぁぁぁあっ――

波打ちぎわに最も近いところにいた第四中隊の戦車のうち十両が、突然霧の中から姿を現わした茶色の膨大な岩壁のようなものに上からつぶされた。

ドコーン！

「何だっ」

「あれは何だっ？」

出走待機中だった第四中隊と第三中隊の戦車の車長たちが砲塔ハッチから乗り出して後ろを見たが、

ズズズズズ

「なっ、何かが来る！」

「ものすごくでかいぞ、何だ――」

ズズズズズズ

「――山か？　山が海から、上がってくるっ！」

海岸へ上陸してくる〈その怪物〉はあまりに巨大だった。高さだけでも西東京の都庁ビルくらいはあった。霧に隠れてほとんど見えないいびつな半球形の頭部は、容積が渋谷の駅からパルコのあるあたり全部を占めるくらいあって、ときどき呼吸するかのように間欠的に青白く発光していた。

ズズズズズズ

しかし海岸の砂浜から見上げる兵士たちには、その全体の姿などとても見えはしなかった。ただ、浅瀬の泥で茶色く汚れてぬめぬめと濡《ぬ》れ光る、膨大な動く崖のようなものが迫ってくるようにしか見えなかった。

「何なんだいったいこれは！」
「わからん！」
「わからん！」

ズリュッ

一本が瀬戸大橋の懸下ケーブルよりも太い、よくしなう長大な触手のようなものが動く崖の下から伸びて、一両のＴ80に当たり、押し上げ、ひっくり返した。

うわぁーっ！

戦車の中にいた乗員たちは、何が起きたのか全くわからなかった。

「海上から攻撃だ！　海上から敵襲を受けている！」

指揮通信車の大隊長は、後方の戦車のテレメーターが次々に黒く沈黙するのを見て、沖合いから上陸部隊が来たか、あるいは艦砲射撃を受けているものと判断した。

「レーダーは、どうなっている？」

「大隊長、変です」

「上陸用舟艇や揚陸艦が映っていないか！」

「そんなものは——これは何だ、いつからこの海岸に岩山が——」

『海から敵が来ている！　全車砲撃せよ！』

大隊長の命令が無線で伝えられた。

『撃て！　海からの敵を撃てっ』

しかし第一中隊、第二中隊の四十両の戦車も、霧で海の方が全く見えず、いったい何を攻撃すればいいのかわからなかった。

『海から上陸部隊が来ている！　赤外線照準を使え！』

東日本のＴ80は旧ソ連お下がりの初期型で、高精度のレーザー照準システムや弾道計算コンピュータは持っていなかった。持っていても、一般国民の戦車兵は割り算もできないのだから使いこなせなかった。しかし霧のような視界の悪い中でも敵を発見して射撃できる赤外線照準装置は備えてあった。

だが、

「赤外線ビジョンが真っ赤だ、何だこれは！」

迫り来る膨大な〈怪物〉が発生させる熱で、赤外線ビジョンの視野はまるで小型の太陽を観測しているみたいだった。

ウィーン

ウィイーン

第一中隊のT80数両が、ようやく迫り来る茶色いぬめぬめした〈崖〉に120ミリ砲の砲口を向けた。

その間にも、第三中隊のT80はじりじり陸に上がってくる怪物に押しつぶされ続けていた。

ドコン

グシャッ

バキッ

指揮通信車の中では、外部監視カメラに写った巨大なわけのわからないぬめぬめした〈崖〉を見た大隊長が、あわてて運転士に命じていた。

「逃げろ！　早く逃げろ、一時撤退だ。急げ！」

だが、ぐらぐら揺れ始めた指揮通信車の司令席に、黒い詰め襟の制服を着た平等党政治士官がやってきて、

「大隊長、撤退は駄目だ！」

偉そうに命令した。

「政治士官、何を言われるのか。見てくれ、波打ちぎわの方から戦車が次々とやられている。敵の姿は見えない。これ以上ここにいたら味方は混乱するばかりだ！」

「駄目だ大隊長」

貫禄《かんろく》のある大隊長よりはるかに若い、西日本ならまだ大学生くらいの歳の平等党政治将校は党の高級幹部の息子で、いざという時に現場の指揮官が反乱を起こしたり、逃げ腰になって退却したりしないように見張るのが役目だった。

「退却は許さない。踏みとどまって戦え」

「しかし政治士官」

早く『砲撃を加えつつ後退』という指示を出さないと、第三中隊は全部つぶされてしまう。

だが

「大隊長。世界で一番強い軍隊はどこだ？」

「う、く、せ、世界で一番強いのは――わが東日本共和国軍です！」

政治士官に『世界で一番強いのは』と聞かれて、こう答えないと指揮官はたちまち逮捕されてしまうのだった。

「では、世界で一番強いのだから、負けるわけがない。戦え」

黒服の政治士官は、懐から自動拳銃《けんじゅう》を抜くと、大隊長のこめかみに押しつけた。

う、う――

唇を噛《か》んでのけぞる大隊長の頭の後ろで、指揮通信システムの放射能警告ランプが赤く点滅し始めた。

ビーッ、ビーッ、ビーッ

「撃て」

「撃てっ」

波打ちぎわから一番遠くにいた第一中隊の四両のT80が、迫り来る〈怪物〉に120ミリ砲を発射した。

ドーン！

ドーン！

ドーン！
120ミリ砲には、利根川で西日本の戦車と衝突することを予想して、対装甲車両用の徹甲弾が装塡《そうてん》してあった。
シュルル
シュルッ
四発の120ミリ砲弾は、300メートルほど向こうの霧に包まれた巨大な〈怪物〉に吸い込まれていった。

――

何の変化もなかった。
「つ、続けて発射だ！」
「う、撃てっ」

ビーッ、ビーッ
「政治士官、外に放射能だ。この戦場は危険だ！」
大隊長は東日本共和国が独立する時から戦車に乗って戦ってきたが、こんなにわけのわからないやられ方は初めてだった。
「何かおかしい！　一時的に戦略的後退をしよう――うわっやめろ」

「この腰抜けめ！」
だが政治士官が引き金を引く直前、
グシャッ
指揮通信車は一瞬にしてつぶれた。

新潟　統合軍令部作戦室

「第一師団、応答せよ。こちら軍令部作戦室。聞こえるか応答せよ」

通信士官の席に若い作戦士官たちが集まって、スピーカーに聞き耳を立てている。

しかし
「第一師団指揮通信車！　こちら新潟軍令部だ。聞こえていたら応答せよ！　おい第一師団、どうしたっ？」

ザー

常磐海岸　Ａ８ポイント

ズズズズズズズ

「何が起きているんだ！」

「大尉、中隊が海の方に向かって砲撃しています！」

二宮が叫んだ。

「敵の上陸部隊に、襲われているのです！」

「馬鹿《ばか》を言うな」

情報部の特務将校だった是清には、西日本がこちらより先に上陸部隊を送って奇襲してくるなどあり得ないとわかっていた。

「竹井！　赤外線ビジョンに何が見える？」

「大尉、——何だこりゃ、円い岩山のような巨大なものが、、、、大量の熱を放散しながら、海から上がってきます！」

大隊長が『海からの敵を攻撃』という命令を出したきり指揮通信車とともに消滅してしまったので、戦車隊は海岸に踏みとどまって戦わなくてはならなかった。濃い灰色の霧と大混乱のために、指揮通信車がやられたことをしばらく誰も気づかなかった。

第二中隊のＴ80は、50メートル目前に迫ったぬめぬめした巨大な壁に向かって砲塔を向け、射撃しようとした。だが

「うわっ」

「うわあっ」

〈怪物〉の下から数百本の太い触手が、まるで微速度撮影で撮った植物の根のように砂浜を伸びていき、第二中隊の戦車をうねうねと下からひっくり返した。

戦車の乗員たちは、自分たちのＴ80が地面からの力でひっくり返されるなどということが、信じられなかった。

「うわああーっ！」

１２０ミリ砲を撃つどころではなかった。

第二中隊の二十両のＴ80は、パニックに陥り、何もできないうちにつぶされていった。

ドコン！

グシャッ
バキッ
この時点で、まだ第一中隊は、国道の舗装路に乗ったところで停止している水無月是清の一号車を含め二十両すべてが無傷だった。

『コブラミサイルを使え。全車一斉砲撃！』

ようやく中隊長が無線で指示を出した。

二十両のT80は、120ミリ砲にコブラ対戦車ミサイルを装填しようとした。コブラは西日本の戦車隊との決戦に備え、各車に一発ずつ配給されていた高価な対戦車誘導ミサイルであった。だが、最前列の五両は、第二中隊の戦車が目の前でつぶされるのを砲塔の上で見ていた車長が怖くてパニックに陥り、ヘルメットのレシーバーに命令が入ってもそれが何のことだか理解できなかった。他の多くの戦車でも、ミサイルを装填する給弾手が外で何が起きているのかわからなくて気が動転し、マニュアル通りにミサイルの弾体から安全ピンを抜くのを忘れた。

『赤外線誘導射撃。全車撃てっ！』

ドーン！

ドーン！

発射されたコブラは七発だった。目の前の巨大な熱源体に向かって、濃い霧の中へミサイルは消えていく。

シュルッ

シュルッ

シュルッ

「俺たちは何を撃っているんだ？」

是清は双眼鏡で霧の中を見ようとした。

霧の向こうで、膨大な何かのシルエットが、ズズズズとゆっくり移動するのがやっとわかる程度だった。

「大尉、コブラが着弾しました！」

下から竹井が叫んだ。

「全弾、目標に命中しましたが――目標の接近に、変化ありません。だめです、こっちへ来ますっ！」

〈怪物〉は、その霧に包まれた巨大な半球形の本体頭部がほぼ海岸に乗り上げ、大量の海水と半透明の粘液を周囲にぶちまけながら数百本の触手のような脚で内陸へと移動し始めた。

ズズズズズ
霧の中に見え隠れする〈怪物〉は、戦車隊の砲撃で体表面に付着した海底の泥がはげ落ち、蒼白《あおじろ》い半透明の地肌が露出し始めていた。海中を進む時に広げていた翼のようなものは、巨体のどこかにしまわれているらしかった。体表面から発せられる熱で、水蒸気がもうもうと舞い上がった。

残っている戦車の乗員たちは、自分たちの戦車砲とミサイルで破壊できない巨大な山のような怪物が迫ってくるのを見て、恐怖のあまり次々と持ち場を放棄して逃げ出し始めた。海岸から出ようとする戦車同士がたちまち衝突し、密集していた戦車隊は身動きが取れなくなった。

「に、逃げろ」

「逃げろっ」

乗員たちは争ってハッチから出ると、砂浜へ下りて徒歩で怪物から逃げようとした。中隊長も任務を放棄したらしく、無線の指揮も聞こえなくなり戦車隊の指揮系統は消滅した。

唯一正気を保っていたのは、〈怪物〉から最も遠くにいた一号戦車の是清たちだけだった。

「戦車隊は、全滅だ！　みんな徒歩で逃げてくるぞ」

是清は戦車兵ではなく情報将校だったから、事態を客観的に把握することができた。とにかく海から上がってきた正体不明の〈怪物〉に、機械化平等第一師団は全滅させられたのだ。

「新潟に報告して援軍を――」

言いかけて、自分の戦車には統合軍令部に直接報告できる通信装備などついていないことを思い出した。

（そうだった……いいや待て、よく考えろ是清）

是清は、頭を回転させた。自分の置かれている境遇と、今のこの事態を照らし合わせた。

（そうだ。援軍なんか、呼ぶことはない！）

是清はすぐに決断した。

「おい二宮、発進させろ！　全速でこの場を離れるぞ！」

「はいっ！」

ピルピルピルピルピル——


砂浜を走って逃げる兵士たちは、まるでウミネコかカモメがはるか頭上で鳴いているような声に、思わず背後を振り仰いだ。見上げると霧のかかった崖のような、蒼白いぬめぬめとした〈怪物〉の体表面に無数の穴が開いて、そこから死体に涌《わ》くウジのように無数の軟体動物が顔を出して左右にうごめいていた。体長三メートルから五メートルもある無数の赤黒いナメクジ芋虫はそれぞれの穴からにゅるっ、にゅるっと這《は》い出すと、逃げ惑う兵士たちの間にぼとぼとと落ちてきた。

ピルピルピルピル

ピルピルピルピル
「う、うぎゃあーっ」
「なっ、何だこれは、うぎゃっ」
数百匹のナメクジ芋虫は〈餌《えさ》〉に群がった。
ファゴッ
バクッ
「うぐあああっ！」
〈怪物〉は、この海岸で『食事』を始めた。
ナメクジ芋虫は円形のナマコ口を開けて、戦車兵を呑《の》み込む。二人、三人と呑み込んで腹がいっぱいになると、尺取虫のように這って〈怪物〉の穴に戻る。にゅるっ、ずぽっと自分の穴に入ると、糞門《ふんもん》から〈怪物〉の体組織の中へ消化した〈養分〉を吐き出していく。すでに巡洋艦〈明るい農村〉の乗組員、潜水艦〈さつましらなみ〉の乗組員、東日本の二隻のタンゴ級潜水艦の乗組員、それにトロール漁船と貨物船の船員、さっき呑み込んだばかりの駆逐艦〈瑞穂《みずほ》〉の乗組員の体が、ぐずぐずに白く溶けて発酵しながら吸収されかかっていた。髪の毛だけは〈怪物〉の消化液でも溶けないらしく、消化吸収器官のあちこちで、黒い髪の毛だけが大量にからみついて引っかかっていた。

ドルルルル

全速力で平等常磐国道の舗装路を走り始めた是清の一号車にも、はるか頭上から放物線を描いてナメクジ芋虫が数体、粘液を飛ばしながら降ってきた。

どすん!

びたんっ!

「なっ、何だこいつらは!」

一頭のまるまると太ったナメクジ芋虫が無数の偽足をにちゃにちゃいわせながらT80の砲塔にしがみつき、是清に向かって口をイソギンチャクのように広げた。

ファゴッ

「うわあっ!」

「大尉!」

二宮がとっさに左のキャタピラをロックした。

ズガガガッ

時速60キロで走っていたT80は激しく左へスピンした。是清はハッチの縁にしたたかに腹を打ちつけたが、砲塔につかまっていた化け物もブンッという風切り音を立てて放り出された。納豆の糸のように粘液を引きながら、360度回転したT80の前方の道路に振り落とされる。
ドスンッ
「二宮！　前進だっ」
「はいっ」
ドルルルッ
グピーッ！
自重30トンのＴ80が、最大級のナメクジ芋虫に乗り上げる。
グピッ、グピィーッ！
ドルルルルルッ
ついにナメクジ芋虫は破裂する。
ぶしゃっ！
だがもう一匹がしぶとく戦車の後尾から乗り上がって、是清に迫ってきた。
ピルピルピル
「こいつ！」
是清は砲塔についた7・7ミリ機銃を化け物に向けようとした。
ジャキン
だが是清は情報部から戦車に移ったばかりで、安全装置の外し方がわからなかった。

「うっ、うわ！」

ピルピルピルピル
「大尉、中へ！」

「おうっ」

是清は砲塔の内部へ降りて、ハッチを閉めようとした。だがハッチの蓋《ふた》が閉じる寸前、化け物のにゅるっと伸びる視覚器官がすき間から入りこんできた。

ピルピルピル
「わっ」

竹井が悲鳴を上げた。

ろくろっ首のようににゅるにゅると戦車内に入りこんできた視覚器官は、先端のざくろの実のような真っ赤な複眼で乗員たちをねめまわした。

「何だこいつは！」

「待て竹井、ピストルは使うな！」

二宮が叫ぶ。戦車の内部で拳銃を撃つと、弾丸はそこらじゅうで跳ね返ってゲームセンターのピンボールみたいになる。自分たちがやられてしまう。

「くそっ」

是清はハッチを閉じようとするが、
ピルルッ
複眼は上部ハッチのはしごにつかまる是清に目をつけると、恐ろしいはしっこさで是清の胴にシュルシュルッとからみついた。
「ぐっ、ぐぇっ」
「大尉っ！」
「く、苦しい」
ピルピルピルピルピル

新潟　統合軍令部作戦室

ザー
通信士官は、ヘッドフォンをかけたまま頭を振った。

「駄目だ、通信が途絶えた！」

作戦士官たちの間に、どよめきが走った。やはり第一師団は、海上からの上陸勢力にやられたのだろうか？

士官たちは推測を始めたが、情報はとぼしかった。

「第一師団はＴ80戦車八十両だぞ。そう簡単にやられるはずがない」

「そうだ。普通、上陸作戦では、『陸側で守る勢力の三倍が攻めていかないと上陸は達成されない』というセオリーがある」

「とすると、Ｔ80戦車八十両の三倍以上の火力を持つ上陸部隊が、常磐海岸に攻めて来ている可能性があるというのか――？」

「馬鹿な」

ざわめく若い士官たちの中に、是清の後輩の川西正俊《かわにしまさとし》少尉もいた。

（こ、是清先輩の戦車隊が――！）

いつも一緒に仕事をしていた水無月是清が国賊と決めつけられ、前線の戦車隊へ飛ばされたというのもショックだったが、飛ばされて一時間もしないうちに敵の上陸部隊にやられてしまうとは――！

だが何か、少しおかしい。川西には今回の事態に、少し引っかかるものがあった。

「み、みなさん」

川西は先輩たちに言った。

「Ｔ80戦車八十両の三倍、つまり、Ｔ80二百四十両に匹敵する兵力を一度に上陸させるには、どのくらいの揚陸艦と支援艦隊が必要でしょうか？」

「何を言うのだ川西？」

先輩たちが、川西を見た。

「みなさん、僕は、少しおかしいと思います。我々が西日本帝国解放のための秘密作戦を開始してから、わずかに三時間程度です。我が方さえ、ようやく進攻部隊の準備が整いつつあるような状況だというのに、何も知らなかったはずの西日本がもう大規模な上陸部隊を常磐海岸へ送りこんでくるなんて、変じゃありませんか？」

　計算してみないとわからないが、Ｔ80戦車八十両を相手に上陸作戦を成功させるには、火力の弱い上陸用小型戦車や武装ホバークラフトなら相当な数をそろえて一気に押し寄せなければならないはずだ。それだけの作戦を行うには、プランの立案から要員の訓練その他の準備のために、数か月の期間が必要なはずであった。

　川西は、是清が気にしていた仙台沖での潜水艦の謎《なぞ》の沈没やトロール漁船の行方不明事件を思い出して、西日本の大規模上陸部隊とは別の、正体不明の何かが関係しているのではないのだろうかと問題提起するつもりだったのだが、

「おうそうだ！　それだけの上陸部隊を編制するには、相当な準備がいるぞ」

「すると西日本は、山多田先生とごく近い閣僚の方々しか知らなかったはずの西日本解放作戦の極秘プランを、どうにかして知っていたというのか！」

「極秘プランが、漏れていたと？」

「馬鹿な！」

だが興奮していた先輩士官たちは、ぜんぜん違う方向へ事態を解釈していくのだった。

川西は戸惑った。

「あ、いえ、あの――」

「川西、よく気がついたぞ」

「そうだ。山多田《やまただ》先生の側近に、スパイがいるらしいぞ！」

「大変だ、すぐに対策を立てよう！」

最高作戦会議室では、『常磐海岸の戦車隊が西日本の上陸部隊とおぼしき勢力に海から攻められ全滅したらしい』との報告を受けて、加藤田《かとうだ》要《かなめ》がホットラインのマイクに怒鳴りつけていた。

「だましたな木谷！　貴様ら帝国主義者どもは、我が平和を愛する正義の共和国に密《ひそ》かに上陸部隊を送りこみ、侵攻を企てておったなっ！」

『上陸部隊？　何の話だ？』

スピーカーの向こうで木谷首相が聞き返した。

『西日本帝国軍は、自国領域内において、お前たちの国際的不法行為に対処しているだけだ』

「嘘《うそ》をつけ！　貴様らの上陸部隊が常磐海岸に押し寄せているではないか！　汚い

ぞ、この侵略者の、国際的犯罪者めっ！」

　ホットラインは喧嘩《けんか》の場と化していった。

「この帝国主義者の、卑怯《ひきょう》者め！」

『我々が上陸部隊など差し向けるはずがないだろう、下手な嘘をつくな！』

　木谷も怒鳴り返す。

『お前たちこそ領海外を航行中だった我が海軍の駆逐艦を予告もなしに攻撃して沈めたな！　駆逐艦は遭難した潜水艦を救助に向かうところだったのだぞ、この人でなしめ！』

「駆逐艦なんか知らん！」

　要はマイクに怒鳴った。

「貴様らこそ、我が警護隊のヘリコプターを警告もなく撃墜しおって！」

『ヘリコプター？　そんなもの知らんぞ』

「とぼけるか木谷っ！」

　要はポマードの髪の毛を振り乱し汗を飛ばしてマイクに怒鳴り散らした。

「とにかく貴様らは我が国土に対して侵略を行い、我が陸軍の何も知らない善良な兵士たちをだまし討ちして殺したのだっ！　こうなれば正義の共和国軍は黙っていないぞ、報復だ報復だ報復だっ！　いいか貴様ら帝国主義者どもが先に手を出したのだぞ！　悪いのは貴様らだ覚えておけっ！」

東日本共和国も西日本帝国の首脳部も、伝わってきた情報だけから判断すれば、おたがいに一方的な先制攻撃を受けたようにしか判断出来なかった。

しかも、国際社会でいつものけ者にされてきた東日本共和国の首脳陣は、ことさらに被害者意識が強かった。加藤田要をはじめ、最高作戦会議室の山多田派閣僚全員が、怒りで頭から湯気を立てていた。

「悪魔の帝国主義者の国は解放され、我々は勝利するのだ！」

ガチャッ
ホットラインの接続は東側から一方的に切られ、交渉は決裂した。

常磐海岸　A８ポイント

ズズズズズ——

霧に包まれた巨大な怪物の本体は、海岸の中央まで進んだところで停止した。

怪物の周囲、半径５００メートル以内の砂浜は本体の穴から這い出した無数のナメクジ芋虫でうずめつくされて、下の砂も見えなかった。

ピルピルピル

ピュー
ピューイ
何万匹いるのだろうか、まるでアメリカ西部の平原を埋めつくすバッファローのようなナメクジ芋虫の大群だ。西部劇と違うのは、茶色いバッファローのかわりにピンクの肉色の軟体動物がぬめぬめ光りながらあたりを埋めつくしていることだった。
ピルピルピルピル
ピルピル
あたりは一面うごめく真っピンクの海のようだった。数万匹のナメクジ芋虫はピンクの皮膚を粘液でぬらぬら光らせながら芋洗い状態でうごめき回っている。ピンクの海に波が立つようだ。
さっきまで逃げまどっていた戦車隊の兵士たちは、もう姿もなかった。
「はあ、はあ」
それでもなんとか、走って海岸沿いの雑木林に逃げこんだ十数名の兵士たちがいた。
「はあ、はあ、はあ」
息を切らせて走りながら振り向くと、背後の海岸にそびえる怪物の頭部は、ピンクの肉色の海に浮かぶ霧のかかった島のようだった。肉色の波はきらきらと光って見えた。ナメクジ芋虫の背中のぬらぬらが、本体の発する蒼白い閃光《せんこう》をはねかえすのだ。

「に、逃げろ、止まるな」

「こ、ここまで来れば大丈夫だろう」

兵士たちはぜえぜえ息を切らせて雑木林の中に倒れこむ。

ズリュッ
ズリュッ
怪物の底部から、うごめく無数の蛇のような触手が、一本一本別の方向へ伸びていく。触手の先端はまるでウナギの尻尾《しっぽ》のような細かい房になっている。地面から掘ったばかりのネギのように生白い触手たちは、雑木林への数百メートルを軽く飛び越え、それぞれ個別の〈獲物〉を目がけ上から一斉に襲いかかった。
ざあああああ
「う、うわーっ！」
「わあーっ！」
細かい房の毛に見えた一本一本は、全て三本の指を持った生白い〈手〉であった。
〈手〉の三本の指には、鉤《かぎ》のような鋭い爪《つめ》がついていた。
「ぎゃ、ぎゃーっ！」

一本の触手が二、三人の倒れた兵士をつかみあげると、びゅっと風を切って空中を戻り、ピンク色の海の中へ無造作に落としこんだ。

うぎゃあああああ――！

兵士だけではなく、雑木林の中に棲息《せいそく》していたタヌキ、野犬などの小動物もまるで掃除機でスイープするみたいに捕まってかき集められ、口を開けて待っているピンク色の大群の中へ放りこまれた。触手は、人間をはじめとする動物類を実に器用に見つけ出した。雑木林の湿地の泥の中へ飛びこんで、身体から出る熱の赤外線を隠そうと試みた将校も、あっさりと見つかってつかみ上げられた。

怪物の触手は八方に広がり、それぞれ自由に個別に動き回った。遠くに行かない触手は、先ほど上陸の時に踏みつぶしたT80戦車のひしゃげた残骸《ざんがい》を器用にこじ開け、まるで人間が蟹《かに》を食べる時みたいに中でつぶれていた〈肉〉を掻《か》き出しては引きずり出し、ナメクジ芋虫の大群の中へ放っていた。腹がいっぱいになったナメクジ芋虫は次々と本体の自分の穴へ這い上がり、穴の中に養分を吐き出した別のナメクジ芋虫――〈捕食体〉が本体の表面を這い下りてくる。それは土曜日の六本木芋洗い坂のような混雑ぶりであった。

ドルルルル

是清たちは、どうにか生き残ってはいた。

特大の体長5メートルのナメクジ芋虫を砲塔にひっつけたまま、是清のT80戦車は真っ暗な常磐国道を疾駆する。

ドルルル
砲塔に乗り上げたナメクジ芋虫の胴体は最大級のトドよりも太く、無数の偽足がにちゃにちゃとうごめく下腹部は鮮やかなピンク色をしていた。頭部から伸びた視覚器官が閉じかかったハッチから戦車の内部に侵入している。

「ぐ、ぐぇっ」

ろくろっ首にからみつかれた是清が、胃カメラを呑まされた十二指腸潰瘍《かいよう》患者のように口からよだれを吐いて苦しがった。

「竹井、早くハッチを閉めろ！」

二宮が怒鳴る。

「わ、わかってる！」

だが、この特大の〈捕食体〉は、これまでに巡洋艦、三隻の潜水艦、貨物船、駆逐艦などを襲って乗組員たちをたいらげる間に、地球の乗り物について〈学習〉していた。

わらわらわら

大きく円形に開いたナマコ口からイソギンチャクのひげのような無数の舌が伸びていき、ハッチの蓋に器用にからみつくと、ぱかん！　とはじくように開けてしまった。

ピルピルピルピル
「う、うわあーっ！」

是清がハッチから引きずり出され、宙に浮く。

ファゴッ
ナマコ口が大きく開き、

「うわあっ！」

頭から呑み込まれかける是清。

新潟　統合軍令部作戦室

（こんなはずではない、事態の解釈は、違った方へ行っているぞ！）

川西少尉は、喧騒うずまく作戦室中央から資料の束をかかえて、衛星写真解析室のブースへ小走りに急いだ。

（どこか静かな場所で、データを検討しなおして太平洋岸一帯の混乱の実態をはっきりさせるんだ——）

川西は地面に半分埋まった体育館のような統合軍令部の本館から、連絡通路を通って別棟へ急いだ。衛星写真解析室は、彼が水無月是清のアシスタントとしていつも使っている研究室のような場所だった。

「はあ、はあ――わっ！」

ふいに目の前に立ちふさがった人影に、川西はびっくりしてかかえていた資料の束を放り出してしまった。

どさどさっ
ついでに転んだ。

「あいたたっ」

「――――」

川西をびっくりさせた相手は、薄暗い連絡通路の真ん中に立って、無言で川西を見下ろしていた。

「あ、あなたは？」

川西は、森の洞窟《どうくつ》で妖精《ようせい》に出会った宝探しのように、目をこすりながらまぶしそうにその女を見上げた。

「――――」

ミニスカートの女は、ゆっくりと立ち上がる川西を、無言のまま見ていた。

（はー……警護隊の女性将校だ――）

白銀の、ミニのコスチュームが連絡通路のぼうっとした薄明かりに浮かび上がるようだ。

（――か、可愛い……）

川西は、輝くサーベルを腰に吊《つる》した女性将校に見とれながら、資料の束をかかえなおした。

「あの、何か、御用ですか？」

「――――」

すると女は少し目を伏せた。

「……」

何か迷っているようだ。

何を考えているのだろう？

（議事堂警護官の女たちは、みんな可愛いけれど山多田大三《だいぞう》にマインドコントロールをかけられていて、一般の僕のような将兵を呼び止めたり、話しかけたりするようなことはないはずだけれど……）

それにこんなふうに、人を見てから視線をそらすようなことも普通はしない。無言のまま遠くを見ていることが、多い。

「あのう――何か？」

川西は、それでも白銀の女が通路をふさぐように立ったままなので、おそるおそる聞いた。

（それにしても、なみいる議事堂警護官の中でも、とびきりに可愛いなあ、この子……）

切れ長の目と、気の強そうな眉《まゆ》。白い顔が暗がりでも光を放つようだ。凄《すご》い美人だ。歳は川西よりも少し下だろうか。でも十四歳でオーディションを受けさせられて選ばれ、特殊訓練を受けて十七歳でデビューする議事堂女性警護官たちの中では、年長の指揮官クラスにあたるだろう。その証拠にコスチュームは他の子とは違う白銀色で短いマントがつき、自動小銃は持たずミニの腰にサーベルを吊している。

女は、白い顔で少しうつむいて、唇をかんでいた。

「僕は、これからそこの解析室で、データを検討しないといけないのです。世話になった先輩が、配転先の戦車隊で危険な目に遭っているのです」

そう川西が言うと、

「――――」

女はちょっと考えてから、道をあけた。

「どうも」

行こうとすると、

「——待て！」

背後から女の声が川西を呼び止めた。

「え」

「待て」

「何でしょうか？」

女はまた少しうつむいたが、やがて意を決したように、

「——死んだのか？」

「は？」

「死んだのか——？」

「誰が、ですか？」

女は、唇をかみ、息を吸いこんで、

「水無月是清は死んだのかと聞いている」

（えっ？）

川西は驚いた。是清先輩は、こんな可愛い議事堂警護隊将校と知り合いだったのか？

「水無月は死んだのか？」

白銀の女は重ねて尋ねた。

「あ、いえ。これから通信記録や色々なデータを調べて、機械化平等第一師団が何に襲われたのか、分析するところです。是清先輩の生死については、データが少なくて、今のところ何とも言えません」

川西は女の顔をのぞき見たが、感情をコントロールされているらしい警護隊将校は、それ以上の表情の変化を見せようとはしなかった。

「そうか……」

女は顔をそらし、川西に手ぶりで「行ってよい」と告げた。

平等常磐国道

「大尉、危ないっ！」
二宮はとっさに急ブレーキをかけた。
ギキキキキキーッ
ズガガガッ
アスファルトを掘り返すようにして急停止するT80。
ずりずりずりっ

砲塔に張り付いていた重さ数トンの〈捕食体〉は、慣性で戦車の前方へ放り出されかける。

「うわっ」

是清の頭に食いつこうとしていたナマコ口が、すんでのところでバクン！　と閉じた。しかし〈捕食体〉の視覚器官は是清の胴を離さず、無数の偽足はにちゃにちゃとしつこくしがみつき、ナメクジ芋虫は120ミリ滑腔砲の砲身にぶら下がった。

「砲塔を回せ！」

二宮の指示で、竹井が砲塔旋回レバーを〈右〉へ入れた。

「右だ！」

ガチャン
グィイイイ！

遠心力で化け物のピンクの巨体が、砲口の方へずれていく。

ずりずりっ
ピルピルピル
「このやろう！」

二宮が運転席のハッチから身を乗り出し、腰の拳銃を抜いて構えた。

ピルッ

ナメクジ芋虫は、『ピストルで撃たれると痛い』ということも学習していた。ろくろっ首が是清の胴を離すと、ぶんっと空を切って二宮に襲いかかってきた。

「うわあっ」

二宮はすんでのところで運転席のハッチの中に身を隠した。どんぶり大のざくろのような複眼がビュンッと頭の上をすりぬけた。

是清は化け物のろくろっ首から解放されたが、5メートルも宙を飛んで地面にたたきつけられた。

「うぐっ」

ナメクジ芋虫は120ミリ砲の砲口部分にしつこくしがみついている。また砲身を伝って砲塔のハッチをこじ開けに行くつもりだ。

「二宮！　今だ主砲を撃て！」

「水無月大尉、危険です！　衝撃波で大尉もやられてしまいます！」

「かまわん、そのでかいナメクジを木っ端微塵《こっぱみじん》にしてしまえ！」

「はっ」

二宮は、砲口からわずか5メートルのところに是清がいるのでためらったが、ピストルも効かないしハッチもこじ開けられてしまうのでは、たしかに主砲でぶっ飛ばすよりほかに化け物を倒す方法は無いのだと悟った。

「竹井！　撃て！」

「おうっ！」

射撃手の竹井は、装填してあった１２０ミリ徹甲弾を無照準でぶっぱなした。

ガチン
「発射！」

ドーンッ！

ブワッ！

砲口から超音速で飛び出した１２０ミリ徹甲弾の衝撃波で、ピンクのトドのようなナメクジ芋虫は枕《まくら》が裂けて中身が出るように引きちぎれ、真っ赤な体液と黄色い消化液と半分消化した〈内容物〉をあたりにぶちまけながら飛び散った。

ピルーッ
ろくろっ首のような視覚器官はちぎれて吹っ飛び、切り口から赤い液体をほとばしらせながら30メートルも向こうの木の枝にからみついた。

「ぐわあーっ」

その地面で、是清は耳を両手で押さえながら転がってのたうち回った。

シュー
しかも化け物の消化液が戦闘服にかかり、グリーンの布地が白い湯気を上げて溶け始めている。

「大尉」

「大尉！」

戦車を降りた部下たちが、是清をかつぎあげた。

「しっかりしてください大尉！」

ドルルルル
是清を乗せたT80は、一刻も早く惨劇の海岸から離れようと再び常磐国道を走り始めた。

「み、みんな……」

車内の床に寝かされた是清は、頭がじんじん痛むのをこらえながら、口を動かした。

「だめですよ大尉、動いてはだめです。主砲の衝撃波で全身打撲みたいになっているんです。重傷ですよ」

竹井が是清の肩を押さえた。

「――い、いいから。みんな聞いてくれ……」

是清は痛みをこらえながら、自分をのぞきこんでいる乗員たちに言った。

「二宮、竹井、山上。どうやら俺たちは生き残ったらしい。他の戦車がどうなったのかはわからんが、無事で残っているものは多くないだろう」

　二宮が戦車を停めて、運転席から是清のそばにひざまずいた。

「大尉。いったいみんな、何にやられてしまったのでしょう？」

「あの〈怪物〉を、見たか？」

　二宮だけがうなずいた。竹井と山上は、戦車の砲塔の内部にいたので、実際何が起きたのか今でもよくわかっていなかった。

「霧とともに上陸してきた巨大な怪物だ。〈怪獣〉と言ってもいいかな……俺は、太平洋岸で次々に転覆沈没した貨物船や潜水艦は、やつにやられたのだと思う」

「あれはいったい、どこから来たのです？」

「わからない。海の底か——あの巨大な怪物がいったい何物でどこから来たのか、それはデータが少なすぎてわからない。だがそんなことは、この際どうでもいいんだ」

　是清は目を上げて、

「いいかみんな、大事なのは、俺たち以外の戦車隊が、あの怪物に襲われてほとんど全滅したという事実なんだ。戦車砲も効かない巨大怪物に戦車隊はつぶされた。残骸はぐちゃぐちゃになっていて、多分あとかたも無いだろう。

　そこで考えてみろ、もし救難信号が発信されていたとして——俺は指揮通信車の大隊長の声が途中で聞こえなくなったから、多分救援を呼ぶひまは無かったと思うが——上層部が援軍を繰り出してあの海岸のＡ８ポイント跡地に来たとしても、すべての戦車の残骸を確認することは不可能だろう。つまり第一師団は『全車全滅』として報告される可能性が高い」

二宮たちは、顔を見あわせた。

「つまり——大尉？」

「そうだ二宮。俺たちは、死んだことにされるんだ」

是清は二宮、竹井、山上の顔を一人一人見ながら続けた。

「いいかみんな、よく聞いてくれ。俺たちは、この東日本共和国の馬鹿な独裁体制にほんの少し逆らったために国賊あつかいされて、戦車隊の先頭車に乗り組まされ敵に突っこんで死ぬことを期待されていた。脱走したいのは山々でも、そんなことをすれば必ず捕まって銃殺されてしまう。しかし今度はどうだ。俺たちは死んだことになった。逃げ出したって誰も追いかけてこないぞ」

「大尉、それでは——」

「大尉」

「大尉」

「そうだ。みんないいか、これは、西日本に亡命する絶好のチャンスだぞ。あの〈怪獣〉が、この国から逃げ出すチャンスをくれたんだ」

常磐海岸A8ポイント（跡）

ざわざわざわ
数十本の触手が、海岸を通る常磐国道を飛び越えて、森の中を探っていた。
木々の間をまるで太さ3メートルの生白いぎょう虫のような触手がうねうねと動き回り、この陸地の内部の様子を探っていた。触手には、先端に嗅覚《きゅうかく》器官を持つもの、ナメクジ芋虫と同じような複眼の視覚器官を持つもの、聴覚を受け持つ器官を持つものと色々な種類があるようだった。中には、どんな感覚器官なのか地球の生物の仕組みにたとえて説明出来ない生体センサーを持つ触手もあった。別の惑星の地表面から、黒い球体に封じこめられて運び上げられる前に、怪物が使っていた器官だ。
ざわざわ
やがて嗅覚触手の一本が、海岸沿いの山を一つ越えた向こうに今食べた戦車隊員たちと同じ匂《にお》いを分泌する生物のコロニーが存在することをつきとめた。
しゅるしゅる
しゅるしゅるしゅるしゅる

四方を探るように伸ばされていた触手たちが、霧につつまれた本体の下へ戻っていく。

ズズズズズ

怪物は、前進を始めた。

怪物はわずか十分ほどで、逃げ延びようとした戦車隊員たちを含め周囲1キロ以内のすべての動物を食べつくしていた。

ズズズズ

ピルピルピル

ピンク色の大群を周囲にまといつかせたまま、怪物の本体は阿武隈《あぶくま》山地の山の中へ、ゆっくりと分け入って行く。

ズズズズズズ——

8.

選ばれた美月《みづき》

坊ノ岬沖千フィート

「少尉、燃料が心配です」

母艦〈大和《やまと》〉をめざして低空をよろよろと向かう森高美月《もりたかみづき》のシーハリアーは、バジャー迎撃に成功はしたものの、無事に〈大和〉へ帰りつけるか怪しくなってきていた。

「ギア出しっ放しの半分ホヴァリングみたいな飛び方だから、燃料をどんどん食って

います」

後席で、迎《むかえ》准尉が燃料流量計を見ながら航法計算盤を回した。

「油圧が抜けて翼の舵面が動かないんだから、仕方がないわ！」

美月が怒鳴り返す。

すでに二系統あるハリアーの油圧系統は、傷ついたランディング・ギアから作動油が噴き出して抜けてしまい、両方とも効かなくなっていた。主翼や尾翼の舵面を動かす３０００Ｐｓｉの油圧が無くなって、美月が操縦桿《そうじゅうかん》を操作してもラダーもエルロンも反応しないのだ。普通の飛行機ならとっくに操縦不能だが、ハリアーには両主翼の末端から高圧空気を噴射して姿勢を制御する〈反動コントロールシステム〉がつい

ている。それで何とか空に浮いていられるのだが、反動コントロールはベクタード・ノズルを斜め下に向けた〈中間ホヴァリング状態〉でなければ作動してくれなかった。中間ホヴァリング飛行は、ものすごく燃料を食うのだ。

「無線も故障して通じません。これじゃ助けも呼べませんよ！」

「〈大和〉にたどり着けなかったら、泳ぐしかないわね」

「そっ、そんなぁ」

キイイイン――

傷ついたシーハリアーは、力を振りしぼるようにして夜の海面の上を低空でふらふらと飛んだ。このへんは九州の南を回る潮流が強く、黒い波がうねっている。

「少尉、いくら鹿児島《かごしま》の沖だって、もう十二月ですよ」

迎が文句を言うのを、

「しっ！」

美月が制した。

キイイン！

美月の操るハリアーは、突然、まるで狭いところへ降りようとするヘリコプターみたいに機首をぐっと上げると、ぐるりと向きを変えた。

キュインッ

「わっ」

急な旋回と空中停止で、後席の迎が舌をかみそうになる。

「どうしたんです少尉！　ただでさえ燃料ないのに――」

「ちょっと下を見て、迎准尉！」

「えっ？」

戦闘機パイロット特有の抜群の視力で、美月が夜の海面上に何かを発見したらしいのだ。

「どこですかっ？」

「着陸灯！」

「はい」

ピカッ
シーハリアー独特の斜め下を向いたランディング・ライトが暗闇《くらやみ》をつらぬき、黒くうねる波の上をなめ回した。

「人だ！」

「どこですかっ」

迎は、美月に教えられてやっと気がついた。

「あっ、本当だ！　誰《だれ》か浮かんでいます」

キイイイン
燃料が底をつきかけたＦＲＳマークⅡはそれでもうねる波の上空５メートルまで降りてホヴァリングし、ライトの光軸を合わせて海面の漂流者を確認しようとする。

黒い波にもまれて気を失っているように見える女性の漂流者は、黄色いライフベストを首に巻いて、今にも沈みそうだった。

「女の人です！」

「船から落ちたのかしら？」

強力なライトを浴びても、ローズピンクのツーピースと黄色いライフベストの女は、目を開けようとしない。

「ヨットやレジャーボートに乗ってたような服装じゃないわね」

普通、スカートにパンプスで女はそういう船に乗らない。

キイイイン
「どうします、少尉！」

無線は故障していた。

「〈大和〉に帰ってから助けに来ようにも、一度見失ったら二度と発見出来ませんよ！」

キイイイン

「しかたないわね」

美月は取り得る唯一の手段を、口に出した。

「迎准尉、あんた降りて！」

「えっ？」

「射出座席にはゴムボートがついているわ。あの人を引き揚げて助けてちょうだい。いくら鹿児島の海だって、ライフベストにスカートで浸かっていたら体温なくしちゃうよ」

「ベイルアウトするんですか？　僕が？」

「それしかないわ！　あたしは〈大和〉へ飛んで、助けを呼んでくる！」

「ひえぇ」

「無線が故障してるから、直接助けを呼びに行くしかない。さあ早く！」

パシッ

ホヴァリングするハリアーの後席キャノピーが吹っ飛び、

バシユウッ！

固体ロケットの閃光《せんこう》とともに、迎准尉の後部座席が上方高く射出された。地表で作動させてもパラシュートが開く高度まで乗員を打ち上げる、ゼロ—ゼロ規格のパイロット脱出システムである。

「う、うわーっ！」

ばさっ
３００フィートまで放り上げられてからパラシュートが開き、迎は目を回しながら海面へ降下していく。

ザボン！

風に流された迎は、漂流者から50メートル離れた波間へ着水した。プシューッという圧縮空気ボトルのエアチャージ音とともに、一人乗り救命ボートが自動的にふくらんだ。

キイイイイン
美月のハリアーは頭上をホヴァリングしながら、ライトで漂流する女を照らして迎がパドリングしていくのを援助する。波が思いのほか高くて、こうしなければわずか50メートルでも漂流者を見失ってしまいそうなのだ。

うねりの中で上下にもまれながら、迎は二分もかかってやっとのことで沈みそうな女のもとへたどり着いた。

「少尉、もう大丈夫！　燃料がなくなる、早く行って！」

キイイイン！

迎が手を振ると、シーハリアーはペガサスエンジンの回転を上げて母艦のやってくる方向へ機首を向け、上昇して飛び去った。

迎は小さなボートの上から手を伸ばし、漂っている女性の漂流者のライフベストをしっかりとつかんで、小さくなるハリアーを見送った。

「大丈夫かな、燃料……」

美月はここで、たっぷり三分間もホヴァリングしたのだ。

「ああ、いかん。引き揚げなくちゃ！」

ざばざばっ
迎は両腕の力を振りしぼって、ローズピンクのジャケットに同色のスカートをはいた漂流者をボートの上へ引きずりあげた。

「え――？」

迎は、その上品なピンク色の制服を知っていた。

「この制服――西日本帝国航空のキャビンアテンダントだ！」

びっくりした。どうして旅客機の客室乗務員が、こんな海上をたった一人で漂流していたのだろう？

「も、もしもし！　もしもし、しっかりして！　僕の言うことがわかりますかっ？」

戦艦〈大和〉

「森高機がレーダーから消えました」

〈大和〉ＣＩＣのイージス防空システム管制士官が、レーダー画面から美月のＦＲＳマークⅡを示す菱形《ひしがた》のシンボルマークが消えたのを見て言った。

「水平線の下へ隠れた模様」

「燃料切れで着水したのか？」

「そうかも知れません」

「ふむ」

ＣＩＣ当直士官の中尉は、〈大和〉ＣＩＣの赤い戦闘照明の空間を振り返って、さっきから休憩用の長椅子《ながいす》でひっくり返っている彼の新しい上司を呼んだ。

「主任迎撃士官」

黒々としたロングヘアにタイトスカートの長身の女性士官が、お腹のあたりを手で押さえ、もう片方の手にポカリスエットの缶を持ったまま壁際の長椅子で仰向けになっている。

うー

ロングヘアの女性士官は、気分悪そうにうめいて返事をした。

「川村《かわむら》大尉。大丈夫ですか？」

「うー、ありがと」

彼女は身を起こした。

「少し良くなってきたわ——」

川村万梨子《まりこ》大尉は、さっきトイレに駆け込んで少し吐いていた。

「——先が思いやられるわね」

「大尉、〈大和〉に新しく赴任してきた人は、みんなそうなりますよ。主砲発射の衝撃波は、そりゃあ胃に良くないもんです」

当直士官は、イージス防空ミサイルシステムの配備とともに〈大和〉に乗艦して来た新しい女性の主任迎撃管制士官を気の毒そうに見た。〈大和〉がイージスシステムを新しく装備したので、主任迎撃管制士官もイージスシステムのスペシャリストが新しく配属されてきたのだが、先月まで防衛大学研究所で技術教官をしていたという川村万梨子大尉は気の毒になるくらい主砲発射の衝撃波に弱かった。

「うっ、うぇっ」

ようやく起き上がった川村万梨子は、それでもまたお腹を押さえて吐きそうになる。彼女は二十九歳、理科系の技術開発士官だったので、軍艦に乗り組む勤務は七年前の士官候補生練習航海以来初めてであった。

「大丈夫ですか？」

戦艦〈大和〉が46センチ主砲を発射すると、猛烈な爆風と衝撃波が艦の表面を突っ走る。爆風は艦内に避難すれば問題ないのだが、衝撃波は艦体を伝わって隅々まで行きわたり、慣れた乗組員でも腹を殴られたような衝撃に吐き気を催すのが普通だ。川村万梨子は〈大和〉のイージスシステムを早くフル・オペレーション状態に仕上げようと下ばっかり向いて作業していたところに、先ほどバジャーを迎撃するために発射された対空三式弾の衝撃波を胃に食らったのである。

「うー、ポカリスエットおかわり」

「はい」

当直の中尉は、「おい誰か！」と呼んで上甲板通路の自動販売機までポカリスエットをもう一本買いにやらせた。

「大尉、気分の悪いところ申し訳ないのですが、帰投進路にあった艦載機がレーダーから消えたのです。着水したのかも知れません」

「——森高少尉のハリアーね？」

万梨子は主任迎撃管制席に、お腹を押さえながら座りこむ。

「消えた時の高度は？」

「８００フィートです。降下しながらレーダー画面から消えました」

フェーズドアレイ・レーダーをオペレートしているシステム管制士官が答える。

「水平線の向こうへ、隠れてしまいました。海面すれすれへ降りたのか、着水してしまったのか、これ以上はレーダーではわかりません」

「救難ヘリは出せるのかしら？」

万梨子が美月の着水を想定して対潜ヘリコプターを迎えに出すよう指示しかけた時、

「あっ、森高機がレーダーに現われました」

システム管制士官がレーダーに再び映ったハリアーのシンボルを見つけて言った。

「１０００フィートを飛行しています」

「まっすぐ帰投コースだ」

当直士官がうなずいた。

「無線が故障しているらしく連絡は取れないが、大丈夫だろう」

「そう。じゃ、迎えはいらないわね」

万梨子がほっとしかけると、

「あっ、待ってください川村大尉！」

システム管制士官が声を上げた。

イージスシステムの索敵レーダーには、アンテナを動かすことなく〈大和〉の周囲２００マイルの空間を三次元で捜索出来るフェーズドアレイ・レーダーＳＰＹ―１Ｆが使われている。通常のレーダーは空に浮いている標的の飛行高度までは割り出せないが、このＳＰＹは水平線からの角度を測定することで、かなりの精度で標的の高度と三次元運動ベクトルを算出し、画面にデータとして表示出来るのだ。

「森高機の上空――はるか上空ですが……これを見てください！」

「なに？」

「なんだ？」

大直径のレーダー画面の上の方、〈大和〉の進行方向１００マイルほどの位置に美月のハリアーを示すシンボルが映っている。だがいまそのシンボルに重なるようにして、もうひとつのレーダー・ターゲットが表示され始めたのだ。

「森高機にかぶさるように、何か映っている！　しかもこの高度を見てください」

システム管制士官が指さしたところに、未確認の飛行物体と、その三次元データが表示されていた。

〈ＵＮＫＮＯＷＮ　ＴＡＲＧＥＴ　６００００ＦＴ／２４０ＫＴ〉

「６万フィート？」

「まさか」

万梨子と中尉は顔を見合わせた。航空機にしては高度が高すぎる。

「米軍のSR71でも飛んでいるのかしら？」

「米軍機ならば、味方識別質問波に答えるはずです」

「いったいどこから現われたの？」

「わかりません。この未確認物体は、いきなりここへ出現したんです！――あっ、高度を下げた」

〈UNKNOWN　TARGET　2000FT／210KT〉

「わ、わずか一秒で6万フィートから2000フィート？」

驚いて叫ぶ管制士官の後ろで、万梨子は舌打ちする。

「SPYの高度表示機能、まだおかしいのかしら――調整したと思ったのに」

美月のハリアー

キイイイイン
「母艦まで97マイル――もつかなあ」
森高美月は戦闘機パイロットとして最高の適性を有している。〈最後まであきらめない〉というのもその適性のひとつだ。

「とにかく、〈大和〉目指して飛ぶだけだ！」

燃料切れで海へ着水するにしても、なるべく〈大和〉に近づいてやろう。

美月が救援隊を連れて戻らなければ、あの女性の漂流者と迎准尉は助からないのだ。波間で意識をなくしていた平服の漂流者は、急いで温めなくては凍え死んでしまう。いくら九州の海だってもうすぐ十二月だ。ウエットスーツでも着ていなければたちまち体温を失う。

だが、

「くそっ、あと２００ポンドしかない」

燃料ゲージは美月の気持ちに逆らってどんどん減っていった。

「がんばれ！」

美月は、中間ホヴァリング状態で飛び続ける傷ついた愛機に声をかけた。速度を上げたいのは山々だ。だがジェットノズルを後方へ向けて加速したら、そのとたんに反動コントロールは切られて美月はまっさかさまに海面へ落ちるだろう。

「がんばれ！　海の底に沈みたいのかっ」

機体を励ましながら美月は飛んだ。

その時

「――ん？」

ふと、美月は肩ごしを振り返った。

変な感じがした。

「――？　変だな……」

誰かが見ている――後席の迎准尉はベイルアウトして居ないのに、誰かが後ろから、美月を見ているような気がしたのだ。

（気のせいかな……誰かに見られているような気がした――）

迎准尉のボート

「しっかりしてください！」

ずぶぬれになったキャビンアテンダントを、迎は肩をつかんで揺さぶった。

「……」

迎よりも年上の、きつめの美人は顔面蒼白《そうはく》で、目を開けようとしなかった。迎はローズピンクの制服の上着をはだけて、白いブラウスの胸に自分の耳を当てた。

「いけない、心音も弱ってる」

迎はこういう極限に近い状況だったが、年上のキャビンアテンダントの心音が弱っているのを聞いて、思わず張り切ってしまった。

「よ、ようし。人工呼吸をするぞ！」

ピンク色の上着を元へ戻す。その胸には細いネームバッジがつけられていて、『美城千秋』と彫られていた。

「み、みしろちあきさん、失礼します」

迎は自分のひざの上に美城千秋の上半身を載せると、形の良い細い顎《あご》をつかんで、唇を開けさせた。

戦艦〈大和〉C－C

「SPY―1Fのシステム自己診断は、オール・ノーマルだわ。変ね」

主任迎撃管制席で、川村万梨子は自己診断プログラムを実行させてみたのだが、〈大和〉のイージスシステムは『レーダーには現在どこにも異常は無い』と答えてきたのだ。

「それじゃ、本当にこの未確認物体は、6万フィートから2000フィートへ一秒で移動したのですか？」

まさか、と中尉はつぶやく。

「森高少尉に、この物体のことを知らせる方法は無いの？」

「ありません川村大尉。無線が通じないのでは」

「川村大尉！」

画面を見ていた管制士官が叫んだ。

「未確認物体のエコーが、森高機にほとんど重なってしまいました！」

「エコーの大きさは？」

「よくわかりませんが、反応の強さからＢ１爆撃機二機ぶんくらいの大きさだと思われます」

「艦橋へ連絡しましょう」

万梨子は艦内電話を取った。

美月のハリアー

ヒュイイイインン
母艦〈大和〉までまだ50マイル以上も距離を残して、美月のＦＲＳマークⅡは燃料が尽きてしまった。
「わっ、くそっ」

やはり、女性の漂流者を救助するのに三分間もホヴァリングしたのが痛かった。

ヒュィィィ――

ペガサスエンジンの回転がたちまち下がり、もともと主翼の揚力で飛べるほど速度を持っていなかったハリアーは機首を海面へ向けて落下し始めた。

「これまでか！」

シュルルルル――

エンジンが止まって風切り音だけだ。海面まで落ちるのに、十秒かからないだろう。美月は操縦席のヘッドレストの上へ両手を伸ばし、黄色と黒に塗られた二つの輪っかを両手で摑《つか》み、顎を引いて息を止めて、射出座席を起動させようとした。

「！」

その時。

「？――何だ？」

ふわり
美月は身体がふわりと浮くような感じがして、一瞬射出座席起動ハンドルを引こうとした手を止めた。

ふわっ
その感覚は、本当だった。

傷ついた海ツバメ色のシーハリアーの機体は、動力が止まっているのに、海面へ落下するのをやめたのである。

シーン

風切り音もなくなって、まったく静かになった。

「いっ――」

美月は、驚いてあたりを見回した。

「――いったい、どうしたんだ？」

ひゅうう――

かすかに、潮風が流れる音がするだけだった。ハリアーは無動力で、夜の海面上50フィートの中空に、静止しているのだった。いや、

――ウォンウォン

かすかな音――うなりのようなものが頭上から聞こえる。

「なっ、何だ？　何が起きたんだ！」

ウォンウォンウォン

美月は起動ハンドルから手を離し、うなりの聞こえる頭上を振りあおいだ。

ウォンウォン

「何だ――あれは……！」

戦艦〈大和〉艦橋

「艦長、未確認物体と森高機は、完全に重なって停止したそうです！」

「いったい未確認物体とは、何だ？」

「わかりません！　かなりの大きさで、空中に停止しているそうです」

戦艦〈大和〉ＣＩＣ

「何かしらこれは……空中に停止して動かなくなった」

「大尉、ヘリコプターでしょうか？」

「大き過ぎるわ」

川村万梨子は思いついて、システム管制士官に、

「三次元レーダーの記録をプレイバックして！　いつ、どこからこれが現われたのかチェックするのよ！」

しかし、

「それならもうやってみました大尉。やはりこの物体は、森高機の頭上６万フィート

に、さっき唐突に〈出現〉したのです！」

美月のハリアー

ウォンウォンウォン
ウォンウォン
「何だ——？　あれは」
〈針〉が夜空に浮いている。
美月のハリアーは、宙に浮いたまるで白銀色の〈針〉のように見える巨大な物体の真下で、見えない力に支えられ静止していた。
（——〈針〉だ……ものすごく大きな……）
そう、それは美月の目には、どうみても全長30メートルほどの白銀の〈針〉に見えた。
ウォンウォンウォン
白銀の〈針〉は、美月の頭上の空中に静止していた。ウォンウォンというかすかなうなりのほかには何も音がしない。〈針〉の表面に潮風があたる音が聞こえるほどだった。

ひゅううう
ひゅるるる
ウォンウォンウォン――

戦艦〈大和〉CIC

「――動き出したわ」

レーダーの画面の上で、ひとつに重なったターゲットが移動を始めた。

「運動速度を出して」

「はい」

森高機と未確認物体はひとつになったまま、こちらへ――〈大和〉へ向けて加速し始めた。

「未確認物体は加速を始めました。本艦へまっすぐ向かってきます。速度は――

えっ？」

美月のハリアー

ひゅううううう!

急に風切り音が強くなった。

美月はシートに背中を押しつけられた。

「わっ」

「なっ、何だ?」

前進している。

美月のハリアーを見えない力で宙にぶら下げたまま、白銀の〈針〉は前方へ加速していた。

シュー ーッ!

「どうなってるんだ!」

びゅううううっ!

コクピットの風防にあたる風が急激に強くなる。強くなったかと思うと、
ドンッ
何かに乗り上げたようなショックが機体をつらぬき、対気速度計を見た美月が思わ

ず大声をあげた。

「音速を超えた？　うそっ！」

動き始めて、ものの五秒もたっていない。

シュッ
夜の海の上を、シーハリアーをぶら下げた〈針〉は吹っ飛ぶように移動した。

戦艦〈大和〉

「全艦、第一級非常態勢！」

〈大和〉第一艦橋では森艦長が怒鳴っていた。

「急げ！　未確認物体が来るぞ」

「全艦第一級非常態勢！」

「第一級非常態勢！」

ヴィイイイイッ
ヴィイイイイイッ
「戦闘用意だ！　砲術長」

「は」

「二番砲塔には対空三式弾が装塡《そうてん》してあったな?」

「はい艦長」

「よし、一番には91式徹甲弾——いや有線縮射砲弾だ」

「了解しました」

しかし乗組員たちが配置にもつかないうちに、

「艦長、大変です!」

双眼鏡を持った副長が、艦橋の窓から前方を指さした。

「どうしたっ?」

「もう来ました」

「なにっ」

「未確認物体です! あそこに!」

「馬鹿を言うな」

月明かりが切れ切れに照らす夜の海面の上、高度は1000フィート程度の低空だ。波頭《はとう》少佐がこの場にいれば、それが何であるかを指摘出来ただろう。だが森艦長以下の〈大和〉乗組員たちには、それが〈黒い球体〉を曳航《えいこう》して地球のそばを通りかかり、〈ネオ・ソビエト〉に核攻撃された星間文明の恒星間飛翔《ひしょう》体だとはわからなかった。
白銀の〈針〉のような星間飛翔体は、見えない糸でハリアーの機体をぶら下げているような格好で、地球人の戦艦の前に姿を現わした。
シュウゥ
50マイル（90キロメートル）の距離を十秒もかけずに移動した白銀の〈針〉は、再びゆったりとした飛行船のような速度に戻って、〈大和〉の左舷《さげん》へすれ違うようにゆっくりと近づいてきた。
ウォンウォンウォンウォン
「何だ？」
「何だ、あれは――？」
ウォンウォン
〈大和〉は迫ってくる〈針〉に主砲を向けた。無数の対空高角砲が、頭上に滞空する全長30メートルの〈針〉を追尾した。〈大和〉の、外が見える部署にいる全ての乗組員は、中空に浮いて進む白銀の〈針〉をこの世のものではないかのようにあっけにとられて見上げていた。

戦艦〈大和〉CIC

〈大和〉のCICでは、通信士官が国際緊急周波数を始めあらゆる周波帯を使って、上空の未確認物体に交信を試みていた。

「接近中の飛行物体、応答せよ。こちら西日本帝国海軍・戦艦〈大和〉。予告もなく本艦に接近するのは敵対行為と見なされ攻撃されることがある。くり返す、攻撃されたくなければ応答されたし。こちらは戦艦〈大和〉――」

川村万梨子はCICの全スタッフに命じて、〈大和〉の観測用センサーを総動員し、未確認物体の表面を走査させていた。

「VTR、回ってるわね？」

「はい、四台で四方向から撮影しています」

「映像を六本木へ伝送して！」

「はい！」

戦艦〈大和〉艦尾飛行甲板

白銀の〈針〉は、ゆったりした飛行船のように〈大和〉の左舷をすれ違って、艦尾の最後部飛行甲板の真上へ漂うように近づいてきた。

ウォンウォンウォンウォン――

「おい、あれを見ろ」

「森高少尉のハリアーだ！」

整備員たちが、飛行甲板脇《わき》の待避ピットから頭を出して、頭上の飛行物体の下の方を指さしては叫んだ。

「森高少尉のハリアーを、ぶら下げているぞ！」

ウォンウォン

やがて〈針〉は飛行甲板の真上で静かに停止し、そっと置くように海ツバメ色のハリアーを中央十字線の真ん中へ降ろした。

ごとん

シュー……

着陸脚が半分出かかった形のハリアーの機体は、甲板に置かれるといったんゴロッとかしいでから、落ち着いた。

シュウゥゥ
機体の表面からは、猛烈な空気との摩擦熱のせいで白い湯気が立っていた。謎《なぞ》の星間飛翔体に墜落しかかったのを拾ってもらったのは良かったが、飛翔体は地球の航空機がどれくらいのスピードに耐えられるものなのか知らなかったらしい。

「おい」

「おいっ」

整備員たちが、急いでハリアーに駆け寄る。彼らは知らなかったが飛翔体は美月のハリアーをぶらさげたまま引力圏脱出速度の手前まで加速して移動したのである。ハリアーの機体表面の塗料は溶けかかっていて、整備員がコクピットのキャノピーを吹き飛ばす〈救助レバー〉を引こうとしても、熱くてさわれないのだった。

「誰かっ、水をかけろ!」

大騒ぎしてようやくキャノピーが取り除かれ、前部操縦席からゆでダコのようになって気を失っている森高美月が引きずり出された。

〈針〉のような飛翔体は、飛行甲板の上でまったく音を立てずに浮かんでいたが、
ウォンウォンウォン
やがて美月が救助されると、ゆっくり移動し始めた。

ウォンウォン

〈大和〉のサーチライトに照らされて、夜空に銀色に浮かび上がった〈針〉は静かに高度を上げ、〈大和〉の周囲を一周し始めた。

戦艦〈大和〉艦橋

「艦長」

「ううむ」

森は艦橋の窓から〈針〉の飛ぶさまを見ながら、何も指示が出せないでいた。

「俺《おれ》はあんなものを見るのは初めてだ」

「私もです艦長」

「あれはいったい何だ？」

「わかりません――が艦長、どうやら敵ではないような気も、します」

「なんとも言えん」

「艦長、あれは父島海域に落下した〈黒い球体〉と関係があるのではないですか？」

「なんとも言えん」

森は振り向いた。

「砲術長、とりあえずあの未確認物体に、こちらを攻撃する意志は無いようだ。このまま警戒しつつ待機を続けろ」

「はっ」

森艦長はまた双眼鏡をのぞきながら、

「あれは、森高を……助けてくれた――のか？」

「そう判断すべきかも知れません、艦長」

〈大和〉の主砲とすべての対空高角砲が、〈針〉を狙《ねら》うのをやめて元の位置に戻った。乗組員たちが戦闘配置を離れて、この不思議な物体をみんなで見上げた。

「おい」

「何だ」

「何なんだあれは――？」

ウォンウォン
〈針〉は戦艦〈大和〉の周囲を、まるで観察するかのようにひと回りする。一方〈大和〉の観測用VTRカメラ、赤外線カメラ、非可視光線スキャナーその他すべての光学センサー、熱源センサー、音響センサー、磁気センサー、放射線測定器、ありとあらゆる観測器材も上空の〈針〉を追いかけて、センサーヘッドを旋回させた。

「有害放射線は出ていない」

「重力センサーに異常を検出。〈大和〉右舷に異常に重力の低い場が出来ている」

「甲板要員、磁気センサーの前に立つな！」

それは敵か味方かわからないお互いを観察し合う、息の詰まるような一分間だった。

ウォンウォンウォン
〈針〉は地球人の巨大戦艦の周りをぐるりと回り終えると、
フィイイイン――

ふいに、重さも感じさせないような加速の仕方で、
フュンッ！

突然かき消すように、その空中からいなくなった。

ズドンッ
〈針〉が音速を超えて飛び去った衝撃波で、〈大和〉の艦体が震えると、

「お」

「おう」

「消えた――？」

第一艦橋はどよめいた。

「艦長、消えたのではありません、飛び去ったのでしょう」

副長の声を裏づけるように、

「艦長！」

ＣＩＣから当直士官が駆け込んできた。

「未確認物体が飛び去りました！」

「追跡しているか？」

「追跡出来ません。未確認物体は南東の方角へ向けて加速し、一秒で音速を超え、その直後にレーダー画面から消えてしまいました」

外務省　特別安保対策室

「現われたか！」

〈大和〉の撮影した映像が六本木へ伝送され、赤坂国家安全保障局のホストコンピュータに中継され、ここ外務省に詰める波頭少佐の卓上コンピュータへ送られてくるまでに二分を要していた。そのため波頭は鹿児島沖の戦艦〈大和〉に必要な指示を出すことが出来なかった。

「くそっ、コンタクトするチャンスだったのに！」

「波頭、それは例の、星間文明の飛翔体か？」

木谷《きたに》が聞く。

「そうです総理。現われてくれたんですよ」

「現われてくれた？」

波頭はうなずいた。

「どこかで様子を見ていたに違いありません。あれは我々の目の前に、ためしに姿を現わしてみたのです。私はそう思います。くそっ、六本木に詰めていればすぐに指示を出せたのに！」

ホットラインによる交渉が決裂してしまったので、安保対策室では今後の事態をどう国民に伝えようかと、各省庁の事務官の間で盛んに議論が行われている最中だった。外務省のスタッフは国連と相談するため、すでに部屋を出て持ち場へ帰って行った。

「現われてくれたとは、波頭、どういうことだ？」

「総理、このレーダーの記録を見てください。星間飛翔体は〈大和〉の付近でふいにレーダーに姿を現わし、〈大和〉艦載機の乗員を救って送り届けてから、また姿を消しました。飛翔体の技術レベルなら、地球の電波探知器から姿を隠しておくことはたぶん造作も無いことなのだと思われます。本日早朝の〈ネオ・ソビエト〉核攻撃から今まで、あれはきっと大気圏内のどこかはるか高いところから地上の様子を走査していたのです」

「それがなぜ、〈大和〉に現われたのだ?」

「これは推測でしかありませんが――」

裏付けの無いことを言うのを恥としている波頭が、この時だけ珍しく100パーセントの推測を木谷に言い切った。

「――あの飛翔体が、我々西日本帝国の陣営を、〈援助者〉としてふさわしいかも知れないと判断してくれたのです。それでコンタクトしてきたのです」

「〈援助者〉?」

「そうです」

六本木国防総省　総合指令室

「統幕議長、〈大和〉の上空に現われたのは、今朝の衛星写真に写っていた星間文明の飛翔体に間違いないようです」

先任当直情報士官の羽生恵から報告を受けた峰《みね》は、最高司令官席から身を乗り出して、前面スクリーンに投影された〈針〉の静止映像を見やった。二枚の映像――静止軌道外で核攻撃を受ける直前の〈針〉と戦艦〈大和〉上空の〈針〉の静止画像が並んで投影され、コンピュータが比較分析をおこなったデータが何行ものメッセージで表示されている。

「飛翔体は、友好的だったというのか？」

「はい」

恵は〈大和〉からの報告電文を見ながら、

「ハリアーの機体から救出された森高美月少尉は、先ほど息を吹き返し、燃料切れで墜落しかかったところを拾い上げられたと報告したそうです――」

電文をそこまで読んだ時、恵は峰の表情が動くのがわかった。

今朝からぶっ通しで働いている恵は、かいつまんで説明しながら『そうかあの子、助かったのか』と心の中で思った。疲れで総合指令室の女性オペレーターたちは誰もが無表情になっていて、おかげで恵も自分のせいで母子家庭になってしまった美月の消息を口にするのにポーカーフェイスを保つことが出来た。

「――ただ、星間飛翔体は地球の航空機がどれくらいのスピードに耐えられるか知らなかった模様で、森高機は飛翔体に抱えられながら空気摩擦で溶ける寸前まで行き、森高少尉は本人の言を借りれば『コクピットでゆでダコ寸前』だったとのことです」

「ううむ――」

峰はうなった。

「失礼します」

恵は峰のほっとしたような顔を見てから、きびすを返して部署へ戻って行った。

峰は隣の吉沢《よしざわ》少将に、

「――吉沢さん、この飛翔体、とりあえず悪いやつでは無さそうじゃないか」

「うん」

吉沢は腕組みしながら、

「しかしなぜ、〈大和〉のそばに現われて艦載機の乗員を助けたりしたのだろう?」

峰は「ううむ」とうなりながら、

「吉沢さん、俺は昔〈大和〉の艦長をしたし、艦隊を指揮したこともある。その経験から推測するんだが――たとえばあんたがもし、プルトニウム輸送船を護衛する巡視船の船長だったとしよう」

「うむ」

吉沢は峰のたとえ話にうなずく。

峰は、

「吉沢さん、西日本に運んでくる航海の途中で、核燃料を積んだその輸送船が南洋の未開の島の原住民に突然襲われ、拿捕《だほ》されたとしたら、あんたはどうするね？」

「ううむ――わしだったら……とにかくその島の周りにとどまり、危険な放射性物質を積んだ輸送船を取り戻そうとするだろうな」

「そうだ。それが巡視船の責任者が考える、当然の行動だ。しかし巡視船には武装はしてあるが、島の中には不案内だし、輸送船奪回には人数も足らない。どうする？」

「ううむ……そうなったら――島の中で友好的な部族を探して、わけを話して援助を――」

　吉沢は言いかけて、峰を見た。

「――〈黒い球体〉を確保して、再び宇宙へ運び出すのに、援助がいるわけか！」

「そう考えるのは、妥当ではないか？　我々西日本帝国軍を、信用してみようかと飛翔体では考えているのかも知れんぞ」

「だから近づいてきて友好を示したのか」

「そうだ」

「しかし峰さん、〈黒い球体〉はすでに割れていて、中身は洋上へ出てしまっているらしい。そのうえ、我々は東日本からの侵攻を受けつつあるのだ」

「そうなのだよ吉沢少将。我々は、戦争なんかしている場合ではないのだ」

東日本共和国　暫定首都新潟
統合軍令部作戦室
十一月二十九日　午前零時

常磐《じょうばん》海岸で補給中だった機械化平等第一師団が敵上陸部隊とおぼしき勢力に襲われ全滅してから数時間が過ぎても、ここ新潟の統合軍令部は何が起きたのか全然つかめていなかった。

情報が不足していたからである。

ただちに常磐海岸方面へ偵察に出た陸軍のヘリコプター四機は、『阿武隈《あぶくま》山地から太平洋岸にかけて濃霧が立ちこめている』という報告をした後、次々と連絡を絶ってしまった。

敵の上陸部隊とおぼしき勢力を確認して報告してきたものは一機も無かった。これで軍令部はますます混乱した。

「いったいヘリは何にやられたんだ？」

「軒並み突然に連絡を絶ち、応答しなくなるとは――」

「考えられるのは、濃霧の山中を偵察しようとして山腹に激突したか、あるいは敵の歩兵携行ＳＡＭ（地対空ミサイル）に下から狙われたということだが……」

若い作戦士官たちは、まだ推測で意見を言い合うことしか出来ないでいた。

「別ルートで偵察飛行をしていた四機が、ほとんど同時に山にぶつかるとは考えにくいぞ」

「ではやはり、敵の上陸部隊の携行ＳＡＭにやられたのか」

「対空戦車もいるかも知れない」

「どっちにせよ、ヘリが敵にやられたのは確かだろう。しかしやられたならやられたで、敵がどれくらいの規模でどんな装備を持っていて、正確に今どこにいるのかわからなくては、最高作戦会議室へ報告を出せないぞ」

若い士官たちは「う〜ん……」となった。作戦士官たちは、上陸してきたらしい敵よりも最高作戦会議室の山多田大三《やまただだいぞう》や加藤田要《かとうだかなめ》や陸軍大臣の方がずっと怖かった。

「どうするんだ？」

推測だけ言い合ってもどんどん時間が過ぎるばかりだった。敵がどこにどのようにどれだけ展開しているかがつかめなくては、軍令部は味方の反撃部隊を的確に進めることが出来ないのである。

「ヘリが四機とも消息を絶ちましたから、多分敵が阿武隈山地を進撃中でしょうなどと適当な報告をしたら、陸軍大臣になんて言われるかわからないぞ」

「お前報告に行け」

「お前行けよ」

誰もが、さっき陸軍大臣に軍刀で叩《たた》き切られた先任作戦参謀の断末魔の叫び声を思い出していた。


——う、うぎゃぁぁぁぁぁ！

若い士官たちは最高作戦会議室へ報告に行く役目を押しつけ合って、ここでまた時間を無駄にした。実はその間にも、阿武隈山中の村が二つ、あの〈怪物〉によって消滅していたのである。しかし通信手段の発達していない東日本共和国なので、そんな報告は新潟へは入って来なかった。


「たるんどる！」

陸軍大臣が軍刀を床にドンとついて怒鳴った。

「も、申し訳ありません！」

結局くじ引きで負けた一人の少尉が、ヘリの連絡を絶ったたいたいの位置などから一生懸命考えて推定した〈敵の上陸部隊〉の位置と勢力を、壁面の地図で説明した。

「こ、このように現在、敵の上陸部隊と思われる勢力は、阿武隈山地を横切り、中通り盆地へ向け進撃中と考えられます」

機械化第一師団がやられた海岸と、偵察ヘリが次々にやられた地点を結んでいくと、確かに〈敵の上陸部隊〉は阿武隈山地を越えてまっすぐ内陸へと向かっているらしい。そして、

「て、敵の勢力がこのまま進みますと――」

少尉は地図を棒で指しながら、

「――中通りを南北につらぬいている平等東北国道へ出ます。さらにこの先には、西日本帝国を解放するための最前線である第一平等航空隊基地があります」

ううむ

最高作戦会議室の面々は、うなった。

確かに地図をよく見ると、〈敵の上陸部隊〉は、戦車隊を始めとする陸上兵力が西日本侵攻のために南進する高速道路と第一平等航空隊基地のある福島県の町を目指して進んでいるように見えるのだった。それはあの〈怪物〉が、単に食物を求めて人口密集地へ向かっているだけなのだったが、敵に攻められていると信じている軍令部の人々は戦略的要衝を狙われているのだと解釈した。

「山多田先生！」

陸軍大臣が立ち上がって進言した。

「平等東北国道には、今まさに西日本解放のため利根《とね》川渡河作戦に向かう第二、第三師団が、T80戦車百五十両の勢力をもって南進中であります！　やつらの狙いはこの第二、第三師団の阻止でありましょうが、いやおこがましい、揚陸艦で運んだ兵力などで我が共和国陸軍の主力に立ち向かうつもりとは！」

最高作戦会議室では、もう誰も陸軍大臣の熱弁に異議を唱える者はいなかった。

「常磐海岸の第一師団は、補給中にふいをつかれたのです！　でなければ、上陸部隊のホバークラフトや軽戦車ごときに、無敵のT80八十両がやられてしまうわけがないっ！　だが今度は違いますぞ。携行ミサイルをかついだ歩兵も、山を越えれば疲れる。ミサイルの弾体もかなり消費しているはずだ。上陸用の軽戦車などT80の敵ではない。おまけにやつらには後方からの補給もない。へとへとになって山を越えてきたところを、第二、第三師団のT80百五十両で、待ち構えて叩きつぶしてやりましょう！　これを利根川渡河作戦のウォーミングアップとすれば、兵たちの士気もいやましに上がるというものでありますぞ！」

若い作戦士官たちが考えたのも、とにかく東北道を南下中の第二、第三師団を止めて、敵の勢力に向かわせなければ利根川を越えるどころか共和国を分断されてしまう危険があるということだった。〈敵の上陸部隊〉の戦力は、T80八十両をあっという間に全滅させ、しかもまだ陣容が全く明らかになっていないのだ。軍令部の誰も、〈敵上陸部隊〉の正体が実は黒い球体から這《は》い出して来た巨大な怪獣だとは、想像してもいなかった。

陸軍大臣は、頭から湯気を立てて進言した。

「山多田先生、ただちに、第二、第三師団に敵の殲滅《せんめつ》を命じましょう！」

「先生、それに先立ち、第一平等航空隊による敵勢力への航空攻撃を！」

空軍大臣も負けずに進言した。

「我が精鋭による爆撃で、敵を血祭りに上げて見せましょう！」

六本木国防総省　総合指令室

「統幕議長、巡洋艦〈群青〉より報告です」

海軍の南方面セクター担当のオペレーターが報告した。

「〈群青〉？」

「はい議長。総理府のチャーターで硫黄島海域へ科学調査に出ていたイージス巡洋艦〈群青〉です。科学調査は議長の命令で中止、父島海域へ向け急ぎ北上中でした」

「ああ」

峰は自分の出した命令を思い出した。総理府にチャーターされていた巡洋艦を、父島海域へ向かわせたのだ。

しかしイージス艦を出して科学調査とは、木谷首相は何を考えていたのだろう？

「〈群青〉から、何か言ってきたか？」

「はい」

オペレーターは、デジタル通信で送られてきたメッセージをコンピュータ画面から読み取った。

「電文、『父島南東１００キロの洋上に、東日本巡洋艦と思われる艦影をレーダーにて発見。〈明るい農村〉と思われる。呼びかけに一切応答なく、これより接近して接舷する』とのことです」

峰と吉沢は、顔を見合わせて思わず立ち上がった。

「〈明るい農村〉が、見つかったのか！」

総合指令室前面スクリーンのＣＧグラフィック地図の上に、イージス艦〈群青〉の位置と、〈群青〉がレーダーで発見した東日本の巡洋艦〈明るい農村〉の正確な位置が、新しいシンボルで表示された。ちょうど父島の南東だ。数時間前に〈黒い球体〉が発見された場所と、距離にして数十キロも離れていない。

「あの巡洋艦は、〈黒い球体〉が着水した時、近くにいて接触したはずだ。〈球体〉から中身が出て来たところを、見ているかも知れない。その後に救難信号を出して、沈黙してしまったわけだが――」

「空軍の新谷参謀長は、その救難信号を傍受して〈明るい農村〉に着艦し、同じように連絡を絶ったわけだな」

「うむ。とにかく重要な鍵《かぎ》が、あの艦には隠されているのだ」

峰は腕組みをしてスクリーンを見た。

「〈群青〉が、〈明るい農村〉へ向かいます。三十分で接舷できるでしょう」

オペレーターが言った。

「オペレーター、〈群青〉に『捜索隊を乗り込ませて報告させろ』と伝えてくれ」

「了解しました」

前面スクリーンで、〈群青〉のシンボルが、漂流する〈明るい農村〉へ近づいて行く。

9. 三宅島沖海戦

＊浦賀水道で、東日本戦闘機の対艦ミサイルをからくもかわしたイージス艦〈新緑〉は、古参の士官の負傷によりかえって元気を取り戻した矢永瀬艦長の指揮のもと、父島海域の黒い球体回収に向かう。しかしその前途に、東日本海軍の主力艦隊が立ちふさがる。

三宅島沖
　帝国海軍イージス巡洋艦〈新緑〉
　同日　午前二時四十分

「艦長。東日本艦隊です」

　東日本のF7戦闘機の空襲によって浦賀水道を閉塞《へいそく》されてしまい、後続の艦を湾内に残してただ一隻父島海域へ急行しようとしていたイージス艦〈新緑〉は、三宅島沖《みやけ》にさしかかったところで東日本海軍の主力艦隊に鉢合わせしてしまった。

「敵主力艦隊を発見。方位０９０度、ほぼ真東。距離35マイル」

　CIC（中央情報作戦室）からの報告に、ようやく神経性の下痢が治ったばかりの矢永瀬《やながせ》艦長は「うぐっ」と胃を押さえた。

「〈東〉の主力艦隊だと？」

「艦長、六本木より入電です。『東日本艦隊を阻止せよ。父島へ行かせるな』、以上です」

　電文を読みあげた通信士官を思わず矢永瀬は振り向いた。

「『阻止せよ』というのは、つまりやっちまっていいってことか？」

「さあ。そうなんじゃないですか？」

「ったく、うるさいオヤジどもがいなくなってすっきりしたと思ったら――」

「艦長、ミサイル弾庫が開きました。戦闘できます」

臨時に副長を命じたCIC先任士官の大田中尉が報告してきた。

「ううむ、こうなったら仕方が無い。CIC、敵の陣容は？」

〈新緑〉のCICでは、ミサイル管制士官の小月《おづき》恵美少尉がレーダー画面に映ったエコーに加えて、敵艦隊付近まで接近させている小型無人観測機からの赤外線TV画像を見ながら敵の陣容を把握しようとしていた。

「艦長、東日本艦隊は七隻。巡洋艦2、ヘリコプター母艦1、駆逐艦4です」

赤外線画像認識で、〈新緑〉の人工知能が敵艦一隻一隻を識別する。

ピッ
「識別が出ました。カーラ級ミサイル巡洋艦〈改革前進〉と〈闘争勝利〉、レニングラード級ヘリコプター巡洋艦〈輝く共和国〉、カシン級駆逐艦〈はたらく労働者〉、〈まじめな若者〉、〈うたう正直者〉、〈みんなで労働〉です。向こうもこちらを探知しました。右へ回頭します。接近コース、速度25ノット」

「取り舵《かじ》、090！」

矢永瀬は操舵手に怒鳴った。

「全艦、戦闘態勢だ。仕方が無いやるぞ！」

「はっ」

大田中尉が振り向いて怒鳴った。

「全艦第一級戦闘態勢！」

サイレンが鳴り響き、巡洋艦〈新緑〉は艦首を敵艦隊に向けて速度を上げた。

ズザザザザ！

〈新緑〉はたった一隻で、七隻の東日本艦隊へ向かって行く。

「ＣＩＣ、ＥＣＭ（電子戦妨害）をかけろ。敵にこちらを照準させるな」

「了解」

山多田大三《やまただだいぞう》から『父島海域を制圧し、星間文明の〈黒い球体〉を持ち帰れ』と命令され南下していた東日本主力艦隊は、いきなり水平線の上に西日本海軍の巡洋艦が現われたので、あわてふためいた。

「西日本艦隊は浦賀水道で足止めじゃなかったのか！」

旗艦〈改革前進〉の艦橋で艦隊司令官が怒鳴った。戦勝気分から第一艦橋で車座になり、芋ウォッカを飲みながら花札賭博《とばく》をしていた艦隊参謀や幹部乗組員たちはあわてて立ち上がり、帽子をかぶって配置についた。

「新潟軍令部からの情報では、西日本艦隊はわが空軍機の攻撃で六隻撃沈され、残存艦も東京湾内に閉じ込められているはずだぞ」

イージス艦が無傷で出動しているという情報は、無かった。軍令部からの知らせでは、敵の第一護衛艦隊は味方機の奇襲攻撃でことごとくやられ、浦賀水道は真珠湾みたいに燃えているはずであった。司令はとりあえず急いで全艦隊を水平線の敵艦へ向け回頭させた。ミサイル照準レーダーに映る面積を小さくするためだ。

パリン

「こら酒を割るな、もったいないじゃないか」

「司令、でも敵艦は一隻だけです」

「一隻でもイージス艦だぞ。〈輝く共和国〉に連絡、ただちにフォージャーを上げて側面から攻撃させろ」

レニングラード級ヘリコプター巡洋艦〈輝く共和国〉の広大な後部飛行甲板では、Ｙａｋ38フォージャーＶＴＯＬ戦闘機十二機が主翼の下にＡＳ7対艦ミサイル二発を取りつけた状態で待機していた。

ヴィーッ、ヴィーッ

だが出撃のサイレンが鳴っても、フォージャーのパイロットたちは『ＡＷＡＣＳ撃墜、浦賀水道閉塞、戦艦〈大和〉大破炎上』という軍令部発表をうのみにして楽勝気分に浸り、待機所でみんなで芋ウォッカをあおって花札賭博をしていたために、すぐに発艦することが出来なかった。

「いったいどうなっているんだ」

「ううっ、うげっ」

「こら飛行甲板に吐くんじゃない」

「整備員、ただちにエンジン回せっ、うえっ」

キィイイイイン
やっとエンジンをかけたフォージャーが、飛行甲板から垂直離陸しようとする。しかしただでさえＹａｋ38の垂直離陸は難しいのに、パイロットはみんな酔っ払っていた。フォージャーはたちまちバランスを崩し、飛び上がったとたんにばたばたと海へ落ちた。

「うわあっ」

バランスを崩した一機が横風にあおられ、〈輝く共和国〉の艦橋へ突っ込んだ。

「うわーっ！」

ドカーンッ！

その爆発を見た艦隊各艦のブリッジでは、早くも敵イージス艦のミサイルが飛来したのだと勘違いし、

「な、なんて素早い攻撃だ！」

「ミサイルは見えなかったぞ！」

「レーダーにも映らなかった！」

大混乱におちいり始めた。

「早く反撃しろ！　やられるぞ」

〈改革前進〉の艦長はミサイル管制士官を叱咤《しった》した。ところがそこへ〈新緑〉が強力なＥＣＭをかけてきたため、〈改革前進〉はじめ東日本艦隊全艦のミサイル照準レーダーが一時的にブラックアウトしてしまった。

「わあっ、ＥＣＭだ！」

レーダー画面は真っ白になり、各艦同士の通信も出来なくなった。

「あわてるな、ＥＣＣＭだ」

電子戦妨害をかけられた場合の対策手順はマニュアルに定められており、レーダーや無線の周波数を変えることによって探知／通信能力を回復させることが出来るのだが、いつ敵のイージス艦からミサイルが来るか分からない状態で落ち着いて操作など出来るものではなかった。〈改革前進〉の電子戦担当士官は怖くて手が震え出し、キー

ボードがたたけなくなってしまった。

「う、うあ、うああ」

「何をやっているっ」

　東日本艦隊に30マイルまで接近した〈新緑〉は、七隻の敵艦をすべて対艦ミサイルの射撃管制システムにロックオンした。

「艦長、ＲＧＭ84、敵各艦に対し二発ずつロックオンしました」

　ＣＩＣの主任管制席で、小月恵美が完了した設定画面を見ながら艦橋をコールした。

「よし小月少尉。やってしまえ。ハープーン全弾発射」

「あのう、艦長」

「何だね？」

「全部沈めてしまって、いいのでしょうか？」

「ああ遠慮することはない。やられた〈富士〉の仕返しだ」

「でも、全艦沈めてしまうのは、かわいそうではないでしょうか」

「ううむ――」

　矢永瀬は腕組みをした。なんて優しい子だ。この任務が済んだら食事に誘おう。

「艦長」

　大田中尉が言った。

「全艦沈めてしまうと、当然人道上、生存者を我々が救助しなくてはなりません。この艦に、七隻分の乗組員を収容したら、兵員室がパンクしてしまいます」

「ううむ、そうだな。飯代もかかるな」

「はい。東日本艦隊の連中は腹を空かしていますから、きっと我々の分の食糧まで、みんな食べてしまいます」

「それは困る。俺《おれ》は朝飯に、フレンチトーストと目玉焼きを二個食べないと、目が覚めないんだ」

「卵なんか、無くなっちゃいますよ」

「ようし、小月少尉」

　矢永瀬はインターフォンに言った。

「敵艦は、大破航行不能にするだけでいい。手加減してやれ」

「了解しました。手加減をします。ハープーン、各艦へ一発」

　CICの管制席で、小月恵美の透明マニキュアをした人差し指がプラスチックのガードを押し上げ、黄色い発射スイッチを押し込んだ。

「行けっ、ミサイルたち！」

〈新緑〉前甲板のＶＬＳ（垂直発射システム）の蓋《ふた》がスライドして開き、ＲＧＭ84〈ハープーン〉対艦ミサイルが射出され始めた。固体ロケットブースターで上空１０0メートルへ打ち上げられたハープーンは、内蔵ターボジェットで加速し、海面上10メートルまで降下して〈新緑〉のＳＰＹ―１Ｆフェーズドアレイ・レーダーシステムの誘導にしたがって目標へ飛び始めた。〈新緑〉のＳＰＹ―１Ｆレーダーは三次元レーダーと射撃管制コンピュータの複合体で、ミサイルが目標の敵艦に向かうのをモニターし、もし敵艦が急速に進路を変えるようならば自動的にコース修正の指示を出すことが出来た。

シュパーッ

七発のハープーンは扇状に散開し、迫ってくる七隻の敵艦それぞれに吸い込まれるように突っ込んで行った。

「うわーっ！」

先頭を進んでいた駆逐艦〈まじめな若者〉と二番手の〈はたらく労働者〉は、レーダーが真っ白だったためにハープーンミサイルの蜜蜂《みつばち》のようなターボジェット排気音が耳で聞こえてくるまでミサイルの接近に気づかなかった。ハープーンは目標艦の１０００メートル手前でいったんホップアップすると、先端の赤外線シーカーで目標をしっかり捕らえてその真ん中に着弾するように補助翼の角度を調整した。上部構造に斜めに突っ込んだハープーンは老朽化していた旧ソ連製駆逐艦の上甲板をたやすく突き破り、その下の機関室へ到達したところで２２０キログラムの高性能炸薬《さくやく》に点火した。

大爆発。

ドカーン！

ほとんど同時に〈改革前進〉と〈闘争勝利〉でも大爆発が起こった。

ドーンッ！

ヘリコプター巡洋艦〈輝く共和国〉への着弾は、同艦が之《の》の字航走を始めていたため若干遅れたが、外れはしなかった。〈新緑〉のかけたＥＣＭは、東日本海軍が使用するあらゆる種類のレーダー周波帯を一度に塗りつぶしてしまったため、西側のＣＩＷＳに当るＡＤＧＭ６３０近接防御機関砲を作動させることに成功した艦は一隻も無かった。

さらに後続の駆逐艦〈うたう正直者〉と〈みんなで労働〉にもハープーンが突っ込んだ。

ドカーン！

ドドーンッ！

艦隊の四隻の駆逐艦は、それぞれ艦齢三十五年以上という博物館に片足を突っ込んだ代物だったので２２０キログラムの炸薬の爆発にとても耐えられず、爆発と同時に四隻とも真っ二つに折れて沈没してしまった。残る三隻の大型巡洋艦も、

「ＥＣＭはまだ解けないのかっ！」

ついに〈新緑〉のＥＣＭを解くことが出来ず、一発のミサイルも応射できないうちに機関が停止し、艦底から浸水が始まって傾き始めた。

「艦長、敵艦隊は全艦停止しました」

「全部沈んではいないな？」

矢永瀬は双眼鏡をのぞいた。水平線の上に赤い火柱が七本上がって、炎上している。

「一番でかいやつが、大丈夫でしょう、たぶん」

大田は無人観測機が撮影して送ってきた画像の中で、まだまっすぐ浮いているヘリコプター巡洋艦〈輝く共和国〉を指さした。

「このヘリ空母が、沈没艦の救助作業をしてくれるでしょう」

「よし」

矢永瀬はうなずいた。

「みんなご苦労だった。本艦は再び父島海域へと向かう。第一級戦闘態勢は、解いていいぞ」

だが、通信士官が矢永瀬を呼んだ。

「艦長、すぐ近くから民間船の救難信号です。どうやら海戦の巻き添えを食った船がいるらしい」

「何だと？」

「あっ、本当です艦長」

大田中尉も観測機の画面を見て言った。

「敵のヘリ空母のすぐ近くに、中型の遠洋漁船がいます」

赤外線映像の中の遠洋マグロ漁船は、機関が停止して傾いていた。

「航行中を、戦闘に巻き込まれたのでしょう」

「ううむ。こんなところをうろうろしているからだ」

数時間前に銚子《ちょうし》漁港を出港したそのマグロ漁船は、一路南下して三宅島沖から西へ進路を変えようとしていたところを、東日本艦隊が後ろから追い越す形で迫ってきて、そのままミサイルの嵐《あらし》に取りこまれてしまったのだ。漁船の目的地はアフリカだった。

こぉおおお――

漁船のマストの上で、ヘリコプター巡洋艦〈輝く共和国〉の艦橋が今にも燃え落ちようとしていた。

「なんでこんな目に遭うのよーっ！」

五条真由香が、引きちぎれかけた金ラメのボディコン姿で傾いた漁船のマストにしがみついていた。

「このあたしのことを『アフリカへ売り飛ばす』とか言ったと思ったら、今度は海に沈めるつもりっ？　いいかげんにおしっ」

真由香は美しいさらさらのロングヘアを逆立てて、ゆっくりと近づいてくる最新鋭のイージス巡洋艦を怒鳴りつけた。

「艦長、大変です。ボディコンです」

「あん？」

マグロ漁船に接舷《せつげん》して、乗っていた人々を救助した後、大田中尉がわけの分からない報告をした。

「いったい何を言ってるんだお前」

「艦長、それが、あのマグロ漁船はヘリ空母のすぐそばにいたために爆風の余波を食ったのですが、船倉にはなんと、ボディコン姿の女の子が三十四名も、閉じ込められていたのです」

数時間前、陸軍の青年士官たちで構成されるテロ組織〈アフリカ農耕協力隊〉が、六本木の超高級クラブ〈クシャトリア〉を襲った。西日本の未来を憂える〈アフリカ農耕協力隊〉の青年士官たちは、ボディコンの遊び人の女の子数十人を縛りあげると『アフリカで畑を耕して来い』とマグロ漁船の船倉に押し込んだのだった。

「アフリカ行きの漁船の船倉にボディコンが三十四人？　どうなってるんだ」

「さあ。ミサイルの爆風を食った時に漁船の上部構造はなぎ払われ、船員たちは吹き飛ばされてしまったようです。どうしてボディコンを乗せて航行していたのか、わかりません」

つい夕方までは六本木で遊んでいた高級女子大生三十四人は、とりあえず〈新緑〉の乗組員に案内されて兵員食堂に収容された。彼女たちは髪をかき上げながらピンヒールで通路を歩いたので、下の層の乗組員は天井がカツカツいってうるさくてしょうがなかった。

「なんなのよー」

「ださいわー」

女子大生たちは、兵員食堂でコーヒーを出されると、椅子《いす》に斜めに座って煙草《たばこ》をすぱすぱ吸い始めた。たちまち艦内はメンソール臭くなった。

「艦長、父島海域まで連れていくのですか?」

「仕方が無いだろう」

「艦長」

通信士官が呼びに来た。

「ボディコンたちの中に、一人だけ男が混じっています。それも『自分は海軍の特務少尉だ』とかほざいています」

「よし、会ってみよう」

「でも、帝国海軍士官には、とても見えませんよ」

矢永瀬は兵員食堂の隅で毛布をかぶっているやせた男を見つけると、びっくりして駆け寄った。

「葉狩《はかり》！　葉狩じゃないか」

「——」

眼鏡をかけたやせた若い男は、どれだけひどい目に遭ったのか、すっかり消耗しているようだった。

「僕は……国防総省へ出頭しなければ……父島海域の黒い球体は……」

うわごとをつぶやく男の両肩をつかんで、矢永瀬は揺さぶった。

「おい葉狩！　俺だ。矢永瀬だよ」

「矢永瀬……？」

葉狩真一の近視の目が、焦点を結んだ。

「こ、ここはどこだ……」

「俺の艦だ。久しぶりだな葉狩。駿台《すんだい》予備校で一緒に勉強して以来だ」

「ああ——僕は……」

「しゃべらなくていい。お前は疲れている」

矢永瀬は振り向いて怒鳴った。

「おい誰か、空いている士官室にベッドの用意をしてくれ」

10. 五月《さつき》脱走

＊東日本艦隊が、救難信号を発する暇もなく全滅したのと同じ頃《ころ》、東日本共和国の暫定首都新潟では議事堂警護隊指揮官の立花五月が危機に陥ろうとしていた。そして濃霧の阿武隈《あぶくま》山地では、上陸した巨大な〈怪物〉が東日本の領内をあたりかまわず破壊し始める。

東日本共和国　暫定首都新潟

　議事堂警護隊指揮官・立花《たちばな》五月《さつき》は、マインドコントロールを受けていなかった。

「〈精神美化〉がある日は、これを飲みなさい。いいかね五月、訓練の前に飲むのだ」

「はいお父さま」

　立花耕二郎博士は愛娘が警護隊に取られるのを悲しみ、十四歳の五月が平等党高級訓練センターへ入営する時に、ひそかに白い錠剤の瓶を渡した。

「これは、五月が五月でいられるための、大事な薬だ。お前を護ってくれるだろう」

　五月は父の言いつけを守り、マインドコントロールが行われる時には化粧室へ行ってこっそりと白い錠剤を飲んだ。それは新潟平等大学生化学部の立花教授がひそかに開発しておいた、〈抗マインドコントロール剤〉であった。『せかいでいちばんえらいのは誰ですか誰ですか誰ですか』真っ暗闇《くらやみ》のブースに一人ずつ押し込められて、長時間ヘッドフォンで精神を侵食されていく少女たちの中で、五月は一人だけ未侵食の心を保ち続けた。『せかいでいちばんえらいのは山多田大三《やまただだいぞう》山多田大三山多田大三』しかし正気を保っているがゆえに、立花五月は苦行の少女時代を強いられることになった。

「候補生立花五月。お前は今宵の伽《とぎ》を申しつけられている。今夜十時に山多田先生のご寝室へ参るように。身体を清めるのを忘れるな」

五月が初めて大三から指名を受けたのは、十六歳の時であった。以来立花五月は、未侵食の正気を保ち続けるのと引き替えに、歯を食いしばって柔順な優等生を演じなければならなかった。五月が同期生の中でもっとも美しい娘であったことが、さらに五月を苦しめていた。

その生活が、もう七年も続き、五月は二十一歳になっていた。

コン、コン
「お姉さま」

後輩の警護官の女の子が訪ねてきた時、五月は勤務を終えて議事堂警護隊女子宿舎の自分の居室で制服を脱いだばかりだった。警護隊宿舎のすぐとなりの軍令部では、先ほど山多田大三率いる最高作戦会議が西日本帝国『解放』のために全軍の出撃を決定していた。

そのすぐ後の深夜のことである。

「お姉さま、ご相談があってまいりました」

そっと入ってきたのはまだ二十歳にならない少女だった。ワインレッドのミニの制服を着たままで、胸の装飾が歩くたびにチャリッと鳴った。

「どうしたの公香」

五月はライティングデスクで読んでいた本から顔を上げた。五月の指揮官用の白銀のコスチュームは、壁のハンガーにかけてあった。

「五月お姉様、先ほど山多田先生に今宵の伽を申しつけられました。わたし初めてなんです」

芳月公香はデビューしたばかりの警護官で、まだ十七歳だった。両手の白い指を胸の前で合わせ、潤んだ目で五月を見た。

「わ、わたし、何か粗相があってはと不安で不安で……お姉様、わたしに山多田先生のお相手をする時の作法を教えてください」

「公香――」

五月はツルゲーネフの〈はつ恋〉を伏せるとキイッと椅子《いす》を回し、目の前に立った芳月公香の栗《くり》色の髪を抱き締めた。

「――ああ、とうとうあなたも……」

五月は、可愛がっていた妹のような公香が山多田大三の今夜の慰みものに指名されたことが悲しかったが、それ以上に嫌だったのはこの公香という十七歳の少女が、自分が汚されることよりもあの変態独裁じじいの機嫌を損ねはしないかとそればかりを心配していることだった。

これが、マインドコントロールの結果である。

（変態独裁じじい、か……）

――『君たちはマインドコントロールされているらしいから、こんなこと言ったって無駄かも知れないけど――』

五月は公香を抱き締めながら、ちいさく頭を振った。

頭の中に、さきほどからふいに浮かんではくり返される声がある。

――『でも俺は、君には言っておきたい。君は銃殺寸前の俺が名前を聞きたくなるくらい、きれいで魅力的なんだ。ものすごく価値のある女の子なんだ。君はあんなダルマみたいな変態独裁じじいの、ボディーガード兼慰みものになるような人じゃない！』

五月はその男の声を、忘れようと努めていた。しかし、

――『――名前、なんていうんだい？』

頭の中の声は消せなかった。

「――公香」

五月はつぶやくように言った。

「はい」

「大丈夫よ。山多田先生は、初めての子にはとてもお優しいわ」

なんだってあの変態独裁じじいは――こんな戦争が始まる晩に、警護隊の女の子を抱こうなんてするんだろう？　いや、普段よりもかえって興奮しているのかも知れない。五月は横目で隣の軍令部の体育館のようなシェルターを見た。黄色い灯りがこうこうとあふれていた。

「お姉様――泣いていらっしゃるの？」

芳月公香は、自分のワインレッドの制服の胸に顔をつけてすすり上げる警護隊の隊長を見下ろして、

「お姉様、わたしが山多田先生にご奉仕できる機会に恵まれたことを、一緒によろこんでくださるのですね？」

「公香……」

なんて不幸な子なのだろう――

平等党員の家に生まれ、ちょっと可愛かったばかりに十四歳で議事堂警護隊のオーディションに推薦されて、そのまま三年間の特殊訓練とマインドコントロールでこんな人間にされてしまった。いっそのこと一般国民にでも生まれていれば――いや、この国で一般国民に生まれてしまったら、着るものも食べるものも満足に与えられず、農村や工場や軍隊で死ぬまで一日も休みなく働かされるのだ。

この国の一般国民の生活には、〈休日〉という概念は存在しない。労働を休むということは犯罪であった。正月でさえ一日も休みにならず、毎年の〈山多田先生の誕生日〉には、祝日として休みになるどころか国民みんなで『山多田先生に感謝と決意の心をお見せする』ためにいつもの三倍働くのだった。病気で労働を休んだりすると重大な罪になり、その村や事業所のノルマが増やされるので村長や工場長は絶対に欠勤など許さなかった。休みたいなどと言えば、「病気になるのは国を愛する心が足りないせいだこの不適国民め！」と責められるのでみんな無理して働き、農場や工場では病気で毎月ばたばたと人が死んでいたが、それでも無茶苦茶な生産ノルマをさらに増やされて全員が苦しむよりは、そのほうがまだましなのだった。

（どちらにしろ、この国には人間の幸せは無い……このわたしの幸せも――）

五月は公香を抱き締めながら、心の中でつぶやいていた。

（――このわたしの、女としての幸せも）

ビーッ
その時、机の電話のブザーが鳴った。

ガチャ
「――はい」

『立花少尉。至急軍令部へ出頭するよう』

五月はもう一度白銀のコスチュームを身につけると、腰にサーベルを吊《つる》して軍令部の巨大な黒い体育館のような耐爆建造物へ向かった。

（あの戦車隊は――どうなっただろう……そしてあの男は――？）

ざわざわとざわめく軍令部作戦室に入ると、五月はちらっと横目で作戦ボードを見やった。常磐《じょうばん》海岸の戦車隊は、依然原因不明の全滅が表示されているだけだ。

「立花少尉だな」

「はい」

「サーベルをこれへ」

最高作戦会議室の気密扉の前に立っていた特別平等警察――特平――の私服捜査官二名が、五月にサーベルを置いて入室するよううながした。

（特平警察が、最高作戦室に――？）

不審に思いながらも、白銀のミニスカートの腰からプラチナの装飾が入った特注のサーベルを外し、特平の捜査官に渡す。三十代の長身の捜査官は室内だというのに、黒いコートを着てグレーのソフト帽を目深にかぶり、爬虫《はちゅう》類のような視線で五月の脚を見た。

（嫌な男だ）

立花少尉参りました、と申告しながら五月は思った。

東日本共和国　暫定首都新潟
統合軍令部　最高作戦会議室

「山多田先生、緊急なご報告がございます」

五月が最高作戦会議室へ入っていくと、潜水艦の発令所のような赤くて暗い照明のシェルターには特別平等警察庁の長官が来ていて、立ったまま何か報告をするところだった。

「大変重要なご報告です」

　この時、まだ東日本共和国の軍令部は、常磐海岸の主力戦車隊を襲ったのが〈黒い球体〉から這《は》い出してきた巨大な怪物だとは、まったく気づいていなかった。機械化平等第一師団全滅についての情報は乏しく、新潟では〈怪獣〉の力の字もなかった。

「何だ！」

　巨大なテーブルの奥の暗がりにおさまる山多田大三の代わりに、平等党第一書記の加藤田要《かとうだかなめ》が怒鳴った。最高作戦室の雰囲気はピリピリしまくっていて、すでに山多田大三の気に入らない発言をした海軍大臣と、大三に嘘《うそ》をついていた先任作戦参謀が粛清されていた。

「は、はっ」

　特平警察の長官は、赤ら顔に大汗をかいて敬礼した。

「恐れながら申しあげます。三時間前、作戦室の先任将校から、西日本の上陸部隊が我が方の進撃よりも早く常磐海岸を襲ってきたのはどう見てもおかしいとの指摘を受けました。常識的に考えて、我々の西日本解放にむけての極秘プランが漏れていた疑いがある、ということで」

「なにっ！」

　陸軍大臣がはげ頭から湯気を立てながら、立ち上がって軍刀を引き抜いた。

ずばりんべら
「貴様、我が最高作戦会議の極秘プランが、西日本に漏れていたとぬかすのかっ？」

「お、恐れながら申しあげますと、そのとおりです」

特平警察長官は汗をふいた。

「上陸部隊を艦艇で敵陣へ送りこむには、計画の立案から物資の調達、兵の訓練などをいくら急いで準備しても、最低二か月はかかるものだということです。西日本の上陸部隊が、あのようにまるで狙《ねら》いすましたように常磐海岸で補給中の我が主力戦車隊を襲ってくるには、数か月前からかなりの準備をしていなくては、不可能です。重大な情報漏れがあったとしなければ、理解しかねることであると――」

「貴様っ」

陸軍大臣は最後まで言わせず、

「貴様、この最高作戦会議に、西日本のブルジョア帝国主義ファシストのスパイが混じっているとでもぬかすのかっ？」

「恐れながら、その可能性もあるとのことで――さっそく調べさせていただきました」

警察長官は恐縮して言った。この数時間で、最高作戦会議室に居並ぶ閣僚や高級将校たちの身辺を、一通り洗ったらしい。閣僚といえども自宅の電話はすべて特平警察に盗聴されているのが東日本共和国である。

「閣僚、高級将校の皆様には、ここで申しあげるのは失礼ですが、お一人お一人に国家の愛情あふれる警護と監視がついておりまして、皆様の日々の健康と安全を守っているわけでございますが――」

　ようするに、常時尾行がついているのである。

「――結果から申しあげますと、半年前までさかのぼって皆様全員の盗聴記録を調べた結果、特に決定的な手がかりはございませんでした。閣僚高級将校の皆様に関しては」

　しかしながら、と長官は汗をふきながら続ける。

「この最高作戦会議室に出入りする、別の人間たちの中から、怪しい証拠が出て参りました」

「別の人間たち？」

　閣僚や高級将校以外で、この最高作戦会議室に出入り出来る者がいるとでも言うのか――？

「これです、ご覧ください」

　警察長官は、懐から薬の瓶のようなものを、取り出した。

（はっ！）

立花五月は、黒いコートを着たはげ頭の警察長官が懐から薬瓶を取り出した時、

（――！）

ショックのあまり日頃のポーカーフェイスを崩してしまいそうになった。白銀の制服を着ている時は、誰にも心の内をさとられないように、完璧《かんぺき》なポーカーフェイスで通している。五月の冷徹な表情が崩れるのは山多田大三の相手をさせられる時だけだったが、それとて五月の巧妙な計算だった。他人に感情を見せない警護隊のエリート美女が、大三の腕の中でだけあられもなく乱れて見せる。そのことで五月は大三の歓心を買い、寵愛《ちょうあい》を受けることによって無事に生きのびてきたのである。しかし、

（――しまった！）

特平警察長官のごつごつした手の中の瓶には、白い錠剤が三分の一ほど残っていた。

「科学部で分析させました。これは〈アンチオペランダー〉と呼ばれる薬剤です。服用すると人間の脳の神経ニューロン内部で、〈オペランド条件付け〉を阻害いたします。つまり平たく言うと、山多田先生への正しい忠誠の心を育てる〈精神美化〉を無効にしてしまう、御禁制の〈抗マインドコントロール剤〉であります」

「なにっ」

「なんだと」

　警察長官は、鳥海山に棲《す》むマムシのような顔で、五月を見た。

「持ち主を、先ほどから呼んでおきました――これは君のものだな？　立花少尉」

うっ――

「そのようなものは、知らぬ」

　五月はいつもの高飛車な態度をかろうじて保ちながら、両手を白銀のコスチュームの腰において特平警察長官をにらみつけた。

「わたしは、身も心も山多田先生に捧《ささ》げ申した身。なぜそのような薬に手を出すいわれがあろう！　無礼だぞ」

　普通の男ならば、美しい五月がそうやって高圧的ににらめばひるむはずだった。だが特平警察の長官は、普通ではなかった。

「そうかね立花少尉。しかしこれは君の部屋の引き出しにあったものだ。さっそく君の父上にも話を聞きに行った。君の父上は吐いたぞ」

　ふっふっふっ、長官は餌《えさ》を前にしたマムシのように舌をチロチロと出した。

「――！」

　五月のポーカーフェイスが、崩れた。特平警察に引っ張られて尋問され、すこしでも怪しいとにらまれた人間は、二度と生きて家には帰れない。

「立花博士はもう、この世にはおらぬ。お前を刺客に仕立てて、山多田先生のお命を狙ったのだからな」

冷たい美女の冷徹な顔がショックと怒りで歪《ゆが》むのを、警察長官は見逃さない。

「図星だな。お前は帝国のスパイだ」

「なにっ！」

「なにっ！」

山多田大三の表情が動く前に、加藤田要が立ち上がって叫んだ。

「その者を、銃殺——うぐっ」

だが要は最後まで叫べなかった。五月がダンッ！　と床を蹴《け》って跳躍し、白いミニスカートをひるがえして円形の作戦テーブルを飛び越したのだ。同時に強烈なひざ蹴りが要のほっぺたに食いこんでいた。

ガスッ
「うぎゃあっ」

捕らえろ！　という声を背に、五月は訓練されたスペツナズ流殺人術の連続技で作戦テーブル奥の山多田大三の背後に回りこみ、大三の切り株のような太い首を羽交い絞めにしていた。

「山多田大三」

五月は、はぁはぁ呼吸を整えながら大三の耳に囁《ささや》いた。

「わたしを、逃がすんだ。そうしないと、お前がベッドでわたしにああされてこうされて、こういうふうに喜んだということを、ここで大声で叫んでやる」

うぅっ、と大三がうめいた。

「山多田先生！」

「先生！」

「うう、止むを得ん。扉を開けてやれ」


扉を開けさせても、立花五月は絶体絶命だった。最高作戦会議室の外は軍令部作戦室で、明るい体育館のような空間に数百人の作戦将校や警備兵が勤務しているのだ。五月は山多田大三を引きずって最高作戦会議室の出口へずりずりと進んで行き、潜水艦のハッチのような気密扉を開かせると、

「これは今まで可愛がってもらった礼だ」

ずんっ
「ぐう」

山多田大三に肘《ひじ》の一撃を食らわせて悶絶《もんぜつ》させ、開かれた気密扉にダッシュした。扉のすぐ外には特平警察の捜査官がいたはずだ。爬虫類のような目をしたあいつが、室

内の異常に気づかないはずはない。

（ドアのどちら側にいる？　わたしが飛び出したところを、襲ってくるはずだ――）

刺し違えて、死ぬことになるかも知れないと五月は思った。特平警察も、議事堂警護隊と同様スペツナズ流殺人術を訓練されている。あの爬虫類の目つきは、かなりの手だれだ。

「はうっ」

だんっ
気合いとともに気密扉を飛び出した時、驚くべきことが起こった。

ガシャッ、という音を立てて、広大な軍令部作戦室の水銀灯が、すべて消えたのである。

「いぇあっ」

右手から襲ってきたソフト帽に爬虫類の目つきの男は、あたりが瞬間的に暗くなったので、五月を見失った。

「おわっ？」

暗い最高作戦会議室シェルターにいたことが、五月を有利にした。一瞬にして暗闇となった空間で、男はつまずきかけていた。

「はうっ！」

五月はコートを着た長身の捜査官の男を、回し蹴りで吹き飛ばした。

「ぐふっ」

突然の停電が五月に味方した。五月は暗闇の中を軍令部作戦室の床へ飛びおりた。男が床におとしたサーベルを拾い上げ、演説用舞台の下へ転がり込む。

「停電ですっ！」

「どうしたのだっ？」

「わかりません、送電が止まりました！」

「自家発電を早く始動しろ」

「スパイが逃げた！　スパイが」

「通信機が止まったぞ。自家発電はまだかっ」

どぉおっと大騒ぎになった作戦室の人波を縫って、

（今だ――！）五月は白銀のブーツのかかとを鳴らし、軍令部の外へ走り抜けた。

「大変だ！　阿武隈《あぶくま》水力発電所が応答しない。敵に襲われたらしいぞ！」

火力発電所の燃料節約のため、夜間は水力発電所しか稼働していなかったことが、立花五月に味方した。停電で大騒ぎする軍令部の建物から風のように走り消えた五月は、阿武隈山中の〈怪獣〉が自分を助けてくれたなどとは、想像もしていなかった。

東日本共和国　福島県
阿武隈山地上空
同日　午前三時

「うわーっ、何だこれは！」

阿武隈山地を低く覆う濃密な雲海から長大な海蛇のような触手が現われて、鞭《むち》のようにミル24攻撃ヘリコプターに襲いかかった。

「きょ、巨大な蛇――？　そんな馬鹿な！」

ズバーンッ
触手はミル24をたやすく粉砕し、三〇〇〇フィートの空中からはたき落とした。

阿武隈山中に入った〈敵上陸部隊〉を求めて索敵飛行するミル24攻撃ヘリコプターは、濃霧が覆う山の上空で次々に墜落し連絡を絶っていた。だが各々の索敵ヘリコプターに横の連絡は無かったので、十数機の攻撃ヘリは自分たちがやられるまで雲の下に想像を絶する脅威が存在することなど気づきもしなかった。

パリパリパリパリ

また新たに一機のミル24が山地の上空を飛んで行く。目視で敵の上陸部隊を発見することは困難だ。

「阿武隈山地は低い濃密な雲に覆われている。目視で敵の上陸部隊を発見することは困難だ」

タンデム式複座コクピットの後席に座った機長が、操縦桿《かん》の送信ボタンを押して報告する。

「軍令部、聞こえているか？」

無線が急に応答しなくなった。秘話回線の故障だろうか。

「おい、赤外線ビジョンに何か見えるか？　戦車のディーゼルエンジンの排気熱は隠しようがないはずだ」

「機長、変です」

前席で赤外線ビジョンのゴーグルをつけた砲手が言った。

「これは何でしょう？　こんなに大きい熱源は――まるで地上の太陽だ」

「何だって？」

「阿武隈ダムのあたりです」

「きっと敵の大上陸部隊が、ダムを占拠して集結しているのだ」

すぐ知らせよう、と機長は新潟の軍令部の作戦通信士官を呼び出したが、応答はなかった。〈怪獣〉が阿武隈ダムの水力発電所を破壊したために電力の供給が途絶え、東日本全体の送電圧が低下して軍令部の設備が一時的にマヒしていることなど、機長には想像も出来なかった。

ピカッ
ヘリの滞空するすぐ下の雲海が、まるで千のストロボを焚《た》いたように蒼白《あおじろ》く発光した。

「なっ、何だ?」

ヘリの乗員たちは、あわてて暗視装置を放り出した。目がつぶれそうな閃光《せんこう》だ。

「まるで核実験の閃光じゃないか!」

「機長危ない! やつらの戦術核が暴発したのかも知れません!」

ミル24は急速避退行動に移った。

ビユッ
巨大な触手の一本が、ミル24の機体のすぐ下をかすめた。

「何かかすめたぞ」

「敵のSAMか?」

「噴射炎は見えません」

「ダミーの熱源をばらまけ! 逃げるんだ」

だが全速で逃げようとするミル24に、雲海の下から蒼白い閃光の球が飛び出して襲いかかった。

ヴォンッ！

「うわーっ」

ずばばっ

攻撃ヘリコプターの機体は紙細工のように消し飛んだ。

東日本共和国　福島県
第一平等航空隊基地

敵上陸部隊への航空攻撃を準備していた第一平等航空隊基地では、索敵ヘリコプターからの情報がいつまでたっても入って来ないので、司令部の士官たちはいらいらしていた。しかも、新潟の統合軍令部とも一時的に通信が出来なくなっていた。

「停電です。全国的に、送電圧が下がっている模様」

「阿武隈ダムの発電所が、やられたのではあるまいな」

「その可能性は十分にあります。阿武隈発電所は、我が国の夜間電力の半分を供給している最重要施設です」

だが索敵情報もなしに、攻撃隊を発進させることは出来ない。攻撃目標も知らせないで攻撃機を飛ばしても、燃料を無駄にするだけだ。

（しかしいつまでも何もしないでいたのでは、政治士官に〈みんなが働いているのに何もしていない罪〉で告発され、収容所送りにされてしまう――）

司令官は爆装したミグ23を強襲偵察に出すことに決めた。

「ミグ23を二機編隊で六機出せ。敵らしいものが見えたら各個に攻撃してかまわん」

「はっ」

東日本共和国　暫定首都新潟
統合軍令部　情報分析室

川西少尉は情報分析課のオフィスにこもって、一人で常磐海岸の異変について分析をしていた。

「停電か……」

川西は部屋が真っ暗になってしまったので、机から立ち上がって窓のカーテンを開けた。外は月夜だ。

(ここは静かだな——)

自家発電の燃料を誰かが横流ししてしまったらしく、電力はなかなか回復しなかった。情報分析課は体育館のような軍令部作戦室とは別棟になっていて、作戦士官たちは残らず作戦室へ行ってしまったので分析課オフィスはしんと静まり返っていた。

(是清《これきよ》先輩も、生きてこの月を見ているといいんだが……)

ふいに、ひゅううっと風が舞いこんできた。

「え?」

川西は驚いた。いつのまにかもう一方の窓が開いて、カーテンが揺れている。

と、

ぺた

いきなり背後から首筋に冷たい金属を当てられて、

「ひっ」

川西は飛び上がった。

「声を出すな。出せば殺す」

頭のすぐ後ろで、女の声が言った。

「え——」

白銀のコスチュームを着けた警護隊の女が、プラチナ装飾のサーベルを川西の首に突きつけていた。

「あ、あなたは――」

「水無月《みなづき》是清の消息は、わかったか」

「えっ？」

「水無月是清の生死は判明したのか、と聞いている」

さっき渡り廊下で川西を詰問した女性将校だった。サーベルは冷たかったが、ほのかにいい香りがした。

「い、今分析していたのですが――」

川西はホールドアップしながら答えた。わけがわからないが、議事堂警護隊の女性将校なら銃剣術ほかあらゆる格闘技に通じているはずだ。下手に逆らったら本当に殺される。

「ど、どうも戦車隊は、西日本軍とは別の〈未知の勢力〉に襲われて全滅したようです。是清先輩の生死はわかりませんが、もし先輩が辞令通りに第一中隊一号戦車に乗り込んでいたならば、海上から襲われた場合波打ちぎわから一番遠いところにいたはずなので、生存の確率は高くなります」

「本当か」

「本当です」

女は、かすかに息をもらした。

「では、もうひとつ聞きたい」

「は、はい」

「水無月是清の生年月日は？」

「は――？」

「教えなければ、殺す」

「だ、台帳を、調べさせてください」

川西はサーベルを突きつけられたまま、情報部の士官の名簿ファイルを棚から取り出して、是清のページを開いた。

「ええと、是清先輩の生年月日は、19××年2月8日です」

「では、血液型は？」

「は？」

「教えなければ殺す」

「は、はい。ええと、A型です。RHはプラス」

「よし」

女は「そのまま動くな」と命じると、そばのテーブルにサーベルをごとりと置き、白銀のプリーツのミニスカートのポケットから小さな薄いメモ帳を取り出し、何か素早く書きつけた。

「2月8日というと、水瓶座か」

「は、はい。そうだったと思います」

女はうなずき、メモ帳を素早くスカートのポケットにしまった。

「貴官の名前は？」

「か、川西少尉です」

「そうか――ではしばらくおとなしくしていてもらうぞ、川西少尉」

女の右手に、魔法のように荷造り用ロープとガムテープが現われた。驚く川西を椅子にしばりつけ口をふさぐと、白銀の女は音もなくひらりと窓から飛び出して行った。直後に軍令部の電力が回復した。

ぱっ
「ううっ、うぐっ」

川西はしばりつけられたまま、口の中で「わけがわからないよ」と叫んだ。

東日本共和国
平等東北国道　白河付近

キュラキュラキュラ
キュラキュラキュラキュラ
深夜の高速国道を戦車隊が行く。
東日本共和国陸軍・機械化平等第二／第三師団の混成戦車隊Ｔ80百五十両は、利根川を渡って房総半島へ攻め込むため平等東北国道を南下していたが、福島県白河付近にさしかかったところで別の命令を受け取った。
「中隊長。大隊指揮車から指令です。『阿武隈水力発電所が敵上陸部隊によって攻撃さる。機械化平等第二師団はただちに県道水郡線をさかのぼり、阿武隈ダムへ急行、敵を撃滅せよ』」
「な、なに――？」
先頭を進んでいた指揮戦車の砲塔から上半身を出して、霧の出てきた前方の様子を見ていた第一中隊長は、通信士官が読みあげた指令にびっくりした。

「敵上陸部隊？　阿武隈発電所？　そんなこと初めて聞いたぞ」

「私もです」

「戦争は、これから俺《おれ》たちが始めるんじゃなかったのか？　もう帝国軍が上陸して来ているというのか？」

「しっ、だめです中隊長、命令に疑いを持っては——」

通信士官がそう言い終わらぬうちに、
ヒュルヒュルヒュル
ドーンッ！

背後から飛んできた120ミリ戦車砲弾が、指揮戦車のすぐ右側に着弾した。

「う、うわっ」

同時に、スピーカーに大声が入った。

『第一中隊長！〈山多田先生のご命令に疑いを持って話し合った罪〉で、解任するぞ。収容所へ行きたくなければさっさと回頭しろ！』

監視戦車の政治将校だ。

「は、はっ。ただちに第一中隊は、県道水郡線に入り、阿武隈ダムの敵を撃滅いたします！」

『よろしい』

しかし、阿武隈山中の〈敵〉が、どんな規模でどのように展開しているのか、第一中隊長には全くわからなかった。阿武隈ダムに敵、としか情報は入ってこなかった。

それでも、中隊長は先頭を切って山に入ってゆかねばならなかった。

「目の前が、真っ白だ。何も見えないぞ」

阿武隈山地へ入る県道に乗り入れると、戦車隊はたちまち濃霧に包まれてしまった。砲塔で双眼鏡をのぞいた中隊長は、１００メートル前方の電柱も見えなくなっているのに舌打ちした。

「変だ。こんな霧が出るなんて予報は、なかったぞ」

振り返ると、県道の舗装道路を一列になってついてくる後続の戦車隊も、三号車から後ろは霧に沈んで見えなくなっていた。

「これでは、前方を偵察するヘリコプターも飛べないな」

「ええ。オートバイの斥候部隊だけが、頼りです」

「斥候部隊を呼んでみろ。この先の視界の具合を聞くんだ」

「はい」

白い霧は濃密なミルクのようで、行く手の阿武隈山地から山裾《やますそ》をあふれ下るようにして戦車隊に覆いかぶさって来た。

キュラキュラキュラキュラ
「中隊長、斥候隊のオートバイが、応答しません」

「無線は正常か？」

「呼んでいますが――わが戦車隊の前方10キロに散開しつつ進んでいるはずの斥候のオートバイは、一台も応答して来ません」

「そんな馬鹿な」

まだ若い中隊長は、ちょっと思案して決めた。

「大隊指揮車へ連絡。速度を落とすと言え」

「しかし中隊長、そんなことをしたら政治士官が――」

「しっ、声が大きい」

だが中隊長が言い終わらぬうちに、
ヒュルヒュルヒュル
ドドーンッ！

「うわあっ」

一号戦車のずっと後ろの霧の中には白い線を砲塔に引いた監視戦車がいて、政治将校が機械化師団の全ての戦車内の会話を盗聴マイクで聞いていた。そして、少しでも作戦や陸軍の方針に疑問を持ったり、任務の遂行を躊躇《ちゅうちょ》したり、突撃の時に気合いが入っていない戦車を見つけると、後ろから情け容赦なく120ミリ砲をぶっぱなしてくるのだった。

『第一中隊長！　貴様にはやる気がないのかっ？』

またスピーカーが怒鳴った。

「そ、そんなことはありません政治士官どの！　第一中隊は霧などものともせず、進撃いたしますっ」

『よろしい』

だが山越えの県道に入って十分もしないうちに、一号戦車の目の前に、横倒しになった斥候部隊のオートバイが現われた。
「ちょ、ちょっと止まれ」
キキキキッ
中隊長は戦車を止めさせた。ミルク色の濃霧の中、県道の道路の真ん中に軍用オートバイが転がり、斥候のオートバイ兵の姿はない。そのかわりに――
「な、なんだ……？」
ピルピルピル
グジュルッ

ジュルッ
まるで陸に上がったシャチくらいの大きさの巨大な生き物が、道路の真ん中で山吹色の腹部をひくひくさせながらナマコのような口で〈獲物〉を食っていた。

ピルピルピルピル
上陸して栄養を存分に吸収し、成長し切った〈捕食体〉の一匹だ。しかし戦車隊の兵士たちは、そんなものを見るのは当たり前だが初めてだった。

「こっ、これは何だ！」

中隊長は、自分たちは常磐海岸から上陸した西日本帝国の機械化歩兵部隊と戦うのだと思っていた。目の前の化け物の存在は、理解し難かった。

『こら中隊長！　何を止まっている！』

だが言葉を失った中隊長の前で、オートバイ兵を呑《の》み込んだ〈捕食体〉のナマコのような口が、無数の触手のようなヒゲをわらわら動かしながらこちらを向いた。

ピュイーーッ
8メートルの〈捕食体〉が空を仰いで鳴くと、停止した戦車隊の両脇《わき》の、雑木林や草むらの中から今までどうやって隠れていたのか数千匹のナメクジ芋虫がうぞうぞうぞうぞうぞうぞと這《は》い出して、止まっている戦車に一斉に襲いかかった。

どどっ

どどどっ

ピルピルピル

ピルピルピルピルピル

「う、うわあっ」

「わあっ」

砲塔や運転席から上半身を出していた戦車兵たちは、たちまち巨大なナマコ口にファグッ！　と呑み込まれた。

「な、なんだこいつらは！」

あやうく砲塔の中へ隠れてハッチを閉めた中隊長は、無線のマイクを取った。

「大隊長、正体不明の敵に襲われています。発砲の許可を！」

『――――』

無線は応答しなかった。第一中隊長は、隊列の中ほどを進んでいた大隊指揮通信車が13メートルの最大級のナメクジ芋虫に横倒しにされ、内部の通信装備がショートして指揮能力を失ったことを知らなかった。指揮通信車は砲弾に対する防護はしていたが、ザトウクジラぐらいもあるナメクジ芋虫に横からひっくり返されるような事態は、設計時の想定に入れていなかった。

「指揮車は応答しない。独自判断で応戦するぞ」

中隊長は機銃の安全装置を外すように命じながら、監視戦車が何も言って来なくなったのを不思議に思った。
「機銃で化け物を蹴散らせ。発進だ！」
「はっ」
ダダダダダダダッ
ピュイーッ
身をよじらせて〈捕食体〉は機銃弾をよける。９００馬力のディーゼルエンジンを全開したT80戦車と、巨大な〈捕食体〉は力比べになった。
バルルルルルッ
ピルピルピル
ナメクジ芋虫は、粘液に光る無数の偽足でT80戦車の装甲の上に乗り上がった。
バルルッ
戦車は、そのまま前方へ走り出す。
「いったい、何が起きているんだ！」
「中隊長、化け物が砲塔に乗ったままです」
「かまうもんか、下等な動物だ。戦車の中にいれば何もできん」
「はっ」

しかし
ズリッ
中隊長の頭上で、戦車の砲塔ハッチのハンドルが、回り始めた。
ズリズリッ
「そ、そんな――」
「中隊長、ハッチがこじ開けられます！」
「ハンドルを押さえろ」
「だ、だめです、ものすごい力です！」

第二師団の戦車隊のうち前半分の三十両は、知らないうちに巨大な〈怪獣〉の進行方向前面の〈餌場《えさば》〉に自分から入ってしまっていたのだった。三万匹を超える無数のナメクジ芋虫が、ピンク色の洪水のように三十両の戦車と指揮通信車の周りを埋め尽くしていた。
ピルピルピル
ピューイ
身動きの取れない戦車の砲塔ハッチが、のしかかった〈捕食体〉のナマコ口のヒゲによってハンドルを回され、器用にこじ開けられた。内部の乗員たちは、自分たちがいったい何に襲われているのか理解も出来ないうちに、上陸した怪物の独立消化器官である〈捕食体〉に次々に食われていった。

第二師団の後方の三十両は、霧の中で仲間がパニックに襲われるのを聞いて、このままでは一本道の上でなすすべもなく全滅させられる恐れがあると判断した。

「全車、左右に散開。林の中から前方の敵に対処せよ」

命令を出したのは第三中隊の中隊長で、その判断は適切ではあった。しかし、前方で三十両の戦車を襲っている敵が何なのか、彼には全くわからなかった。機銃の発射音はするものの、T80戦車の誇る120ミリ滑腔砲《かっこうほう》の発射音は一度も聞こえなかった。

『第二師団第三中隊長、状況を知らせよ』

さらに後方の第三師団の大隊指揮通信車が、命令を出している第三中隊長に問いあわせてきた。しかし第三中隊長は、答えようがなかった。

「わかりません。特殊装備の歩兵部隊に襲われたのかも知れません」

『よし、絨緞《じゅうたん》砲撃だ。かまわん撃ちまくれ』

「はっ」

どんな敵がひそんでいるのかわからないので、無差別に砲撃しようというのだ。確かにそれしか取るべき手がない。

「全車、各個に前方を砲撃。歩兵掃討戦だ！」

「中隊長、味方も撃ってしまいます」

「かまわん。榴弾《りゅうだん》ならばT80のアクティブアーマーが撥ね返す。気にせずに撃て！」

「はっ」

バルルルッ
バルルッ
県道から左右にはみ出して、雑木林の中へ踏み入った戦車隊は、未整地の斜面で斜めになりながら、１２０ミリ砲を山の奥の方へ向けた。

「榴弾、距離は第二師団のすぐ前面を狙《ねら》え。撃ち方用意」

しかし砲手が振り向く。

「中隊長、これを見てください。赤外線ビジョンに巨大な熱源体が見えます。尾根の向こう側です」

「なに？」

「こちらへ急速に近づきます。尾根を越えて――な、なんだこの大きさは！」

「〈敵〉の本隊だ。よしそいつをやろう」

「しかしこれは、戦車隊じゃありませんよ。いったいなんだこれは……まるで〈歩く山〉だ」

「熱源があるなら、敵がいるのだ。かまわん撃つぞ」

中隊長は、マイクを取った。

「全車攻撃目標変更。目標は前方８００の熱源体。指示あるまで無制限発砲、撃ち方始め！」

ドーン！

ドーン！

ドーン！

山道の中腹に散開した戦車隊が、砲撃を始める。世界最大クラスの１２０ミリ砲だ。

ヒュヒュヒュヒュヒュヒュヒュ
「砲弾、熱源へ」

ヒュヒュヒュ――

二秒もかからずに、１２０ミリの榴弾は尾根を越え、球形の丘のような熱源体に吸い込まれる。

「命中しました」

「続けて撃て」

「次発、発射」

ドーン！

三十両の戦車のうち、五両が最初の一発を撃った直後に砲が故障し、修理のため後退しなくてはならなくなった。二両はあわてて散開したので窪地《くぼち》にはまりこみ、身動きが出来なくなっていた。砲撃を続けられたT80は二十三両だった。

ドーン！

ドーン！

「中隊長、〈目標〉は４００メートルに接近——なんですかこれは？　戦車でも装甲車でもない……」

砲手の照準用赤外線ビジョンに、尾根を越えてやって来る巨大な〈怪物〉のシルエットが映り始めた。

「——これはなんだ……？　高さ２００メートルの巨大な球根のようなものが、無数の根っこを動かして迫ってくるぞ！」

砲手は農家の出だった。

「砲手、無駄口をたたく暇があったら〈目標〉を撃て！」

「はっ」

しかし、戦車砲の砲弾は全部吸い込まれるように命中するのに、巨大な怪物の迫ってくる速度はまったく鈍らなかった。

「中隊長、本車だけで二十発撃ちこみましたが、〈目標〉の接近に変わりありません！」

「くそっ」

中隊長は、無線のマイクを取った。

「第三師団指揮通信車、航空攻撃を要請して欲しい。わが戦車砲のみでは阻止出来ない」

阿武隈山地上空

キィイイイイン
「全機爆撃態勢。前方のダム付近に熱源がある」

福島県の第一平等航空隊基地を発進した六機のミグ23UM〈フロッガーC〉は、離陸して約十分で濃密な雲に覆われた阿武隈山地上空へ到達した。それほど阿武隈山地と第一平等航空隊基地は近かった。

「爆撃手、敵SAMの照準レーダーは来ているか？」

先頭を行く指揮官機のパイロットは、後席の爆撃手に聞いた。

「いいえ隊長。地対空ミサイルの照準レーダー波は全く来ていません」

「味方の偵察ヘリが全滅している。気をつけろ」

東日本空軍第一平等航空隊のミグ23ＵＭは複座の戦闘爆撃機で、主にワイルドウィーゼル用に使われていた。主翼下のハードポイントには旧ソ連製ＡＳ７対レーダーミサイルを四発に、５００ポンド爆弾を六発携行していた。

「これより赤外線ビジョンの熱源へ投弾する。各機の爆撃手は投弾と同時に目標の赤外線写真を撮影せよ」

『了解』

『了解』

敵の地対空レーダーが作動していないようなので、ミグ23各機の対レーダーミサイルは使用することが出来なかった。無誘導の５００ポンド爆弾のみでの攻撃だ。

キィイイイイン
六機のミグ23は密雲に覆われた山間へと降下を開始した。

「全機、爆撃速度へ」

パイロットがスロットルの横のレバーを引くと、左右の主翼で油圧アクチュエーターが働き72度の後退角が45度へ減少した。ミグ23は主翼を開いた格好で、４００ノットの速度で安定しながら地上の熱源体目指して爆撃コースに入った。

「敵の対空レーダーはいきなり狙ってくるかも知れん。各機、ＡＳ７も発射準備しておけ」

『了解』

ミグ23各機の後席爆撃手は、５００ポンド爆弾をリリースする手順を進めながら、同時に赤外線カメラの撮影用意と、万一に備えてＡＳ7対レーダーミサイルの発射準備をしなくてはならなかった。

「爆弾、セーフティ解除。カメラ、用意よし。ＡＳ7、準備よし」

後席爆撃手は、これを急降下しつつあるミグ23の棺桶《かんおけ》のように狭い後部座席の暗がりで行うのである。山地の上空は激しい上昇気流が沸き起こっていて、コクピットは激しく揺れた。

がたがたっ
がたっ
キィイイイイン
「隊長、ダム付近に巨大な熱源。山裾に向け移動中」

「敵の本隊だな」

「ちょっと変です。戦車隊ならば、細かい熱源がたくさん散らばって見えるはずだ」

後席爆撃手は赤外線ビジョンをのぞきながら前席の隊長に言った。

「こんなに巨大な熱源は、不自然です」

「ううむ。そうか」

　ミグ23ＵＭはワイルドウィーゼル機なので、多数の兵装を同時に素早く運用出来なければならない。そのため乗員には東日本空軍の中でも特に真面目で優秀な者が配属されていた。他の機種の搭乗員たちが詰め所で芋ウォッカを飲みながら花札賭博《とばく》をしている時でも、ミグ23ＵＭのパイロットと後席爆撃手は一生懸命マニュアルを勉強して戦術論を話し合ったりしているのだった。

「確かに、ダム付近の巨大熱源は、発電所が燃えているのか、何かのダミーかも知れん」

「巨大熱源の手前に戦車らしき小熱源、多数。これも山裾に向け急速移動中」

「よし、それこそが敵の戦車隊だ！」

　真面目で優秀な者ばかりだったのが災いし、ミグ23編隊は〈怪獣〉の本体をダミー熱源だと判断してしまった。〈怪獣〉の前面に散っている小熱源は、実は〈怪獣〉にやられてふもとへ逃げ散っていく第二、第三師団のＴ80戦車だったのだ。

「全機、攻撃目標変更。我に続け」

　隊長機は機首を下げて、手前の小熱源の群れへと急降下した。

　キュイイイイインッ

濃霧につつまれた山腹では、霧の中から突然現れた生白い巨大な蛇のような〈怪獣〉の触手にT80戦車は次々と転覆させられ、脱出しようと外へ出た戦車兵たちが次々にナメクジ芋虫の餌食《えじき》になっていた。

「うわーっ！」

ピルピルピルピル

「え、援軍は！　航空攻撃はまだかっ」

戦車隊は、政治将校の乗る監視戦車が真っ先に逃げていなくなっていたので、それ以上正体不明の敵と戦おうなどと思う者はなく、

「前方の巨大物体さらに接近」

「１２０ミリ砲が全く効きません」

「早く逃げろ！　みんなやられるぞ」

総崩れになってふもとの方向へ逃げ出し始めていた。

そこへ、

キュイイイイイン――

「み、味方の戦闘爆撃機だ！」

「助かったぞ」

「あのばかでかい怪物をやっつけてくれ！」

だが、東日本軍の通信態勢が拙劣だったため、第二、第三師団が阿武隈ダムを目指して山に入っていたという情報も、第三師団の指揮通信車が送信した航空攻撃の要請も、ミグ23編隊には届いていなかった。

「敵戦車軍団は、東北国道方面へ向かいます」

「そうはさせるか。全機投弾せよ」

山の斜面へ１０００フィートまで急降下した六機のミグ23は、主翼下の５００ポンド爆弾をいっせいにリリースした。

ヒュルヒュルヒュル

ヒュルヒュルヒュルヒュル

ミグ23部隊は精鋭だったので、投弾は精確であった。合計三十六発の２５０キロ爆弾が、逃げようとしているT80戦車群の頭上に襲いかかった。

「うわーっ！」

ド！

ド！

ド！

ド！

ド！

ド！

山腹をほじくり返す大爆発とともに、第二師団の残存戦車二十両がいっぺんに吹っ飛んだ。

キィイイインッ
六機のミグ23は尾根すれすれに引き起こしをして急上昇に移る。

「隊長、やりました！」

「下の写真を撮れ」

「はっ」

編隊の後尾で最後に引き起こしに入った六番機の赤外線ビジョンに、まるで夜の太陽のような巨大な熱源が映ったのはその時だった。

「うわっ、これは何だ！」

ホワイトアスパラガスのような色をした触手が一本、鞭のように襲いかかった。

バシッ
触手はミグ23の可変翼の鋭利な前縁で断ち切られたが、同時に片翼を失った六番機も、クルクルと回転しながら落ちていった。

「六番機がやられた模様」

「対空砲火か?」

「わかりません」

「どっちにせよ第二次攻撃が必要だ。帰投するぞ」

編隊は雲の上へ出ると、もと来た方向へ旋回する。

ピカッ
『隊長、こちら五番機。雲の下が光った。核のような閃光です』

「何だと?」

聞き返す間もなく、雲海の下から飛び出して来た蒼白い閃光の球に編隊の後尾が襲われた。

ヴォンッ
「うわあっ」

バシャッ
五番機と四番機が一瞬で分解し、三番機が衝撃波を食らってキリモミに入った。

「なっ、何だ!」

「逃げろ。全速だ!」

隊長機は可変翼をたたむと、アフターバーナーを全開した。

密雲の下がまた光った。

ヴォンッ
閃光の球は核プラズマの塊で、巨大な〈怪獣〉の胎内で造られていた。閃光球は空中を翔《と》ぶ魚雷のように、フル加速で逃げるミグ23に襲いかかった。

『こちら二番機、可変翼が故障した。超音速が出ない。やられる、うわーっ！』

ズバッ
二番機が花火のように爆発して散った。先頭の隊長機だけが、マッハ1で戦場を離脱するのに成功した。

「い、いったい、今のは何だ？」

ぜぇぜぇ息を切らしながら、隊長は後方の山地を振り向いた。

「わ、わかりません」

爆撃手は後席で小便を漏らしていた。

東日本共和国　暫定首都新潟
議事堂警護隊宿舎

「はあっ、はあっ」

立花五月は、すぐに新潟の市街地から逃亡すべきだった。〈抗マインドコントロール剤〉を所持していたことがあばかれ、父・立花耕二郎教授も新潟平等大学の研究所から拉致《らち》されて、すでに尋問の上殺されている。今や五月は、帝国に機密を漏らしたスパイということにされていた。

（わたしにはスパイを働いた事実はない。でも、事態がこうなってしまった以上、わたしにこの国で生きのびる方法は、もうない）

唯一彼女が生きのびる道は、隣の西日本帝国への亡命であった。そのためには、一刻も早く国境地帯へ逃げなければならない。だが五月は、どうしても自分の部屋へ一度戻りたかった。

「はっ」

見張りの隙《すき》をぬって柵《さく》を飛び越え、五月は議事堂警護隊宿舎の自分の居室に、窓から飛びこんだ。

「あった」

目当ての品を、棚から取る。幸い宿舎の中は静かだ。

だが、

ことり

（！）

音のしたほうを振り向くと、月夜の風に揺らぐカーテンの陰に、ワインレッドのコスチュームが見えかくれした。

「残念です、お姉さま」

トカレフ拳銃《けんじゅう》を手にした芳月公香が、カーテンの陰から歩み出た。表情の無い顔だ。美少女なだけに、月夜の下では冷たい人形のようにうつる。

「公香――」

「山多田先生をお裏切りになった罪を、公香の銃弾で償ってください」

鈍いつや消しの銃口が上がると同時に、五月は跳躍した。

「はうっ！」

パンッ
紫色の閃光がフラッシュのように瞬いたと同時に、五月の身体は白銀のスカートをひるがえして横へ跳んでいた。公香が両手に持った拳銃を狙い直そうとするより速く、五月は腰につけた小さな円盤のようなものを水平に投げつけた。

ヒュルッ
円盤はヨーヨーで、見えない特殊繊維の糸を引いて公香の足首に絡みついた。

「きゃあっ」

「いい子だから静かにしなさい」

倒れた公香を床に押えつけると、五月は流れるような動作で拳銃を奪い、同時にワインレッドのコスチュームのファスナーに手をかけて、引き下ろしてしまう。スカートを引き下ろされた公香は、真っ赤になってもがいた。

「ううっ、お姉さま何をなさるのっ」

「おとなしくおし」

五月は公香の耳たぶに唇をつけて囁いた。同時に右手が素早く動き、

「ああっ」

公香が小さく悲鳴を上げた。五月の指が、公香の白い腰を覆っていた西日本製の絹のショーツを引き下ろしてしまったからだ。

「これはいただいていく」

カーテンの紐《ひも》で公香を縛り、ヨーヨーのワイヤーを巻き取って腰のホルスターに収めた五月は、手の中でくしゃくしゃに小さくなった公香のミニスカートとショーツをもてあそんだ。

「わたしはスパイではないわ。それだけは本当よ。だから追って来ないで」

「ううっ」

五月は窓から庭の芝生へ跳んだ。いくらマインドコントロールを受けた少女戦士といえど、下半身を丸裸にされたのでは恥ずかしくて追っては来れない。公香のように

美しくてプライドの高い娘は大声で人を呼ぶことも出来ないだろう。

ざざっ
五月は警護隊宿舎の前庭の芝生を走った。隣接した軍令部の門の前に軍用ジープが止まっている。中国を通して輸入したアメリカ製の車両だ。高級将校専用車だろう。月が作り出す濃い影の中を忍び寄ると、やる気の無さそうな運転手の軍曹がやる気の無さそうな歩哨《ほしょう》とふたりで軍令部の塀の前でうんこ座りをして煙草を吸っていた。五月は一瞬気の毒になったが、腰から銀色のヨーヨーを抜くと、白い腕の手首を利かせて投げた。

ヒュッ
「うぐっ」

「うげっ」

ヨーヨーは二人の男の後頭部を順に正確にヒットした。音も無く五月は近寄り、銃と車の鍵《かぎ》を奪った。五月は自分の白銀のコスチュームを見下ろした。この格好は目立ち過ぎるし、山を越えて逃げるのならばかなり寒くなる。

五月は気絶させた二人の中年男を見下ろした。二人の防寒コートは、ここ何年も洗濯もしていないような、番茶のような色をしていた。

（やっぱり、やめた）

　防寒具はどこかで調達することにして、五月は運転席でイグニッション・キーを回した。

　バルルルルッ

　アメリカ製ジープは珍しく整備が良く、燃料も半分ほど入っていた。ヘッドランプだけは、整備兵が電球を横流ししたらしく片方しか点《つ》かなかった。しかしこのほうが、上空から見た時にジープではなくオートバイだと勘違いしてもらえる。ビルにも人家にも灯りの無い新潟市街を、紙クズを吹き飛ばしながらジープを走らせた。真っ暗な通りには誰も歩いていない。

(問題はどこで国境を越えるかだ――)

　ジープを奪ったことはいずれ知られる。市内から出る幹線道路には検問が敷かれているだろう。五月はとりあえず、ジープを日本海沿いの山岳国境めざして富山方面へ向けた。

　――『君はそんな人じゃない』

　ブォオオッ

だが五月の腕が、交差点で勝手にハンドルを回してしまう。

ジープは福島県中通り方面への国道に乗る。

――『君は、あんなダルマみたいな変態独裁じじいの慰みものになるような人じゃない』

ブォオッ
(しょ、正気なの五月?)

五月は自分で自分のしたことに驚いていた。

(わたしは正気なの――? 常磐海岸経由で脱出するなんて、この国を斜めに縦断することになるわ)

しかし五月の身体は、頭とは裏腹にあの水無月是清の消息を確かめたいと、それしか考えていなかった。さっき情報部のオフィスへ押し入ったのも、宿舎の自分の部屋へ立ち寄ったのもすべて五月の中のもう一人の五月がさせたことだった。いや、マインドコントロールと戦い続け、仮面をかぶって警護隊将校をしてきた冷徹な自分よりも、そういった衝動のほうが本当の自分なのかも知れなかった。

「いいわ――それなら、ジープで縦断するのは危険過ぎる」

五月は運転席で、自分自身にうなずいた。

平等国道磐越線　奥只見付近

意外なことに新潟から出る国道の検問所には、誰もいなかった。特別平等警察の長官からは『新潟市内よりネズミ一匹外へ出すな』という厳命が下っていたのだが、この時期東日本共和国の警察組織で命令通りに執拗《しつよう》に政治犯を追うのは特平警察の一部のエリートだけで、一般の警察官にはまるで働く気などなく、そんなことより国営農場の責任者をしめあげて米や農産物をヤミで横流しさせたり、賄賂《わいろ》を受け取ったりするほうに忙しくて、この夜も真面目に県境の検問所へ出動してきた者はいなかった。検問所には常駐の機動隊員もいたのだが、みんな寒いので芋ウォッカを飲みながら花札博打《ばくち》をして寝てしまった。

ブォオオッ

五月は、検問所の前に堂々とジープを止めた。

カツカツカツ

走って駐在の機動隊員がいるはずの宿舎へ行き、ドアをけやぶった。中には六人の屈強そうな男たちが酔っ払ってざこ寝していた。

(思った通り、これなら緊急指令も届いていないいな)

五月は男の一人を蹴飛ばして起こした。

「おい、起きろ。わたしは山多田先生の命を受けてこれより利根川国境へ向かう。防寒具と食糧が欲しい」

「は、はぁ?」

白銀のコスチューム姿で腰に手を当て、高飛車に命じる五月に、機動隊員は目をこすった。

「早く用意しろ!」

「はっ、はい」

だがその後ろで、もう一人の男がのっそりと起き上がった。

「待て。その必要はない」

長身の男は、包帯を巻いた腕で機動隊員を止めた。爬虫類のような目つきで五月をにらむ。

「やはりここへ来たな。立花少尉」

特平警察のあの男だった。

「くっ」

「えいやっ」

五月と爬虫類の目をした男は、同時に跳躍すると空中で激しく交差した。

ガツッ！

着地して向き合う。五月の唇のはじから血が一筋こぼれる。どこか打撃されたらしい。

「うう——」

「おとなしく同行してもらうぞ、立花少尉。それともここで処刑されたいか？」

男はコートの懐から手錠と一対のヌンチャクを取り出した。五月を打撃したのはその得物だったらしい。

「ふふ、ここで処刑されたいらしいな」

「ちょっと待て。わたしをつかまえて連行すれば、お前はいくら給料が上がるのだ？」

「そんなこと、貴様には関係ないだろう」

「いや。ここにいい物がある」

五月はさっき芳月公香から奪い取った、ワインレッドのミニスカートを見せた。

「これが何かわかるか」

男の顔が、「う？」と変化した。

「正真正銘の、議事堂警護隊のコスチュームだ。その筋の店へ持って行けば、とてつもない値がつくのだろう？」

「う、うう。よこせ」

「そら」

五月は赤いミニスカートを放り投げた。男の注意が一瞬それた隙に、五月はステップバックしながら腰のヨーヨーを投げつけた。あっと思った時にはもう遅く、爬虫類男は両足首を見えないワイヤーにからめ捕られていた。

「うわあっ！」

五月はワイヤーを天井の梁《はり》に引っかけ、黒いコートの男を逆さづりにした。

「く、くそ離せっ」

「ふん、すけべ親父め」

「な、何をする」

「コートをいただくぞ」

五月は特平警察の男が着ていた上等の黒いコートをはぎ取ってしまった。

ブォオオオッ
すぐさまジープに戻り、検問所を後にする五月。逆さづりにされた特平警察の男は、酔っ払って夢でも見ているような機動隊員たちを怒鳴りつけた。

「こらお前ら、すぐ特平警察本部へ通報するのだ！　急げ、こら」

だが機動隊員がようやく正気に戻って無線電話を取りあげた時、

ピガーッ
激しいノイズが無線電話を使えなくしていた。

「な、何だ?」

ヒュウウウウンッ
頭上を、聞いたこともない航空機の爆音が超低空で通過する。

ズゴォッ
黒い影が矢のように検問所の立つ峠をかすめていった。

西日本帝国空軍のEA6Jプラウラー電子偵察機だ。東の侵攻作戦を阻止するために数十機のプラウラーが東日本領内深くに侵入し、あらゆる周波帯の電波に対して一斉にジャミングをかけ始めたのである。

立花五月が検問所を突破したという報告は、軍令部には届かなかった。

白銀のコスチュームの上にはおった黒いコートをひるがえし、五月は奥只見《おくただみ》のダムに近い土手からやってきた軍用貨物列車に飛び乗った。

ピィイイイ――――!

「はうっ」

貨車の屋根に着地した五月は天井のふたを開け、中へ潜り込む。弾薬の木箱の蔭《かげ》に隠れて、膝《ひざ》を抱えた五月ははあはあと息をついた。

がたん
がたんがたん
「はあ、はあ。この列車に隠れていれば、いやでも前線へ行けるな——」
五月はほっとして、初めて上着のポケットから大事な物を取り出した。わざわざ生命の危険を冒して自分の居室へ取りに戻ったのは、一冊の新書判の本だった。ツルゲーネフではない。
「ええと——水瓶座と双子座、水瓶座と双子座……」
五月はその星占いの本をめくると、水無月是清と自分の相性を調べ始めた。

11. 東日本軍崩壊

＊西日本空軍のプラウラー電子偵察機がジャミングをかけたため、阿武隈山中で巨大な怪物にやられて敗走する機甲部隊は軍令部に事態を知らせることも出来ずに全滅した。第一平等航空隊基地では、急きょ西日本侵攻に向かうはずの全戦力を投入して、怪物の迎撃を決定した。

東日本共和国　福島県
第一平等航空隊基地

「黎明《れいめい》をもって阿武隈山中の敵部隊へ総攻撃をかける。全部隊全機出撃用意！」

本当ならば、阿武隈山中の勢力へは作戦機の一部を回し、第一平等航空基地の主力は全機、西日本帝国の軍事要衝を叩《たた》くために出撃する予定であった。しかし、

「常磐海岸から上陸した敵侵攻部隊は予想外に強力である。放置すれば平等東北国道、平等国鉄東北本線を寸断され、宇都宮軍需工場地帯を攻撃されてわが軍の西日本侵攻作戦は重大なる影響を受ける恐れがある」

第一平等空軍基地に到着して前線司令部を開設した空軍司令長官は現実的な判断を下したが、それでもまだ阿武隈山中の勢力が怪獣であるとはつかんでいなかった。

キィイイイインッ
ただちにミグ23ＵＭフロッガーＣが全機、ワイルドウィーゼル任務に飛び立っていった。

「司令長官」

基地の作戦参謀が呼びに来た。

「さきに帰還したミグ23のパイロットが持ち帰った写真が出来上がったのですが――」

「何か問題でもあるのか」

空軍司令長官は前線で指揮をとるために新潟からやって来たのだが、彼も現実的な男で自分たちが西日本に勝てるとは本気で思っていなかった。だが新潟軍令部で開戦が決定された時、山多田大三が『ヴェトナムを見よ！　米軍はヴェトナムで負けた。精神力さえあれば正しい者は常に勝つ』と演説したので、下手に逆らったら自分も海軍大臣の二の舞になると思い、黙ってヘリコプターに乗り込んだのだった。

「巨大な物体が写っています。わけがわかりません」

作戦室の大テーブルに、ミグ23が爆撃と同時に撮影した怪物の赤外線写真が引き伸ばされて提出された。

「こ、これは……」

「これは――何だ？」

司令部の士官たちが、ざわめいた。

（うっ――）

司令長官は写っている物のあまりのおぞましさに背中に鳥肌が立ったが、部下たちにさとられてはまずいと平静をよそおった。

「参謀、これは何だ」

「わかりません。直径は２００メートル、ものすごい熱量を出しています」

「敵の移動要塞《ようさい》でしょうか？」

「無数の脚で歩くクラゲみたいな怪物が西日本の移動要塞だと言うのか」


その写真はただちに新潟へ送られた。軍用無線はマイクロ回線もふくめて西日本のジャミングにかかって使えなくなっていたので、陸上電話線だけが通信手段だった。

「司令長官、機械化平等第二・第三師団は、やはりこの巨大怪物と交戦して全滅した模様です。たったいま逃げ延びた戦車の乗員から連絡が入りました」

命からがら山を下って来た生き残りのT80は、近くの町役場に乗りつけて電話で全滅を知らせて来たのである。それも新潟への長距離電話は不通になっており、やっとこの空軍基地へ急を知らせて来たのだ。

「ふん。これで西日本領内への出撃を延期しても、陸軍側から文句を言われることは無いな」

「司令長官。山多田先生のご命令は、西日本攻略だ。作戦を勝手に変更することは――」

それまで黙って見ていた政治将校が言った。しかし、

「政治士官。いま全機総力を挙げて叩かなければ、こいつは数時間でここへ来るぞ」

司令長官が写真をペンで叩いて言うと、政治将校は命が惜しいので黙った。戦車百五十両を壊滅させた正体不明の巨大物体に来られるのは誰でもごめんだった。

東日本共和国　暫定首都新潟
統合軍令部　最高作戦会議室

「ジャミングをかけている敵機を撃墜できないのかっ！」

最高作戦会議室で加藤田要が空軍大臣を怒鳴りつけていた。

無線通信網がやられ、レーダーも半分以上使えなくなって情報が全然入ってこなくなった新潟の軍令部では、何が起きているのかわけがわからなくなって来ていた。西日本のプラウラーは飛びまわり、国中のあらゆる周波数の通信に介入して混乱させた。東日本のミグ21が掃討しようとしても、暗い山間部を低空で飛びまわられては目視で発見し撃墜するのは不可能に近かった。

「山多田先生、それに加え、各地の電話局が次々に沈黙しております」

作戦士官が報告に来た。

「どうも西の巡航ミサイルか、Ｆ15Ｅが越境して来て、ピンポイント爆撃をやっているようです」

「『やっているようです』とは何だっ！」

要が怒鳴りつけたが、

「正確な報告が、ほとんど入ってこないのです。入ってくる情報も、まだ無事な地方の電話局をいくつか経由して、やっと連絡してくるので、時間がえらく経ってしまっています」

信じられないことに有効なカウンターＥＣＭを行ってレーダーと無線を維持している基地や部隊は数えるほどしか無かった。

「どうも、機械化平等第二・第三師団のＴ80戦車百五十両も、阿武隈山中でほとんど全滅してしまったらしい、です」

「『らしい』とは何だっ！」

「わが陸軍の精鋭が負けるわけなんかない。偽の情報に惑わされるな」

「通信参謀！　わが軍の通信態勢は世界一ではなかったのかっ」

「そ、そのはずなのですが……」

情報の入ってこない戦争とは、こんなものだった。何が起きているのかわからないうちに、どんどんやられていく。

　どこで何が起きているのかわからないのでは、軍令部は機能しようが無かった。東日本共和国はただでさえ電子通信技術では遅れていたが、通信畑は戦車に乗ったり前線で鉄砲をかついだりしなくてよいので平等党の幹部の息子が優先されてこの分野に進んでおり、そういう幹部の息子たちは女の子を追いかけるのに夢中で普段からろくに仕事なんかせず、通信技術の開発や西側の文献を収集して研究したりなどはしていなかった。それでも軍の通信参謀は自分が出世したいので『わが軍の通信技術は世界一です』などと言い続け、最高作戦会議の閣僚たちはそれを鵜《う》呑《の》みにしてこんなことになるなんて想像もしなかったのだ。自分たちはソファに座ったまま戦争を指揮出来ると思っていたのである。


　そこへ、前線の第一平等空軍基地から〈怪物〉の写真が伝送されて来た。各地の無事な電話局を探しながら経由し、三十分もかかっていた。

「なっ、なんだこれは？」

　写真を運んで来た若い作戦士官が、おびえながら説明する。

「この〈怪物〉に、陸軍の戦車隊は全滅させられたと言って来ています」

「ふざけるのもいい加減にしろっ」

陸軍大臣が怒鳴った。

「わが戦車隊は、無敵である。したがって、これまでの情報はすべてわれわれを混乱させるための敵の謀略である！」

何の根拠も無く陸軍大臣は言い切ったが、軍刀を持ってはげ頭をてかてか光らせている陸軍大臣がそう言い切ってしまうと、その場でなかなか逆らえる者はいなかった。

「攻撃目標の変更など許さん！　第一平等航空隊は、予定通り西日本へ侵攻せよ！」

第一平等航空隊基地

「ミグ23は全機帰投しません。連絡を絶ちました」

ワイルドウィーゼル任務に飛び立った二十機のフロッガーは一機も帰ってこなかった。敵の対空レーダーを対レーダーミサイルでつぶすのが任務なのだが、対空レーダーの電波など山間の怪物からは発信されていなかった。

「一機も戻らないのでは、敵の様子も位置もわからないではないか！」

ジャミングのため、空中からの報告も全く入っていなかった。

偵察用のヘリコプターは全機消耗し、もっと投入するには陸軍から借りなくてはならなかったが、ヘリを持っている陸軍師団とは通信不能になっていた。

そこへ、新潟の軍令部から電話がかかってきた。無事な地方局をいくつも経由して、やはりつながるのに三十分かかっていた。

『空軍司令長官！　前線で指揮はご苦労だが、山多田先生の作戦を勝手に変更するとはどういうことだ！』

「加藤田第一書記、正体のわからない巨大な敵がいるのです。このままでは高速道路も鉄道も宇都宮も、この基地も全部やられてしまいます」

『もうやられかけている！』

加藤田は叫んだ。

『貴様らが出撃しないから、西日本の電子偵察機や戦闘爆撃機にわが国の要衝が次々に爆撃されているのだぞ！　さっさと西日本の空軍基地を叩け』

実際、どのくらいのプラウラーとF15Eが侵入しているのか、東日本軍では全くつかめていなかった。ジャミングは宣戦布告をした一時間後には始まり、それからは各地の無線通信施設や発電所や電話局が、次々と悪夢のように消えていくのだ。そしてついに第一平等空軍基地にも、プラウラーに先導されたストライク・イーグルは見えない影のように突然やって来た。

ヒュウウウウウウンッ

「ちょっと待ってください第一書記。おいっ、この音は何だ！」

四機のストライク・イーグルが低空で襲いかかってきた。基地の防空レーダーには何も映らなかった。滑走路の脇には阿武隈山地から下りてくる怪物を叩くために、爆装したスホーイ17攻撃機が二十三機、離陸の順番を待って待機中であった。

ヒュヒュッ！

ヒュヒュヒュヒュヒュッ！

曇った真夜中であったが、Ｆ15Ｅのパイロットと爆撃手にはＬＡＮＴＩＲＮ《ランターン》システムで地表の様子が昼間のようによく見えるらしかった。一本しかない２０００メートル滑走路と、列をなしているスホーイ17の頭の上に、Ｍｋ82スネークアイ５００ポンド爆弾が合計七十二発、開傘制動フィンを開きながら集中豪雨のように襲いかかった。

ズドドドドドドッ！

司令部から何も見えなくなった。基地は深紅の爆発と茶色い土煙に覆われ、遠くから見るとまるで火山が噴火したようであった。

＊　＊　＊　＊

こうして、東日本共和国軍の西日本帝国侵攻は、一人の兵隊も越境しないうちに頓《とん》挫《ざ》してしまった。

西日本帝国は八十発の巡航ミサイルと三十六機のEA6Jプラウラー、六十四機のF15Eストライク・イーグルを投入して開戦後二時間で東日本の情報通信設備だけを完全に破壊した。同時に主要飛行場への攻撃も実施され、地上で待機中だった攻撃機と滑走路を破壊した。

出撃に成功した基地もあったが、攻撃機は国境線を越えるはるか手前でF15Jの中距離ミサイルにつかまり、すべて撃墜された。

しかし、東日本の侵攻作戦を頓挫させたもっとも大きい要因は、利根川渡河作戦に向かった二百四十両の戦車と百機に及ぶ偵察／攻撃ヘリコプターを、巨大な怪獣が呑み込んでしまったことであった。西日本では戦車が利根川へ押し寄せてくる気配がまったく無いので、不思議がっていた。対地攻撃飛行隊だけでは、広範囲に散らばって身を隠しながら進んでくる戦車をすべて撃破することは不可能で、利根川へ敵陸上戦力が押し寄せてくるなら国民に開戦を発表し房総半島で地上戦を行うことも覚悟していた。せっかく景気が上向いてきたところだったので木谷首相は開戦の発表をなるべく遅らせたかったのである。

東日本の陸上戦力が来なかったのは、情報網を壊滅させたために作戦遂行能力を失ったのだろうと推測されたがそれは間違いで、戦車隊が健在ならばやはり房総半島が戦場になっていたことは確実であった。

ともあれ、大戦争の危機はとりあえず去った。

しかし大きな問題は残った。西日本の航空攻撃が、東日本共和国から独力で巨大な怪物と戦える戦力までを奪ってしまったのである。

本書は一九九五年七月、一九九五年十一月に徳間書店より刊行された『レヴァイアサン戦記3　激突！　西日本帝国』『レヴァイアサン戦記4　女王蜂出撃！』前半部を合本、改題し、大幅に加筆・修正しました。

なお本作品はフィクションであり、実在の個人・団体などとは一切関係ありません。

ハリアーを駆る女　天空の女王蜂《ホーネット》II

二〇一三年八月十五日　初版第一刷発行
二〇一三年八月二十五日　初版第二刷発行

著　者　夏見正隆
発行者　瓜谷綱延
発行所　株式会社　文芸社
〒一六〇-〇〇二二
東京都新宿区新宿一-一〇-一
電話　〇三-五三六九-三〇六〇（編集）
〇三-五三六九-二二九九（販売）
印刷所　図書印刷株式会社
装幀者　三村淳

ISBN978-4-286-14204-3

［文芸社文庫　既刊本］

蒼龍の星㊤　若き清盛
篠　綾子

三代と名づけられた平忠盛の子、後の清盛の出生の秘密と親子三代にわたる愛憎劇。やがて「北天の王」となる清盛の波瀾の十代を描く本格歴史浪漫。

蒼龍の星㊥　清盛の野望
篠　綾子

権謀術数渦巻く貴族社会で、平清盛は権力者への道を。鳥羽院をついで即位した後白河は崇徳上皇と対立。清盛は後白河側につき武士の第一人者に。

蒼龍の星㊦　覇王清盛
篠　綾子

平氏新王朝樹立を夢見た清盛だったが後白河との仲が決裂、東国では源頼朝が挙兵する。まったく新しい清盛像を描いた「蒼龍の星」三部作、完結。

全力で、1ミリ進もう。
中谷彰宏

「勇気がわいてくる70のコトバ」――過去から積み上げた「今」を生きるより、未来から逆算した「今」を生きよう。みるみる活力がでる中谷式発想術。

贅沢なキスをしよう。
中谷彰宏

「快感で生まれ変われる」具体例。節約型のエッチではなく、幸福な人と、エッチしよう。心を開くだけで、感じるような、ヒントが満載の必携書。